HARLAN COBEN
哈蘭・科本 著　謝佩妏 譯

ANovel

# The Innocent

# 第二聲鈴響

M小說 24

# 第二聲鈴響 The Innocent


作　　者　哈蘭・科本（Harlan Coben）
譯　　者　謝佩妏
封面設計　許晉維
責任編輯　黃亦安

業　　務　陳玫潾
行銷企畫　陳彩玉、蔡宛玲
總 編 輯　劉麗真
總 經 理　陳逸瑛
發 行 人　凃玉雲

城邦讀書花園
www.cite.com.tw

出　　版　臉譜出版
104台北市中山區民生東路二段141號5樓
電話：02-25007696　傳真：02-25001952
臉譜部落格：facesfaces.pixnet.net/blog

發　　行　英屬蓋曼群島商家庭傳媒股份有限公司城邦分公司
104台北市中山區民生東路二段141號11樓
客服服務專線：02-25007718；25007719
24小時傳真專線：02-25001990；25001991
服務時間：週一至週五上午9：30-12：00；下午13：30-17：00
劃撥帳號：19863813　戶名：書虫股份有限公司
讀者服務信箱：service@readingclub.com.tw

香港發行　城邦（香港）出版集團有限公司
香港灣仔駱克道193號東超商業中心1樓
電話：852-28778606／傳真：852-25789337
Email：hkcite@biznetvigator.com

馬新發行　城邦（馬新）出版集團Cite(M)Sdn Bhd (458372U)
41, Jalan Radin Anum, Bandar Baru Sri Petaling
57000 Kuala Lumpur, Malaysia.
電話：603-90563833／傳真：603-90576622
Email：services@cite.com.my

初版一刷　2014年11月27日



I S B N　978-986-235-404-9
定價360元
（本書如有缺頁、破損、倒裝，請寄回本社更換）

國家圖書館出版品預行編目資料

第二聲鈴響／哈蘭・科本（Harlan Coben）著；謝佩妏譯. -- 初版. -- 臺北市：臉譜出版：家庭傳媒城邦分公司發行, 2014.11
　面；　公分. --（M小說；24）
譯自：The innocent
ISBN 978-986-235-404-9（平裝）

874.57　　103021968



本書原名《無罪之最》

謹以此書紀念史帝文．米勒（Steven Z. Miller）

給有幸與他為友的我們：我們盡可能對逝去的時光心懷感激，但這實在不容易。

給史帝文的家人，特別是潔西（Jesse）、瑪雅（Maya T）和妮可（Nico）：等我們堅強起來，就會開始訴說令尊的事。因為他是我們至今所知最傑出的人物。

# 前言

你從沒想過要殺他。

你叫麥特．杭特，今年二十，家住紐澤西州北部，離曼哈頓不遠的一個中上階級市郊。雖然你住的這區不是最豪華的地段，但這個小鎮也算高檔。你的爸媽工作勤奮，全心全意愛你。你排行老二，上有個你崇拜的哥哥，下有個你疼愛的妹妹。

你跟鎮上其他小孩一樣，從小就擔心未來要做什麼、要上哪所大學。你用功讀書，成績不錯，潛力十足。平均成績是A-，雖沒擠進前幾名，但也緊追在後。你有正當的課外活動，固定幫忙學校總務工作便是其中之一。你是足球隊和棒球隊的優秀球員，以你的實力，要打進大學球隊絕沒問題，但還不足以申請到獎學金。你頭腦不錯，有股天生的魅力。說到人緣，你雖非萬人迷，但也不落人後。你的學力測驗成績亮眼，讓輔導員跌破眼鏡。

你把長春藤名校列為第一志願，但有點力不從心。哈佛和耶魯直接拒絕了你；賓州和哥倫比亞大學將你列為候補人選。最後，你跑去讀包德溫，一所位於緬因州布魯斯維克市的菁英學院。你很喜歡那裡，課程都是小班制。你交到許多朋友，沒有固定女友，反正也還不想定下來。大二時，你加入足球校隊，擔任後衛。一進大學，你就加入二軍籃球隊，如今高年級的控球後衛已畢業，你極有機會得以一展身手。

大三的上下學期之間，仍值假期，你回到學校，就是在這個時候，你殺了人。

假期裡你跟家人玩得很瘋、很盡興，但棒球隊要你過去練球。你親親爸媽，道聲再見，和最好的朋友兼室友達夫，一同開車回學校。達夫是紐約威斯特郡人。他短小粗壯，大腿壯碩，在足球隊擔任右絆鋒，在籃球隊是候補球員。達夫是學校的頭號大酒鬼，但每次衝鋒陷陣從未失手。

那天是你開車。

達夫想順道去麻州大學安赫斯特分校。他有個高中死黨是那裡放蕩的兄弟會成員，他們正在辦一個盛大的派對。

你雖然興趣缺缺，但不想掃興。你在彼此認識的小團體裡比較自在。包德溫約有一千六百名學生，安赫斯特有將近四萬名。時值一月初，天寒地凍，地上覆雪。走進兄弟會時，你看得見自己呼出的霧氣。

你和達夫把大衣丟在一堆外套上。日後，你會反覆思索隨手將外套一丟的這一刻。如果你沒脫掉外套，如果你留外套在車裡，如果你把外套放在別處……

但這終究只是事後諸葛。

派對還可以。瘋是瘋，但你覺得是在撐場面。達夫的朋友留你們倆下來過夜。你答應了。你喝了不少，但沒達夫多，畢竟這可是大學派對。派對接近尾聲，你們倆去拿外套。達夫手裡拿著啤酒。他拾起外套，往肩上一甩。

就在此刻，他手中的啤酒灑了出來。

不多，就這麼一下，但也夠了。

你還記得啤酒灑在一件紅色風衣上。外面很冷，只有零下七到十一度，竟然有人只穿風衣。另一件你謹記在心的是，風衣防水，灑了一點點啤酒在上面不會怎樣，不會留下污漬，很容易就可以洗掉。

但有個人喊：「喂！」

紅色風衣主人的個頭不小，但還不算彪形大漢。達夫聳聳肩，沒道歉。這位紅色風衣先生跟達夫吵了起來。不智之舉。你要知道，達夫脾氣火爆，打架最行。每個學校都有個達夫：你絕無法想像這種傢伙打架會輸。

當然，問題就出在這裡。每個學校都有個達夫，而偶爾你們學校的達夫會碰上他們學校的達夫。

你努力要息事寧人、一笑置之，但眼前兩個灌滿啤酒的醉漢都雙頰漲紅，拳頭緊握。梁子結下了。你忘了是誰先開始的。所有人都踏出門，置身寒夜之中，而你知道：麻煩大了。

紅色風衣有朋友撐腰。

對方有八、九個人，你和達夫兩人勢單力薄。你尋找著達夫的高中友人——叫馬克或麥克還是什麼的——但不見半個人影。

鬥毆瞬間引爆。

達夫像公牛般低下頭，攻擊紅色風衣。紅色風衣閃到一邊，一個動作將達夫挾在腋下，猛揍達夫的鼻子。一而再，再而三，揮了一拳又一拳。

達夫低頭猛搖，但沒有用。就在第七或第八拳之際，達夫頭不搖了。紅色風衣的朋友高聲歡呼。達夫的手垂到兩側。

你想制止，但不知如何插手。紅色風衣按部就班、不疾不徐，先是揮拳，再用力揮臂。旁邊的兄弟齊聲喝采，一見動作就熱烈歡呼。

你嚇死了。

你的朋友遭人海扁，但你最擔心的是自己。你覺得很丟臉。你想採取行動，卻很害怕，怕死了。你無法移動，雙腿麻木，手在顫抖。你討厭自己這副德行。

紅色風衣又往達夫臉上揮了一拳。他鬆開手，達夫像一袋衣服摔在地上。紅色風衣往達夫的胸腔踢了一腳。

你是最爛的朋友，嚇到不敢出手幫忙。你永遠忘不了那種感覺——懦弱。這比被扁還糟，你這麼想。你只會保持沉默。這種羞辱的感覺真可怕。

又一腳。達夫發出呻吟，蜷縮成一團。他的臉上血跡斑斑。之後你才知道，他受的只是小傷。達夫會兩眼發黑，並有多處淤傷，不過僅止於此。但此時此刻他似乎很慘。你知道，換成是他，他絕不會袖手旁觀，讓你任人海扁。

你受不了了。

你從人群中跳出來。

眾人轉頭看你。頓時，所有人靜止不動、默默不語。紅色風衣氣喘吁吁。你看得見冷空氣中他的呼吸。你在發抖，想保持冷靜。「嘿，」你說：「他受夠教訓了。」你攤開雙臂，試著露出親切的笑容。「他輸了，」你說：「結束了。你贏了。」你告訴紅色風衣。

某個人從背後撲上來，手臂纏住你，緊緊把你抱住。

你動彈不得。

紅色風衣走向你。你的心臟在胸腔狂跳，像隻籠中鳥。你把頭向後一撞，正中某人的鼻子。紅色風衣漸漸逼近，你閃到一旁。人群裡又冒出另一個人，金髮、臉色紅潤。你想，他應該是紅色風衣的同夥。

他叫做史蒂芬．麥格拉斯。

他伸手要抓你。你像條上鉤的魚奮力抵抗。愈來愈多人走向你。你慌了。史蒂芬．麥格拉斯把手放在你的肩上。你想掙脫，發狂地扭動。

就在此時，你伸出手，抓住他的脖子。

你有搡他嗎？是他拉你，還是你推他？你不知道。是你還是他在人行道上失去重心？是路上結冰的關係嗎？你將會不斷回想這一刻，但永遠無法得到明確的解答。

反正，你們兩個都跌倒了。

你的雙手還在他的脖子上，勒著他的喉嚨。你沒有放手。

你砰的一聲落地。史蒂芬．麥格拉斯的後腦杓撞到人行道的護欄。一道聲音傳來，來自地獄的可怕斷裂聲，濕濕的、中空的，一種你從未聽過的聲音。

就你所知，這聲音表示生命的結束。

你永生難忘。那可怕的聲音會一直跟著你。

一切停止。你往下看。史蒂芬．麥格拉斯的眼睛大睜，一動也不動。但你知道了，當他的身體驟然鬆弛時，你就知道了。當那來自地獄的可怕斷裂聲發出時，你就知道了。

人潮聚集。你動也不動。就這樣過了很久。

之後，過程迅速。校警來了，警察也來了。你告訴他們事發經過。你爸媽請了一個紐約的名律師。她要你以自衛為由自我辯護，你照做了。

你不斷聽到那可怕的聲音。

起訴你的檢察官冷笑。「陪審團的先生女士，」他說：「難道被告是不小心掐住史蒂芬．麥格拉斯的脖子嗎？他真以為我們會相信這種事？」

審判進行得並不順利。

什麼都不重要了。你曾經那麼在意成績和練球時間。多可悲啊。朋友、馬子、排名、派對、第一，所有一切都蒸發了。取而代之的，是腦袋瓜撞擊石頭的可怕聲響。

在法庭上，你聽見爸媽哭，沒錯，但你擺脫不掉的，是死者的父母——宋雅和克拉克．麥格拉斯的臉。宋雅．麥格拉斯一直瞪著你，逼你看著她的雙眼。

你沒有辦法。

你想聽陪審團宣判，但其他聲音此起彼落，源源不絕，絲毫不減弱，就連法官低下頭嚴厲地看著你、宣判結果時也一樣。他們不會送你到舒服的、鄉村俱樂部式的白人監獄。至少現在不會，今年正逢選舉。

你母親昏了過去。你父親盡可能堅強。你妹妹衝出法庭。你哥哥邦尼站著不動。

你被銬上手銬帶走。你的家教背景對於眼前的遭遇幾乎沒什麼幫助。你從電視上看過，也聽人說過各種監獄強暴的故事。雖然你沒遇到這種事，但第一個星期就挨了揍。你不該揪出滋事者，這害你又多挨了兩次揍，並在醫護室躺了三個星期。幾年後，有時你還是會發現自己尿中帶血：腎臟挨揍的紀念品。

你始終活在恐懼中。當你回到眾人的行列時，你發現唯一能存活的方式，便是加入一支從亞利安國度延伸而出的古怪團體[1]。他們對於美國該有的樣貌沒有偉大的理想或龐大的計畫，純粹只是喜歡仇恨。

在牢中的第六個月，你父親因心臟病去世。你知道這是你的錯，你欲哭無淚。

你在牢裡蹲了四年。四年，跟一般學生的大學時光一樣長。你有點羞於面對自己的二十五歲生日。他們說你變了，但你不是很確定。

你踏出監獄時，腳步猶豫。彷彿腳下的土地會裂開，泥土隨時會塌陷，讓你粉身碎骨。

也許你以後走路都會如此。

1　亞利安國度（Aryan Nation），一九七〇年代在美國成立的右翼反猶太白人優越主義團體。

你哥哥邦尼在門口等你。他才新婚不久，太太瑪莎懷了第一胎。他上前擁抱你，你幾乎可以感覺到這四年歲月的流逝。你哥哥開了個玩笑。你笑了，真的開心地笑了，長久以來第一次。

你幹過傻事，但你的生活並未在安赫斯特的那個寒夜畫下句點。你哥哥要幫你重回正常生活。

你甚至不久就會認識一個美麗的女人，名叫奧麗維亞。她會令你心花怒放。

你將娶她為妻。有一天——就在你出獄後九年——你發現你的嬌妻懷孕了。你決定添購照相手機，好隨時跟她保持聯絡。工作時，你的手機響了。

你名叫麥特・杭特。手機響了第二聲。你接起電話……

# 九年後

# 1

內華達州雷諾市

四月十八日

尖銳的門鈴聲驚醒睡得正熟的金咪．黛爾。她在床上動來動去，發出呻吟，看了一下床邊的電子鐘。

上午十一點四十七分。

外頭肯定已日正當中，拖車裡卻仍一片漆黑。這正合金咪的意，因為她晚上工作，睡眠又淺。昔日在拉斯維加斯的風光歲月，她曾花了好多年嘗試百葉窗、帷幕、窗簾、眼罩等方式來遮陽，最後總算結合多種方法，成功將烙鐵般的內華達驕陽擋在門外，好好睡上一覺。雷諾的陽光雖沒那麼毒辣，但仍然四處亂竄，不放過一丁點發光發熱的機會。

金咪在大床上坐起來。眼前這架無牌電視是當地一間汽車旅館大翻新時，她趁機買到的二手貨。電視仍靜音開著，影像在某個遙遠的世界中漂浮，陰森森的。她現在一個人睡；不斷遷移就是如此。有段時間，每個訪客，每個可能的另一半，都滿懷著希望，帶著「可能遇到天命真女」的樂觀心態跟她上床，但事後再看，金咪發現那根本就是異想天開。

如今希望不再。

她緩緩站起來。最近才做的隆乳手術讓她一動就痛。這是她第三次動胸部手術。她已經不年輕了，雖然自己不想做，但自認對這方面眼光獨具的查理很堅持。金咪胸部下垂，人氣大減，所以也就答應去做了。可是，她胸部周圍的皮膚經過前幾次手術摧殘，早已鬆弛。仰臥的時候，那該死的東西就會垂到一邊，像兩顆魚眼。

門鈴又響了。

金咪低頭看著暗沉的大腿。她今年三十五歲，沒生過小孩，但由於經年久站，腿上的靜脈曲張卻跟肥大的蟲子沒什麼兩樣。查理也希望她去整整這裡。她還算凹凸有致，身材好，屁股俏；但拜託，三十五可不是十八，總是會有些橘皮和靜脈曲張，活像一張該死的浮雕地圖。

她拿根菸叼在嘴上。菸盒是從最近工作的地方拿回來的，那是間叫做浪女的脫衣舞廳。她曾以黑魔女之名，在拉斯維加斯紅極一時。金咪並不期盼往日呼風喚雨的生活再度重現；說到底，她對任何一種生活其實也都不抱期望。

金咪．黛爾披上浴袍，打開臥房的門。前面的房間沒有遮陽，強光襲來，她遮住眼睛，猛眨眼。金咪不常有訪客，從不在家裡賣弄風騷，所以敲門的應該是傳教士。金咪跟這個自由國度的大多數人不同，並不介意傳教士偶爾登門造訪。她都會請這些虔誠的教徒進來坐，仔細聽他們傳道，羨慕他們發現了生命中的珍寶，期望自己能為他們的吹捧深深著迷。她會跟期待生命中的男人一樣，期待這次的傳教士會有所不同，能夠說服她，使她信服。

她沒問是誰，就打開門。

「妳是金咪．黛爾嗎？」

門外的女孩很年輕，大概才十八到二十歲。不是耶和華見證人，沒有傻裡傻氣的微笑。一時間，金咪懷疑她是不是查理挖到的新人，但後來覺得不可能。這女孩不醜、四肢健全，但就不是查理會找的型。查理喜歡花枝招展的女人。

「妳是？」金咪問。

「這不重要。」

「什麼？」

女孩低下頭，咬著下唇。這動作讓金咪覺得似曾相識，心中起了一陣波瀾。

女孩說：「妳認識我媽。」

金咪玩著香菸。「我認識很多媽媽。」

「我媽，」女孩說：「是凱蒂絲．波特。」

金咪聞言瑟縮了一下。天氣燠熱，但她卻瞬間拉緊浴袍。

「我可以進去嗎？」

金咪有開口說可以嗎？她說不出話，只是站到一旁。女孩擠進門。

金咪說：「這是怎麼一回事？」

「凱蒂絲．波特是我的生母。我一出生，她就把我送人領養。」

金咪極力保持鎮定。她關上拖車門。「要喝點什麼嗎？」

「不了，謝謝。」

兩個女人看著對方。金咪雙手抱胸。

「妳找我有什麼事？」她說。

女孩像排練過似的說：「兩年前我才知道自己是被領養的。我愛我的領養家庭，希望妳不要誤會。我有兩個姊妹和很棒的爸媽，他們對我很好，跟他們無關。只不過……一旦妳發現這種事，就會想知道真相。」

金咪點點頭，但不太清楚自己為何點頭。

「所以我開始挖掘真相。雖然不容易，但有些機構專門幫助被領養的小孩尋找親生父母。」

金咪抽出嘴裡的香菸，手在顫抖。「可是，妳知道凱蒂……我是說妳媽媽……凱蒂絲……」

「死了。我知道，是謀殺。我上個星期才知道的。」

金咪的腿這才稍微放鬆。她坐著，回憶湧現，讓她心痛。

凱蒂絲．波特，在夜總會大夥兒叫她棒棒糖。

「妳想知道什麼？」金咪問。

「我跟負責調查這起謀殺案的警探談過，他叫麥克斯．德洛。妳記得這個人嗎？」

喔，記得，她記得老麥，他們在謀殺案發生前就認識了。當初麥克斯．德洛可以說是草草結案，說什麼這並非重大案件，受害者又是個無家無眷的脫衣舞孃，是這片土地上另一株垂死的仙人掌。凱蒂於德洛來說，就僅止於此。金咪也是此案的關係人，兩人於是就互通有無、相互利用。這個世界就是如此。

「嗯，」金咪說：「我記得。」

「他退休了，我是說麥克斯．德洛。他說警方知道凶手是誰，但找不到人？」

金咪只覺眼眶濕潤。「這是很久以前的往事了。」

「妳和我媽是朋友？」

金咪勉強點頭。她當然還記得一切，凱蒂跟她的關係超乎友誼。人的一生很少能找到可以放心依賴的人，而凱蒂正是其中之一。她是金咪十二歲喪母之後，唯一可依靠的人，兩人形影不離。金咪和這個白妞有時候——至少在工作上——會自稱是老電影《莫逆之交》中的皮可洛和賽爾思。結果，正如電影一樣，白人朋友先走一步。

「她是個妓女嗎？」女孩問。

金咪搖搖頭，說了個很逼真的謊。「完全不是。」

「但她是脫衣舞孃。」

金咪不發一語。

「我不是在批評她。」

「那妳要做什麼？」

「我想知道我媽的事。」

「現在知道也沒什麼用了。」

「對我有用。」

金咪記得聽到消息之初的情景。當時，她正在太浩湖把握午間人潮跳舞撈錢[2]，觀眾是人類史上最大一群失敗者。這些人腳踩著髒兮兮的靴子，內心破了個洞，盯著裸女瞧只是讓洞愈破愈大。她一連三天沒見到凱蒂了，但緊接著又得上路趕去演出。就在演出途中，在舞台上，她無意中聽到傳言。她知道有不好的事情發生了，只希望不幸事件與凱蒂無關。

然而，事與願違。

「妳媽媽過得很辛苦。」金咪說。

女孩定神聆聽。

「凱蒂覺得我們總會有出頭的一天。起初她覺得，夜總會裡一定會有某個男人發掘我們，帶我們走，不過那是狗屁。有些女孩試過，但從未成功。男人要的是夢想，不是妳。妳媽媽很早就看清這點，她雖然愛作夢，但很清楚自己的目標。」

金咪稍作停頓，看向別處。

「然後呢？」女孩追問。

「那混帳當她是條蟲，把她壓爛。」

女孩挪動身體。「德洛警探說，他叫克萊德．朗戈，是嗎？」

金咪點頭。

「他還提到一個叫愛瑪．樂眉的女人，他們是搭檔嗎？」

「可以這麼說，可是我不知道詳情。」

金咪剛聽到消息時沒有哭，她的情緒已經超越痛哭的階段，但撐過來了。她不顧一切，把所知的事告訴該死的德洛。

老實說，人一輩子沒有太多要死守的原則。不過，金咪死都不會背叛凱蒂，即便在當時；當時就算想幫忙也太遲了。因為凱蒂一死，金咪最好的那部分也跟著死了。

所以，她把事情跟條子說，對麥克斯．德洛更是配合。無論凶手是誰——她肯定就是克萊德和愛瑪——都可能會傷害她或殺了她，但她不會因此打退堂鼓。

後來，克萊德和愛瑪沒找她算帳，反而選擇了逃亡一途。

那是十年前的事了。

女孩問：「妳知道我的事嗎？」

金咪緩緩點頭。「妳媽媽跟我提過，但只提過一次。這件事令她心痛不已，妳必須體諒她。凱蒂懷妳時還很年輕，才十五、六歲。妳一生出來，他們就把妳帶走了，她甚至不知道妳是男是女。」

一陣凝重的沉默。金咪希望女孩快走。

「妳想，他後來怎麼了？我是指克萊德．朗戈。」

「可能死了。」金咪嘴上說，但心裡卻不這麼想。克萊德這種蟑螂死不了的，他們只是躲起

---

2 太浩湖（Tahoe），北加州舊金山灣區的渡假聖地。

來，惹更多麻煩。

「我想找到他。」女孩說。

金咪抬頭看著她。

「我想找出謀殺我母親的凶手，將他繩之以法。我不是很有錢，但還有點積蓄。」

兩人都沉默了一會兒，空氣顯得沉重而黏膩。金咪猶疑著要怎麼說。

「可以跟妳說件事嗎？」她開口說。

「當然。」

「妳媽媽努力抵抗一切。」

「抵抗什麼？」

金咪繼續說，「多數女孩都認輸了，但妳媽媽卻從不如此。她不屈服，繼續懷抱夢想，只是夢想從未成真。」

「我不懂。」

「孩子，妳過得快樂嗎？」

「快樂。」

「還在上學嗎？」

「準備要上大學了。」

「大學，」金咪用雀躍的語氣說：「妳——」

「我怎麼樣？」

「妳看，妳讓妳媽媽的夢想成真。」

女孩默默無語。

「凱蒂……妳媽……不會希望妳捲入這件事。妳了解嗎？」

「應該吧。」

「等我一下。」金咪打開抽屜。東西當然就在裡面，雖然她早已不再拿出來看，但照片就在最上層。照片中，她和凱蒂對世界展開笑顏。皮可洛和賽爾思。金咪看著照片中的自己，只覺得那個人稱黑魔女的年輕女孩已如此陌生，而當初克萊德·朗戈痛毆的女孩，也有可能是她。

「這給妳。」她說。

女孩像捧著瓷器一樣拿著照片。

「她很美。」女孩喃喃說。

「非常美。」

「她看起來很開心。」

「其實不然，但她今天會很開心。」

女孩抬起頭。「我不知道自己能不能放手不管。」

那麼，金咪心想，也許妳比自己想像中還要像妳母親。

她們互擁，說好保持聯繫。女孩走後，金咪整裝出門，開車到花店買了十二朵鬱金香。鬱金香是凱蒂最喜歡的花。她開了四小時的車來到墓園，跪在朋友墓前。四下無人。金咪拭去小小墓碑上的塵埃。她自己出錢買了這塊地、蓋了這個石墓。絕不能讓凱蒂去睡波特墓園[3]。

「今天妳女兒來找我。」她大喊。

微風徐徐。金咪閉上雙眼傾聽，彷彿聽見凱蒂的聲音。那緘默已久的聲音，如今正請求她保護

---

3 波特墓園（potter's grave）大多埋葬遊民、居無定所或身分不明者的墓園。

女兒的安全。

就在那裡，內華達炙熱的陽光灑在她的皮膚上，金咪答應了這個請求。

# 2

紐澤西州歐文頓鎮

六月二十日

「照相手機。」麥特．杭特搖著頭，喃喃自語。

他抬頭尋求上天的指示，但放眼看去只見一個巨大啤酒瓶。

這是他熟悉的景象，每當麥特走出下陷、掉漆的雙併屋，就會看到它。這支聞名遐邇的酒瓶就懸掛在一百八十五呎高的地方，是舉目所見最顯著的標誌。藍帶啤酒曾在這裡設置釀酒廠，但在一九八五年廢廠。幾年前，舊瓶換新裝，成了一個耀眼奪目的水塔。酒身是鑲銅的鐵板，還上了亮釉、加上金色瓶塞。到了晚上，燈光打亮酒瓶，紐澤西人從好幾哩外就看得到它。

如今榮華已逝。看似褐色的啤酒瓶，其實已是鐵鏽斑斑，酒瓶上的商標也遺失已久。隨著它的敗落，周圍一度熱鬧的市街雖不致沒落，但也逐漸蕭條。釀酒廠有二十年沒運作了，但從腐蝕的殘骸看來，可能還更久。

麥特停在家門前最高一層階梯。奧麗維亞——他生命中的摯愛——沒有停下腳步，她手中的車鑰匙發出叮叮咚咚的聲音。

「我覺得沒必要。」他說。

奧麗維亞並未邁開腳步。「來嘛。很好玩的。」
「手機就是手機，」麥特說：「相機就是相機。」
「好深奧喔。」
「把兩樣結合在一起的玩意兒……很變態。」
「這不就是你的專長。」奧麗維亞說。
「哈哈。妳不覺得危險嗎？」
「不覺得。」
「結合相機和手機，」麥特停頓，想著該怎麼說，「就很……我不知道，想起來很像混種交配，就是爛片裡頭，那種會全面失控、摧毀一切的實驗。」
奧麗維亞瞪著他。「你好奇怪。」
「我只是不知道該不該買照相手機，就這樣。」
她按了一下遙控器，打開車鎖，接著伸手去抓門把。麥特躊躇不決。
奧麗維亞看著他。
「怎麼了？」他問。
「如果我們都有照相手機，」奧麗維亞說：「你上班的時候，我就可以傳裸照給你。」
麥特打開車門。「威力頌還是史普靈[4]？」
奧麗維亞對他微笑，讓他心神蕩漾。「我愛你，你知道的。」
「我也愛妳。」

---

4 威力頌（Verizon）及史普靈（Sprint）皆為美國電信公司。

兩人都進了車。她轉向他，一臉擔憂。麥特忍不住想別開臉，不去看她臉上的表情。「沒事的，」奧麗維亞說：「你知道，對不對？」

他點頭，勉強一笑。雖然騙不過奧麗維亞，但還是有點效果。

「奧麗維亞。」他說。

「怎樣？」

「多說點裸照的事？」

她往他的手臂一拍。

直到走進史普靈手機行，聽到要簽兩年約，麥特的不安又回來了。售貨員的笑容看起來有點邪惡，就像電影裡引誘好人出賣靈魂的惡魔。售貨員攤開一張美國地圖，解釋其中不在漫遊範圍的地區「以鮮紅色標示」，麥特聞言後退。

至於奧麗維亞，她仍然興致高昂。他太太本來就容易對熱心的人有好感，是少數無論大事小事都能樂在其中的人。這點也證明——起碼在他們夫妻倆身上——個性迥異的人的確會互相吸引。

售貨員仍吱吱喳喳說個不停。麥特早就心不在焉，但奧麗維亞仍然專注聆聽。她問了一、兩個問題，但只是出於形式，售貨員知道眼前這條魚不只是上鉤、到手、沉入甕中，而且早已炸好，只差還沒下肚。

「我去把文件整理好。」惡魔說，鬼鬼祟祟溜走。

奧麗維亞抓住麥特的手，氣色紅潤。「很好玩吧？」

麥特做了個鬼臉。

「怎樣？」

「妳剛剛真的說了『裸照』這兩個字嗎？」

她笑了，將頭靠在他的肩上。

奧麗維亞之所以這麼心花怒放，而且長保臉色紅潤，當然不只因為他們可以互傳手機視訊。添購照相手機只是個象徵，一個指向未來的標記。

一個小孩。

兩天前，奧麗維亞自己在家裡驗孕，當白色驗孕棒終於出現紅色叉叉時，麥特竟覺得這一切充滿了宗教啟示。他一句話也說不出來。一年來，他們一直努力要有小孩，幾乎從婚後就開始積極做人。一再失敗造成的壓力，已把原本自自然然，甚至可以說是魔幻神奇的過程，變成一連串量體溫、記日期、延長禁慾期、集中火力等等妥善規畫的例行公事。

如今這些都過去了。他提醒奧麗維亞，一切才剛開始，不要操之過急。但是無可否認，奧麗維亞容光煥發。她的好心情就是一股力量、一陣強風、一波浪潮，麥特無從抵抗。

所以他們才會在這裡。

奧麗維亞強調，照相手機會讓未來的一家三口，以他們上一代無法想像的方式緊緊相繫。有照相手機，小倆口絕不會錯失寶貝孩子的人生大事或日常小事：跨出的第一步、說出的第一句話、定期的同樂會、每日的行程。

至少，計畫中是如此。

一小時後，當他們返回雙併住屋時，奧麗維亞匆匆獻上一吻，然後拾級而上。

「嘿，」麥特喊住她，手握新手機，眉頭挑起。「要不要，呃，試試錄影功能？」

「錄影功能只有十五秒。」

「十五秒。」他想了一下，聳聳肩，然後說：「那前戲就久一點好了。」

奧麗維亞故意嗲氣哼了一聲。

他們住在一個可能多數人會覺得破舊不堪的地區。房子雖然籠罩在歐文頓大啤酒瓶的陰影中，倒也舒適宜人。出獄不久的麥特覺得這樣對他來說就已足夠（其實再好一點的他也負擔不起）。九年前，他不顧家裡反對在這裡賃屋。歐文頓是個沒落的城市，黑人很多，可能占了八成以上。有些人因此斷定，麥特必定出於自卑才下此決定。麥特雖然深知這種事沒那麼單純，但除了自己尚未能回到市郊居住之外，實在也想不到更好的理由。世事變化極快，地理環境也一樣。

無論如何，這一帶的席爾加油站、年代久遠的五金行、轉角的小吃店、坑坑疤疤人行道上的醉漢、通往紐華克機場的小路、隱匿於老舊釀酒廠附近的酒館，全都成了日常生活的一部分。

奧麗維亞從維吉尼亞州搬來時，麥特看得出來，她很堅持要換個更好的居住環境。他知道以她的習慣，就算沒有更好，也一定要與眾不同。奧麗維亞是在維吉尼亞州北道的一個小鄉鎮長大的。她還沒學會走路，媽媽就跑了；她是爸爸一手帶大的。

約書亞．莫瑞老來得女——奧麗維亞出生時，父親已經五十一歲——很努力為自己和女兒打造一個家。他在北道的小鎮開診所，為鎮民看病，病患從得盲腸炎的六歲小妹妹到痛風的老先生都有，工作相當繁瑣。

據奧麗維亞說，約書亞人很好，也是個溫柔的好爸爸，對他唯一的親人呵護備至。父女兩人相依為命，住在離大街不遠的一棟磚屋裡。爸爸的診所就建在住家車道右側。大多時候，奧麗維亞一放學就直接趕回家，幫忙診所的工作。她會幫害怕看病的孩子打氣，或跟凱西閒聊。凱西是他們長期僱用的護士兼掛號小姐，但也算半個保姆；如果爸爸太忙，凱西就會幫她煮晚餐、陪她做功課。奧麗維亞很崇拜父親，她的夢想就是要當醫生，跟父親一同工作（雖然她現在覺得這個夢想根本不切實際、希望渺茫）。

奧麗維亞大四時，人生驟然改觀。爸爸，她唯一的血親，死於肺癌。奧麗維亞頓失所依，昔日學醫、繼承父業的志願也隨著父親的死亡消逝殆盡。她和大學的戀人，一個名叫道格的醫學院學生解除婚約，搬回北道的老房子。但沒有爸爸的獨居生活太難熬。最後她賣掉房子，搬到沙洛茲維的一棟公寓。她在一間電腦軟體公司工作，出差機會不少；她跟麥特之所以能再續前緣，某部分得歸功於此。

紐澤西州的歐文頓跟北道或沙洛茲維都難以相比，但奧麗維亞竟想住下來，出乎麥特意料之外。這裡簡陋歸簡陋，但正好可以把錢省下，花在他們正在洽談的夢幻住屋。

買下照相手機三天後，奧麗維亞一回到家就直接上樓。麥特倒了杯萊姆口味的碳酸水，抓了幾根雪茄狀的鹹脆餅。五分鐘後，他也攀上樓。奧麗維亞不在臥房內。他轉往小工作室看，妻子正背對著他在用電腦。

「奧麗維亞？」

她轉過頭，對他微笑。麥特一直不信「回眸一笑百媚生」這種陳腔濫調，但這用在奧麗維亞身上一點也不過分：只要她一個微笑，確實有讓世界蓬蓽生輝的效果。她的笑容極具感染力，是種驚人的催化劑，讓他的生活更加多采多姿，也讓房間裡的一切改頭換面。

「你在想什麼？」奧麗維亞問他。

「妳好火辣。」

「即使懷孕了？」

「尤其是懷孕了。」

奧麗維亞敲了個鍵，螢幕畫面便消失了。她站起來，輕輕吻著他的臉頰。「我要去打包行李了。」

「幾點的飛機？」他問。

「我想開車去。」

「為什麼？」

「我有個朋友因為搭飛機流產，我不想冒險。對了，明天出發前，我會先去找海頓醫師。他要幫我再驗一次孕，確定一切正常。」

「要不要我陪妳去？」

她搖搖頭。「你得工作。下次吧，照超音波的時候。」

「好吧。」

奧麗維亞又親了他，這次長長一吻。「嘿，」她耳語道：「你開心嗎？」

他本來想放聲大笑，再耍耍嘴皮子，但卻轉而直視妻子的雙眼，說：「非常開心。」

奧麗維亞抽開身體，臉上仍掛著微笑。「我得去打包了。」

麥特看著她走開，在門口又待了一會兒。他內心雀躍，打從心底感到開心，但這也讓他由衷感到恐懼。美好的事物總是不堪一擊。當一個男孩死在你手中時，你就知道這點；當你有四年的時間都在高度警戒的監獄裡度過，就會明白這點。

美好的事物如此虛無縹緲，輕輕一吹，便會整個消散。

或者，要怪手機鈴聲？

照相手機震動時，麥特正在上班。他瞥了一眼來電顯示，是奧麗維亞。麥特還是坐在這張老式的雙人桌前辦公，就是那種兩人坐著面對面的桌子，不過對面的位置已經空了三年。他出獄後，哥哥邦尼為他買了這張桌子。在還沒發生家人婉轉稱之為「過失」的事件以前，邦尼對他們的未來充滿野心，準備以杭特兄弟之名大展抱負。他希望一切如一，希望麥特把那幾年拋在腦後。那次的過失不過是個小挫折，僅止於此，如今杭特兄弟又重出江湖了。

邦尼講得頭頭是道，讓麥特不禁也跟著相信起來。

兄弟倆共用了這張桌子六年。他們就在這間屋子裡執業，邦尼負責營利事業，麥特因為有重罪前科，無法擔任正式律師，負責的工作內容也就正好相反，跟營利或事業全沾不上邊。邦尼的合夥人覺得這樣的空間安排很怪，但兄弟倆都不特別想擁有私人的空間。小時候，他們一直都同房，邦尼睡上鋪，是黑暗中由上而下傳來的聲音。兩人都期待往日重現，至少麥特的確如此。他獨處時總覺得彆扭，有邦尼跟他共處一室，他自在多了。

兩人就這麼共處了六年。

麥特的掌心放在桃心花木桌上。他不該再留戀這張桌子，邦尼那邊已經空了三年，但他有時候還是會望著對面，期望能看到哥哥。

照相手機又震動了。

邦尼一下子擁有一切：一個俏佳人、兩個很棒的兒子、一棟市郊豪宅、大型法律事務所的合夥人、健康、人緣；但下一刻，家人卻要為他埋棺，努力想搞懂究竟出了什麼事。醫生說是腦瘤。它在你身上寄居好多年，然後有一天，砰！讓你一命嗚呼。手機設定為先震動後響鈴模式。震動完後，就開始響起老影集《蝙蝠俠》的主題曲：先是一段啦來啦去的妙詞，最後大喊：「蝙蝠俠！」

麥特拿出掛在腰際的新照相手機。

他的手指在接聽鍵附近猶疑不決。有點奇怪。奧麗維亞雖然任職於電腦公司，卻對所有科技產品一竅不通。她很少打手機，若是要打，她也知道麥特此時在辦公室，應該會撥公司的電話。

麥特按下接聽鍵，但訊息顯示有張照片「正在傳送中」。這也不大對勁。雖然奧麗維亞買手機之初興奮難耐，但至今她還沒學會如何使用照相功能。

他的對講機響了。

若蘭達——如果讓她聽見麥特喊她秘書或助理，絕對會讓麥特好看——清清喉嚨。「麥特？」

「是。」

「瑪莎在二線。」

麥特看著手機螢幕，接起辦公室電話，跟他的大嫂——邦尼的遺孀通話。

「嗨。」他說。

「嗨，」瑪莎說：「奧麗維亞還在波士頓嗎？」

「沒錯。事實上，我想她正在用新手機傳照片給我。」

「喔。」對方停頓片刻。「你今天還是會出門嗎？」

為了表示一家親，麥特和奧麗維亞刻意挑了棟離瑪莎和孩子不遠的房子。房子就位於利文斯頓，也就是邦尼和麥特成長的小鎮。

麥特質疑過浪子回頭金不換的教誨。在現實生活中，人會牢牢記住一些往事，無論經過多少年，眾人還是會在他背後指指點點、含沙射影。雖說麥特早就不再在意這些小事，但他會擔心奧麗維亞和未來的孩子：父親背負的詛咒落在子孫身上等等。

奧麗維亞知道這些風險，但卻坦然以對。

除此之外，神經兮兮的瑪莎有些「問題」；麥特不知還有什麼婉轉的說法。邦尼猝死一年後，瑪莎曾經有一小段時間精神崩潰。瑪莎「休息」（另一個婉轉的說法）了兩個星期。這段期間麥特搬進哥哥家裡，照顧兩個孩子的起居。現在瑪莎沒事了，至少大家都這麼說，但麥特還是希望大家住得近一些。

今天要檢查新房子。「待會兒就走了。怎麼了？有事嗎？」

「你可以過來一下嗎？」

「去妳家？」

「對。」

「沒問題。」

「如果不方便……」

「當然不會。」

瑪莎很美，一張鵝蛋臉有時讓她顯得脆弱無助。她一緊張眼睛就往上飄，好像在確定頭上果真烏雲密布。不過，這只是外在，就跟身高或疤痕一樣，無法反映她真實的個性。

「一切還好嗎？」麥特問。

「還好。沒什麼事。只不過……你能不能帶孩子出去幾個小時？我學校有點事，凱拉今晚又不在。」

「要不要我帶他們去吃晚餐？」

「那就太好了。不過，別吃麥當勞，好嗎？」

「中國菜呢？」

「好極了。」她說。

「那好，就這麼說定了。」

「謝了。」

照相手機開始顯示照片。

「待會兒見。」他說。

她道聲再見，就掛上電話。

麥特的注意力又回到手機上。他瞇著眼睛看螢幕。螢幕很小，大概只有一吋，不超過兩吋。今天陽光耀眼，窗簾又開著，強光讓人更難看清。麥特弓起手，遮住小小的螢幕邊緣，彎下腰，擋住光線。畫面清楚些了。

螢幕上出現一名男子。

但還是很難看清細節。男人看起來三十五、六歲，跟麥特差不多，髮色很深，接近藍色。他身穿紅色排扣襯衫，舉起手像在打招呼。所在之地是個四面白牆的房間，窗外是灰色的天空。男人臉上帶著冷笑，就是那種自以為是、老子比你行的冷笑。麥特盯著男人看，兩人四目相交，麥特確定他眼神裡帶著嘲弄的意味。

麥特不認識這個男人。

他不知道他的妻子為何會拍下這男人的照片。

畫面消失。麥特一動也不動，耳朵裡還留有類似貝殼的浪潮聲。他仍聽得見其他聲響：遠處的傳真機、人聲低語、外頭的車聲，但好像都被濾網篩過。

「麥特？」是剛剛的助理兼秘書——若蘭達．格非。麥特僱用她時，法律事務所不是很高興。若蘭達對於事務所裡的仁人君子來說太過「江湖」味，但他堅持僱用她。若蘭達是麥特最早的委託人之一，也是他少數賣命打贏的官司之一。

麥特坐牢期間，一直很努力修滿大學學分。出獄後不久，終於拿到法律學位。邦尼當時在這間位於紐華克精華地段的法律事務所中，也算權高位重，他自認要說服同事給個方便，讓坐過牢的弟弟來公司上班，絕無問題。

沒想到竟然失算。

不過，邦尼並未就此放棄。他後來又積極幫麥特爭取「律師助理」一職：一個大小通吃的職位，不過，其實做的大多是微不足道的瑣事。

事務所裡的同事起初不怎麼買他的帳，這可想而知。一所風評良好的法律事務所怎能僱用有前科的人？這麼做就是行不通。但邦尼訴諸人皆有的悲憫之心：麥特有助於推廣公司的形象，他的存在表示公司宅心仁厚，願意給人東山再起的機會——至少就理論層次而言。麥特聰明能幹，會是公司的一大資產。更有甚者，麥特可以負責免費法律諮詢這一大塊業務；這麼一來，其他律師不但可以專心餵飽荷包，又不用擔心沒照顧到下階層的權益。

最後只剩兩個可能。一是以低薪聘請麥特（他別無選擇）；二是，在大公司裡呼風喚雨的邦尼老哥若一意孤行，不顧眾人反對，就得捲鋪蓋走路。

同事們肚裡思尋的結果是：樂善好施，助人助己，何樂而不為？這也就是慈善事業得以成立的邏輯。

麥特的目光還留在空白的手機螢幕上。他的脈搏怦怦跳。他心想：那個藍黑色頭髮的傢伙是誰？

若蘭達把手放在屁股上。「回來笨蛋。」她說。

「什麼？」麥特回過神。

「你還好嗎？」

「我？還好。」

若蘭達對他做了一個奇怪的表情。

照相手機又震動了。若蘭達雙臂交叉站在一旁，麥特回了她一眼，她還是不為所動。若蘭達老是搞不懂別人給的暗示。手機又震動了，接著《蝙蝠俠》的主題曲響起。

「你不接嗎？」若蘭達問。

他低頭瞥一下手機。來電顯示還是太太的手機號碼。

「呦，蝙蝠俠。」

「我要接了。」麥特說。

他的大拇指停在綠色的「通話」鍵上，猶疑了一會兒才按下去。螢幕亮出新的畫面。

這次是段錄影。

科技雖日新月異，但搖搖晃晃的錄影畫面通常還是比正常速度慢兩拍。麥特一時之間看不清畫面上進行的事，但他知道錄影時間不長，大概十秒，最多不超過十五秒。

這是個房間，他看得出來。鏡頭掠過櫃子上的電視。牆上有幅畫，麥特雖然辨識不出是什麼畫，但整體看來似乎是旅館的房間。鏡頭停在浴室門上。

有個女人出現了。

她有頭白金色的頭髮。麥特覺得那女人並不知道自己入了鏡。鏡頭跟著她移動。陽光從窗戶射進來，強光一閃，畫面又再重新聚焦。

當這名女人走向床時，他停住呼吸。

麥特認出那個步伐。

他也認出她的坐姿、接下來的淺笑、抬起下巴的模樣，還有交叉雙腿的方式。

他坐定不動。

房間另一旁傳來若蘭達的聲音，比剛剛輕柔了些：「麥特？」

他沒應聲。現在相機被放下來了，好像擺在一張梳妝檯上，但還是對著床。男人走向白金髮色的女子。麥特只看得到男人的背。他穿了一件紅色襯衫，一頭藍黑色的頭髮，身體擋住女人和床。

麥特只覺眼前一陣模糊。他眨眨眼，重新看清楚。液晶螢幕轉暗，明明滅滅，然後畫面就消失了。麥特坐在椅子上；若蘭達正好奇地盯著他看。擺在哥哥桌上的照片仍在原位。他肯定（應該說幾乎可以肯定，畢竟螢幕只有一、兩吋）奇怪的旅館房間裡的女人，床上那個身著合身洋裝、戴了一頂白金色假髮（真髮其實是褐色）的女人，名叫奧麗維亞，就是他的妻子。

# 3

紐澤西州紐華克市

六月二十二日

艾瑟思郡的凶殺組警探——羅蘭．繆思，坐在老闆的辦公室裡。

「等等，」她說：「你是說，修女有隆乳？」

艾得．史坦堡——艾瑟思郡的檢察官，就坐在辦公桌後面摸著他的大肚子。光從背後看，你絕不會知道此人噸位多大，因為他是個扁臀。他往後一靠，把手放在腦後，襯衫腋下有黃黃的污漬。

「看來是這樣。」

「但她是自然死亡？」羅蘭問。

「之前我們是這麼想的。」

「現在改變想法了？」

「目前沒什麼想法。」史坦堡說。

「我可以找出問題，老大。」

「省省吧。」史坦堡嘆了口氣，戴上眼鏡。「瑪麗．羅絲修女，十年級的社會科老師，陳屍於修道院的宿舍。沒有發現任何掙扎或受傷的痕跡。她今年六十歲。顯然是一般的死亡意外：心臟病、中風等等。沒什麼可疑之處。」

「可是……」羅蘭接著說。

「有個新發現？」

「應該說是新『波』折。」

「等等，饒了我吧。」

羅蘭攤開雙手。「我還是不知道自己來這裡幹嘛。」

「誰叫妳是本郡最『有料』的凶殺案警探，呵。」

羅蘭做了個鬼臉。

「反正跑不了。這名修女——」史坦堡拉下眼鏡說：「任教於聖瑪格麗特高中。」他看著羅蘭。

「所以呢？」

「妳是那裡的學生，對吧？」

「我還是要問，所以呢？」

「所以，修道院院長內舉不避親，指名找妳。」

「凱薩琳院長？」

他查看一下文件。「正是。」

「別說笑了。」

「誰跟妳說笑。她特地打電話來說情，指名找妳。」

羅蘭搖搖頭。

「妳應該認識她吧？」

「凱薩琳院長？不過就是因為我常被叫進她的辦公室。」

「什麼，妳不是乖乖女？」史坦堡把手放在心窩。「真想不到。」

「我還是不懂她幹嘛找我。」

「也許她覺得妳會謹慎調查。」

「我討厭那個地方。」

「為什麼？」

「你沒讀過天主教學校吧？」

他拿起桌上的名牌，逐一指著上面的字。「史——坦——堡，」他一字字念給她聽。「妳想想看，有常在教會裡看到這種名字嗎？」

羅蘭點點頭。「算了，再怎麼說也是對牛彈琴。我要跟哪個檢查官報告？」

「就是在下我嘍。」

這點令她驚訝。「直接跟你報告？」

「沒錯，而且別無分號。這案子就我一個人負責，懂嗎？」

她點頭。「懂了。」

「準備好了嗎？」

「準備什麼？」

「凱薩琳院長。」

「她怎麼了？」

史坦堡站起來，踱到桌子旁。「她人就在隔壁，想私下跟妳談談。」

羅蘭・繆思就讀聖瑪格麗特女校時，凱薩琳院長對她來說，就像個擎天巨人、千年女妖。歲月雖然將她縮小了一些，也沒讓她更顯蒼老。以前羅蘭在校時，凱薩琳院長總是全套制服，如今她的穿著打扮依舊莊嚴，但已輕便許多。「可能是為了順應中南美香蕉共和國的民情吧。」羅蘭想。

史坦堡說：「妳們好好聊聊。」

凱薩琳院長站著，兩手交疊，做出祈禱前的手勢。門關上，兩人都默默不語。羅蘭知道箇中技巧，不會按捺不住先出聲。

羅蘭在利文斯頓高中讀到高二，就被列為「問題學生」，並送往聖瑪格麗特。那時候羅蘭很嬌小，才五呎左右，之後也沒長高多少。其他清一色男性且個個聰明機智的警探都喊她「小不點」。說到警探，只要惹到他們，你就吃不完兜著走。

話說回來，羅蘭並非一直都是問題學生。小學時，她是個野丫頭、孩子王，踢球一把罩；這種小孩在中上家庭裡遲早會被「矯正」。她父親做過各種不同的粗活，多半跟貨運有關。他是個溫柔、安靜的男人，錯就錯在愛上一個自己高攀不上的美人胚子。

繆思一家就住在紐澤西州利文斯頓市的柯文翠區，以繆思家的社經狀況，實在是負擔不起的一棟市郊住宅，但羅蘭的媽媽——風情萬種、需索無度的繆思太太相當堅持，因為：老娘就該坐擁華廈。沒有人（也真的沒有）可以瞧不起卡門・繆思。

她對羅蘭的爸爸施壓，要他更加努力工作，同時又不斷借貸、打腫臉充胖子，直到有一天——正好就是羅蘭十四歲生日後兩天——老爸在雙車庫裡轟掉自己的腦袋。

事後再看，可能會覺得她爸爸太想不開。她現在想通了，爸爸是精神失常。既然是自殺，怪誰都不公平，但羅蘭不管，她把錯怪到媽媽身上。她暗自揣測，溫柔、安靜的爸爸娶的若不是來自拜恩市的嬌嬌女卡門・費洛絲，絕不會落到這步田地。

小羅蘭的反應可想而知：她發了狂地搞叛逆，抽菸、喝酒樣樣來，還跟一幫狐群狗黨混在一起，亂搞男女關係。她很清楚，男生如果一個睡過一個，就是眾人眼中的狠角色，但若是女生，就會被視為無腦蕩婦。羅蘭知道這樣很不公平，但她不得不承認，儘管有女性主義撐腰，她仍然覺得自己愈是淫亂就愈沒尊嚴（兩者直接相關）。換句話說，她愈沒尊嚴，就愈，呵呵，自由自在。男人沒這種顧慮，不然就是他們隱藏得很好。

凱薩琳院長先打破僵局。「真高興見到妳，羅蘭。」

「我也是，」羅蘭說，語帶躊躇，一點也不像她。天啊，接下來呢？她會像以前一樣開始咬指甲嗎？「史坦堡檢察官說妳想跟我談談？」

「我們坐下來談，好嗎？」

羅蘭聳聳肩，表示悉聽尊便。兩人坐下，羅蘭雙臂交叉，坐得低低的。她翹起腿，突然想到嘴裡有口香糖。凱薩琳院長板起臉，表示不悅。羅蘭不想示弱，便放慢咀嚼速度，原本沒啥大不了的動作，變成一副油腔滑調的嘴臉。

「要不要說說發生了什麼事？」

「這次情況很特別，」凱薩琳院長說：「所以需要……」她抬起頭，像是在乞求老天伸出援手。

「小心謹慎？」羅蘭接話。

「一點也沒錯。」

「行，」羅蘭說，拉長聲音。「就是修女隆乳案，對吧？」

凱薩琳院長閉上雙眼，又再睜開。「對。不過，我想妳沒抓到重點。」

「重點是？」

「我們損失了一位好老師。」

「瑪麗．羅絲修女。」羅蘭心裡卻想著：咱們的大咪咪女士。

「對。」

「妳想，她是自然死亡嗎？」羅蘭問。

「是的。」

「所以？」

「這真的很難啟齒。」

「我很樂意協助。」

「妳是個好孩子，羅蘭。」

「才怪，我是個搗蛋鬼。」

凱薩琳院長忍住笑意。「的確也是。」

羅蘭也投以微笑。

「搗蛋鬼分很多種，」凱薩琳院長說：「妳是叛逆沒錯，不過妳心腸很好，絕不會欺負別人。對我來說，這一直是重點。妳之所以常常惹麻煩，是為了幫助弱小的孩子。」

羅蘭靠向前，接下來的舉動連自己都吃了一驚：她握住修女的手。凱薩琳院長似乎也讓這動作嚇到了，藍藍的眼珠直視著羅蘭。

「答應我，妳不會跟其他人透露我待會兒說的話，」凱薩琳院長說：「這很重要，尤其世風日下，只要有一絲絲腥羶——」

「我不能隱瞞任何事。」

「我也不願妳這麼做，」她說，不願失去體統、有辱神職。「我們得查清真相。我也認真考慮過就——」她擺擺手。「就不再追究。這麼一來，瑪麗．羅絲修女就會有個平靜的葬禮，一切便到此為止。」

羅蘭的手還握著修女。老修女黝黑的手像是冷杉打造的。「我會盡力而為。」

「妳一定要了解，瑪麗．羅絲修女是我們最棒的老師之一。」

「她教社會科？」

「對？」

羅蘭搜尋記憶。「我不記得她。」

「妳畢業後她才入校服務。」

「她在聖瑪格麗特待多久了？」

「七年。而且我告訴妳，她是個聖人。我知道這個詞已經過於濫用，但這是唯一可以形容她的字眼。瑪麗．羅絲修女從不要求名利，她無私奉獻，只專注於自己認為對的事情。」

凱薩琳院長抽回手。羅蘭靠回椅背，又把腳給翹了起來。「繼續說。」

「當我們——我指的是我自己還有其他兩名修女——早上發現她的時候，她穿著睡衣。她跟大家一樣，都很樸實。」

羅蘭點點頭，鼓勵對方繼續。

「我們當然很慌，她就這麼斷了氣。我們試過人工呼吸和心臟按壓。之前剛好有當地警員到學校教孩子急救法，所以我們就姑且試試。是我幫她做心臟按壓的……」她的聲音愈來愈弱。

「妳就是這樣才發現她隆乳？」

凱薩琳院長點頭。

「這件事妳跟其他修女說過嗎？」

「沒有，當然沒有。」

羅蘭聳聳肩。「我不是很清楚現在的問題所在。」她說。

「是嗎？」

「說不定，瑪麗．羅絲修女在進入修道院之前，有段不為人知的過去。誰知道呢？」

「問題就在這裡，」凱薩琳院長說：「她沒有。」

「我不懂妳的意思。」

「瑪麗．羅絲修女來自奧勒岡州一個很保守的教區，是個孤兒，十五歲就入會了。」

羅蘭想了一下。「所以妳想不通……」她在胸前若有似無地前後比劃。

「完全想不通。」

「那這件事要怎麼解釋？」

「我認為，」凱薩琳院長咬著唇。「我認為瑪麗．羅絲修女隱瞞她真實的身分。」

「什麼身分？」

「我不知道。」凱薩琳院長抬起頭，殷切地看著她。

「所以，」羅蘭說：「才會叫我來。」

「答對了。」

「妳想查清她的身分。」

「對。」

「小心謹慎調查。」

「希望如此，我們需要知道真相。」

「即使真相可能是醜陋的？」

「那就更要查。」凱薩琳院長站了起來。「對付世上的醜陋就是要這麼做：把它揪出來，披露在上帝的榮光中。」

「是啊，」羅蘭說：「榮光。」

「羅蘭，妳不信教了，對吧？」

「從來就沒信過。」

「喔，我不知道這點。」羅蘭跟著站起來，但凱薩琳院長仍然高高在上。沒錯，羅蘭想，這女人的確是個擎天巨人。「但妳願意幫忙嗎？」

「妳知道我會的。」

# 4

過了幾秒。麥特猜應該只有幾秒。他盯著手機，靜靜等待。沒什麼事發生。他腦筋一片空白，回過神時，他真希望腦筋再度空白。

手機。他抓在手裡端詳，好像第一次看似的。他提醒自己，手機螢幕這麼小，畫面一下就沒了，另外還有亮度、色彩和強光的問題。

他對自己點頭。繼續再想。

奧麗維亞的頭髮不是白金色。

很好。再多想想……

麥特了解也深愛著妻子。他不是個如意郎君，而是個坐過牢、前途黯淡的男人。在感情上，他很容易退縮，也很難愛人或信任人。然而，奧麗維亞卻擁有一切：聰明漂亮，又是維吉尼亞大學的高材生，甚至還有父親留給她的一小筆積蓄。

想這些有什麼用。

對了，對了，即便如此，奧麗維亞仍然選擇了他：前途茫茫的出獄受刑人。她是第一個聽他坦承過去的女人，其他人還沒等到這個話題出現，就再見不聯絡了。

她聽了之後的反應呢？

她並非一路含笑傾聽。那笑容，那讓你難以抵擋的笑容，聞言時黯淡片刻。麥特想要就此停住，想一走了之，因為沒辦法忍受自己成了抹滅那笑容的凶手，即便只是轉瞬片刻。不過，那一刻並未持續太久，那笑容很快又重新綻放、花開燦爛。麥特咬著下唇，鬆了一口氣。奧麗維亞伸手過來抓住他的手，可以說就此牢牢捉住，不再鬆手。

但如今，麥特坐在這裡，回想起他出獄時戰戰兢兢的步伐。他一邊小心翼翼邁步，一面眨著眼穿過大門，只覺腳下的薄冰隨時都會崩裂，將他捲入寒冷刺骨的水裡。那種感覺從未完全消散。

要怎麼解釋剛剛看到的一幕？

麥特了解人的本性，不，應該說他了解下等人的本性。他已經見識過命運加諸於他和家人身上的詛咒。這讓他以此詛咒來解釋一切不順遂，或者該說是拒絕去解釋所有的不順遂。說到底，這東西根本無從解釋。

這世界既不殘酷也不美好，不過就是隨機運作，到處充斥著急衝猛進的分子，以及交相混合反應的化學物質。沒有真正的秩序，也沒有善有善報、惡有惡報這回事。

混沌，一切只是混沌。

在這團混沌的漩渦之中，麥特唯一擁有的，就是奧麗維亞。

他坐在辦公室裡，眼睛盯著電話，腦海裡不斷浮現這個意念。而此刻，當下這一秒：奧麗維亞在那間旅館房間裡做什麼？

他閉上眼睛，想理出頭緒。

也許那並不是她。

再怎麼說，螢幕很小，畫面閃逝即過。麥特一想再想，一再把類似的理由升上理智的旗竿，希望有面旗幟能夠迎風飛揚。

什麼也沒有。

他只覺胸口沉鬱。

畫面排山倒海而來。麥特想抵抗，但那力量卻將他湮沒。男人藍黑色的頭髮，臉上該死的奸笑。他想像奧麗維亞會如何躺下跟這男人做愛，咬著下唇、眼睛半閉，頸上的筋脈拉緊。還有聲音，先是些許呻吟，然後是樂極忘形的叫喊……

停。

他抬起頭，才發現若蘭達仍然盯著他看。

「有什麼事嗎？」他問。

「有。」

「什麼？」

「我站太久，忘了。」

若蘭達聳聳肩，身子一轉，走出辦公室，忘了順便關上門。

麥特站起來，走到窗邊。他低頭看著邦尼的兒子一身足球裝備的照片。三年前，邦尼和瑪莎用這張照片做為耶誕賀卡送給他。相框就是那種在大型連鎖藥局或類似的藥品店買得到的仿銅相框。照片中，邦尼的小孩——保羅和艾森，一個五歲、一個三歲，笑容天真無邪。這種笑容已不復在。他們是好孩子，適應力很好，無可挑剔，但無論如何，悲傷仍然無可避免，如影隨形。仔細一看，就會發現那笑容謹慎了些，眼神裡多了畏懼，害怕身邊還有什麼會被奪走。

所以，現在要如何是好？

「當然就是，」他決定，「回電給奧麗維亞。」看看究竟搞什麼鬼。

這方法既合理又荒謬。他以為能有什麼結果？他最先聽到的，會不會是太太急促的呼吸聲，還有一旁男人的笑聲？還是他以為奧麗維亞會用平常熱情的語調回話？接著他是不是要說：「嗨，甜心，汽車旅館是怎麼一回事？」他心裡早就沒把房間看成旅館，而是間陰暗、隱密的汽車旅館；多了「汽車」二字，旅館的意義就全然不同。再來是不是要問：「白金色假髮，還有一頭藍黑色頭髮、帶著奸笑的男人又作何解釋？」

聽起來很不對勁。

麥特任自己胡思亂想。這一切一定會有合理解釋，也許他現在想不到，但並不表示沒有。麥特記得電視上播過的魔術特別節目。看著魔術師變戲法時，你可能一時參不透其中的機關，可是一旦公布答案，你就會納悶自己剛開始怎麼會糊塗到看不出所以然。這件事或許就是如此。

眼看別無選擇，麥特決定回電。

他早已將奧麗維亞的號碼設為第一組快速撥號。他按下按鍵，握住手機。電話聲響起。他看著窗外，眼前是紐華克市鎮。他對這個城市一直又愛又恨。這裡潛力十足、充滿活力，但大多時候眼底所見盡是令人搖頭、殘敗破落的景象。因著某些原因，麥特回想起達夫來探監的那一天。達夫嚎啕大哭，臉頰漲紅，像個孩子一樣。麥特只能看著他，無話可說。

鈴聲響了六次，便轉到語音信箱。他太太熱力十足的聲音那麼熟悉，那麼……唯他專屬，讓他揪心。他耐心等著奧麗維亞說完問候語，之後「嗶」一聲。

「嘿，是我。」他說。麥特聽得出來自己語調僵硬，極力想保持自然。「有時間撥個電話給我好嗎？」他停在那裡。通常他會隨口說句「愛妳」做結，但這次他直接掛上電話，少了平常自然而出的甜言蜜語。

他仍看著窗外。牢獄生活最讓他深刻體會的，並非殘酷或厭惡；正好相反，這些殘酷或厭惡往往成了常態。一段時日後，麥特愈來愈喜歡亞利安國度的哥兒們，其實，他喜歡的是跟他們在一起的感覺。那是種斯德哥爾摩症候群的怪異衍生物[5]——存活至上。為了存活，心智會自我扭曲，任何事都可以變得正常。麥特想到這點，停頓不語。

他想起奧麗維亞的笑容，那笑容帶他遠離這一切。此刻他懷疑，那笑容是真是假，會不會只是另一個殘酷的幻象，某種笑裡藏刀的東西。

接著，麥特做了件相當奇怪的事。

他把照相手機拿在面前，伸長手臂，拍了張自己的照片。他沒有微笑，只是看著鏡頭。此刻，小小螢幕上出現他的照片。他看著自己的臉，卻不確定眼前為何物。

他按下奧麗維亞的號碼，把照片寄給她。

## 5

兩小時過去了，奧麗維亞仍未回電。

這兩個小時，麥特都跟伊克．凱亞在一起。此人是公司內資深的合夥人之一，一頭過長的灰

---

5 此語源於一九七三年發生於斯德哥爾摩的銀行搶案，此案人質在遭綁匪挾持期間，漸漸對綁匪產生好感，甚至後來還出面為綁匪說話。後引申為受虐者對施虐者產生的依賴心理。

髮，老是梳得又光又滑。他家境富裕，但除了善於交際，也沒其他長處，然而有時這樣就夠了。他有一輛克萊斯勒的「道奇毒蛇」跑車、兩部哈雷機車。公司裡的人都叫他「中伯」：中年危機伯伯的簡稱。

聰明如中伯，他自知不足，所以常常利用麥特。他抓準麥特一定樂意扛下重責、退居幕後，這麼一來，中伯也能穩住客戶，保住地位。他知道麥特雖然介意，但也不敢不從。

公司詐欺可能對美國不利，但對史特吉司這種信譽良好的白領階級法律事務所來說，卻好賺得要命。此刻他們正在討論史特曼一案。史特曼是一家叫「奔騰」的大型藥廠總裁，此人被指控的罪名之一，就是做假帳操縱股價。

「總之，」中伯說，搬出他最拿手的「如果你是陪審團」的試探語氣，「我方就辯稱……」他眼光投向麥特，尋求答案。

「錯在他人。」麥特說。

「任何一個人？」

「對。」

「啊？」

「抓到誰就把錯推給他，」麥特說：「財務長（史特曼的妹夫、前摯友）、營運長……管它什麼長、會計公司、銀行、董事會，還是基層員工。就說其中有些人是騙徒，有些人粗心大意釀成大禍。」

「這不會相互矛盾嗎？」中伯問，雙手交叉，眼光低垂。「又有陰謀、又有過失？」他停了一下，眼光向上，露出笑容，點點頭。陰謀和過失。中伯很中意這個辦法。

「我們就是要模糊焦點，」麥特說：「愈多人涉案，就愈會不了了之。陪審團雖然知道有問題，但卻不知要歸罪於誰。我們就丟出事實，鑽牛角尖，吹毛求疵，把每個可能的過失都揪出來，即使事實不然，就算只是細微的出入也要說得很嚴重。質疑一切，懷疑眾人。」

「那成人禮又怎麼說？」

史特曼砸了兩百萬美金在百慕達為兒子舉辦成人禮，除了找來碧昂絲和傑魯獻唱，還租了飛機接送客人。錄影實況（其實是一片立體聲的ＤＶＤ）會播放給陪審團看。

「合法的業務費。」麥特說。

「又來了？」

「看看賓客是哪些人：大藥廠的老闆、大買主、醫生、研究員，還有食品藥物管理局支持用藥、分配補助的長官們等等。我們的委託人是在宴請客戶，早在波士頓茶會事件之前[6]，這種商業交際活動就已行之多年。他的出發點都是為了公司好。」

「可是，那明明是他兒子的成人禮？」

麥特聳聳肩。「但其實是在幫自己的忙，史特曼聰明得很。」

中伯做了個鬼臉。

「想想看，若史特曼說：『我要宴請賓客，爭取重要客戶。』事情就不會如他所願。所以，史特曼這個狡猾的天才就掛羊頭賣狗肉：邀請這些生意上的伙伴來參加兒子的成人禮，利用溫情攻勢讓他們放下戒備。這些人會覺得窩心，覺得這傢伙竟然沒在一板一眼的生意場所要人乖乖掏錢，反而邀請他們參加這種家族聚會。史特曼就跟其他聰明的老闆一樣，善於運用策略。」

中伯豎起眉毛，慢慢點頭。「喔，這個我喜歡。」

---

6　一七七三年，波士頓居民為反抗殖民國英國的茶稅政策所發起的抗議活動。

不出麥特所料。他查看手機，確定還有電，看看是否有訊息或未接來電。什麼也沒有。

中伯站起來。「明天再繼續討論。」

「沒問題。」麥特說。

中伯離去。若蘭達把頭探出門外，看著往走廊走去的中伯，假裝要把手指伸進喉嚨裡，還發出乾嘔的聲音。麥特看看時間：該走了。

他匆匆趕往公司的停車場，目光四處打轉，像在打量一切，又像什麼也沒看到。停車場的管理員湯米對他招手，依舊頭昏眼花的麥特，不確定自己是否回招了手。他的停車位在後頭，滴水的排水管下方。他知道，階級無所不在，即使是停車場也不例外。

有個人正在清洗某個同事的綠色積架。麥特轉彎，看到中伯其中一部哈雷機車，車上罩著透明的防水布。有輛購物推車倒在一旁，四個輪子有三個不翼而飛。三個推車輪能做什麼？

麥特的目光飄向街上的車輛，多半是四處繞來繞去的計程車。他注意到一輛車牌號碼MLH-472的灰色福特金牛，因為他自己名字的縮寫是MKH，跟車牌相當接近，這種事常會讓他分心。

但就在坐進車內，有個新想法跑了出來，令他苦惱。

他盡其所能要保持冷靜。他心想：「好，想像最壞的狀況：他在照相手機上所看到的，就算是約會開始的前奏。」

奧麗維亞為什麼把這一幕傳給他？

道理何在？她想故意露出馬腳？還是在求救？

這麼想還是無濟於事。

但接著他想通了：畫面不是奧麗維亞傳的。

畫面是從她的手機傳來的沒錯，但她（假設那個戴著白金色假髮的女人就是奧麗維亞）似乎不知道手機在拍她。他想起這點：她是影片中的主題，也就是被拍攝的對象，而非拍攝者。

那麼，傳送的人是誰？是藍黑髮先生嗎？若是如此，第一張藍黑髮先生的照片，又是誰拍的？是自拍嗎？

答案：不是。

藍黑髮先生舉起手，像在招手。麥特記得在他手上有枚戒指（他猜應該是戒指）。他此刻實在還無法重看那張照片，但他思忖：那會是婚戒嗎？不對，戒指是在右手。

無論如何，究竟是誰拍下藍黑髮先生的照片？

奧麗維亞？

她為什麼把照片傳給我？或只是個意外？比如說，有人不小心按了某個快速撥號？

不太可能。

房裡有第三個人嗎？

麥特不覺得。再三思索後，仍無結果。兩通電話都撥自他太太的手機。沒錯。可是，如果她有外遇，怎麼會想讓他知道？

答案：當然不想。很好，他的推理愈來愈細膩了。

那麼，誰會想這麼做呢？

麥特又想到藍黑髮男自以為是的冷笑，於是腸胃一陣翻滾。小時候，他一直很多愁善感。現在雖然難以想像，但他曾經是個很敏感的小孩。只要輸了棒球賽，即使只是非正式比賽，他就會掉眼淚。一點點小事情都能讓他惦記好幾個星期。這一切就在史蒂芬．麥格拉斯死去的那一晚轉變了。若人真的能從監獄裡學到什麼，無非就是自我麻痺。你學會不哭不笑，永不表露情感。禁閉自己，就算只是一點點情緒也一樣，因為一旦表現出來，不是被利用，就是被壓抑。麥特現在也嘗試這麼做：麻痺肚子裡不斷往下陷落的感覺。

他被無力感深深攫住。

畫面又回來了，可怕的畫面夾雜令人心痛的美好回憶，那最痛徹心扉的回憶。他想起有個週末，他跟奧麗維亞在麻州雷諾斯一間附早餐的維多利亞式民宿度假。他記得他們把枕頭和毛毯鋪在壁爐前，還開了一瓶紅酒，也記得奧麗維亞握著杯腳的樣子、看著他的眼神、這世界的模樣、逝去的時光、他那猶疑不定又戰戰兢兢的腳步如何逐漸淡去、火光映照著她的綠眼眸的樣子，還有——這樣的她身旁換了另一個男人的景象。

一個新的想法突襲而來。駭人、讓他無法招架，差點難以穩住車子。

奧麗維亞懷孕了。

紅綠燈轉成紅色。麥特差點闖了過去。他在最後一刻猛踩煞車。有個已經開始過馬路的行人往後一跳，對他舞動拳頭。麥特兩手仍留在方向盤上。

奧麗維亞花了很長一段時間才受孕。小倆口都已三十好幾，對奧麗維亞來說，時間愈來愈緊迫了。她很想建立自己的家庭。長久以來，他們的懷孕計畫一直受挫，麥特不禁懷疑（認真地懷疑）問題會不會出在他身上。他在牢裡被海扁過幾次。入獄第三個星期，四個男人抓住他，將他兩腿扳開，讓第五個人狠狠踢他鼠蹊。他痛到幾乎昏了過去。

如今，奧麗維亞突然就懷孕了。

他想關上腦袋，但卻辦不到。憤怒開始往心裡滲透。他心想：憤怒總比感到受傷好，又比讓人奪走心愛的東西而肝腸寸斷好。

他得找到她，現在就去。

奧麗維亞人在波士頓，離這裡要五小時的車程。別去看房子了，現在就出發，找她弄個清楚。

她在哪裡過夜？

他想了想：奧麗維亞有告訴他嗎？他不記得。這就是有手機的壞處之一，你變得不會在意這種事。但無論是下榻瑪瑞特或希爾頓飯店都一樣，她是去出差，一定會跑來跑去，在外面開會或用餐，很少待在房間裡。

不用說，聯絡她最快的方式就是打手機。

所以呢？

他不知道她下榻的旅館。就算知道，先打電話不是比較合理嗎？以他的了解，影片中的地點說不定不是她的房間，可能是藍黑髮男子的。假設他知道是哪間旅館，然後趕到房門前敲門，會不會奧麗維亞就穿著睡衣，背後站著腰間裹著浴巾的藍黑髮男人？那麼，麥特要怎麼辦？揍得他屁滾尿流嗎？還是對著他們大喊：「啊哈！？」

他又打了電話給奧麗維亞，但還是無人接聽。他沒再留言。

奧麗維亞為什麼沒告訴他下榻的地點？

現在很清楚了，不是嗎，麥特老兄？

紅色窗簾浮現在眼前。

夠了。

他撥了妻子辦公室的電話，但直接轉到語音信箱：「嗨，我是奧麗維亞．杭特。我現在不在，星期五才會回來。若有要事，可以找我的助理潔米．蘇，請按分機六四六——」

麥特依言照做。電話響了三聲，潔米接起。

「奧麗維亞．杭特專線。」

「嘿，潔米，我是麥特。」

「嗨，麥特。」

他的手放在方向盤上，用免持聽筒的模式通話。他老是覺得這樣講電話很怪，像個瘋子在跟想像的朋友聊天。講電話就該拿著電話。「很快請問妳一個問題。」

「問吧。」

「妳知道奧麗維亞住哪個旅館嗎？」

對方沒有回答。

「潔米？」

「我還在，」她說：「呃，如果你能稍等一下，我可以去查查看。可是，你怎麼不打她的手機？這是她留給客戶的緊急聯絡號碼。」

他不太知道該如何回答這個問題，同時又得小心不露聲色。若他告訴潔米電話沒人接，她一定會納悶為何不稍後再打。他左思右想，想生出個合理的答案。

「對，我知道，」他說：「可是我想送花給她。妳知道，給她個驚喜。」

「喔，我懂了。」潔米聲音略帶興奮。「是什麼紀念日嗎？」

「不是。」他極其僵硬地補了一句：「可是，蜜月期還沒過啊。」他笑著自己令人同情的台詞，但潔米並沒有跟著笑。不令人意外的結果。

接著一段漫長的沉默。

「妳還在嗎？」麥特問。

「在。」

「可以告訴我她住的旅館嗎？」

「我正在查。」電話裡傳來敲打鍵盤的聲音。接著：「麥特？」

「是。」

「有另一通電話進來了。我查到再打給你好嗎？」

「沒問題。」他說，但心中不悅。他留了手機號碼，便掛上電話。

他到底在做什麼？

他的手機又震動了。他看了一下號碼，公司打來的。若蘭達連招呼都省了。

「有麻煩，」她說：「你在哪？」

「剛上七十八號道路。」

「快回頭。去華盛頓街。伊娃要被趕走了。」

他低聲咒罵。「誰？」

「吉兒牧師帶著她兩個孔武有力的兒子找上門，恐嚇伊娃。」

吉兒牧師——這女人在網路上以她的神職為名成立「慈善」基金會，只要年輕人能吐出足夠的貧民券[7]，她就會無限期收留他們。這個神棍剝削窮人的惡行令人髮指。麥特往右一轉。

「上路了。」他說。

十分鐘後，他將車停在華盛頓街上。這一帶位於支流公園附近，麥特小時候會來這裡打網球。他有段時間常去比賽，每兩週爸媽就會不辭辛勞帶他到華盛頓港參加聯賽，他甚至打進十四歲以下男子組決賽，但現在家人早就不再來支流公園了。麥特一直不知道紐華克發生了什麼事，以前它是個繁榮、美好的市鎮。富裕人家在一九五〇、六〇年代的市郊遷居潮離開紐華克。這點並不特別，到處都有這種情況。但是，紐華克卻從此沒落，離去的人即使只是搬到不遠的地方，都沒有再回

7 美國農業部為照顧低收入戶所推出的補助方案。

來。部分是由於一九六〇年代晚期的暴動，再來就是種族歧視。然而，還有其他一些更糟糕的原因，但麥特並不清楚是什麼。

他下了車。這一帶多半都是黑人，他大部分的委託人也是黑人。麥特暗忖：服刑期間，他比任何時刻都還常聽到「X鬼」，他自己也把這兩個字掛在嘴邊。起初是為了迎合眾人，但一天天過去，這兩個字似乎變得沒那麼可惡；然而，這才是最可憎的一點。

最後，他不得不背棄他一直堅守的信念：膚色一點也不重要（自由自在的市郊居民睜眼說的瞎話）。在牢裡，膚色就是一切。在這裡，即便反應的方式不同，膚色還是一樣重要。

他打量四周的景象，一片有趣的塗鴉打斷他移動的目光。有人在一道坑坑疤疤的磚牆上，噴了四個長長的立體字：賤人撒謊！

通常麥特並不會停下來看這種東西，但今天例外。這些紅字斜斜的，就算不識字，也能感受其中的憤怒。麥特想著作者是受了什麼刺激才寫下這些文字，像這樣破壞公物是否能減輕他的怒火，或者只是大破壞的第一步？

他走向伊娃的公寓。吉兒牧師的車，一輛配備齊全的賓士五六〇就停在外面。她的一個兒子兩手交叉，眉頭緊皺站在那裡看守。麥特的眼光又開始搜索。鄰居來來往往。一個兩歲左右的小孩坐在一部老舊的割草機上。他母親把割草機充當嬰兒車，她自己則喃喃自語，虛弱不堪。眾人盯著麥特不放；這裡出現一個白人不僅不尋常，簡直稀奇。

吉兒牧師的兒子一看到他走近，便怒目橫眉盯著他。街上很安靜，像西部片。決鬥爆發前的寧靜。

麥特說：「還好嗎？」

兄弟倆可能是雙胞胎。其中一個還瞪著他看，另一個則動手把伊娃的東西搬上後車廂。麥特的眼睛眨都不眨，繼續保持微笑往前走。

「我要你馬上住手。」

叉手皺眉男子說：「你是誰？」

吉兒牧師走出來。她看了麥特一眼，也皺起眉頭。

「妳不能趕她出去。」麥特說。

吉兒牧師趾高氣揚地說：「這片住宅歸我所有。」

「錯，歸州政府所有。妳也說，這是為本地年輕人設置的慈善收容所。」

「伊娃違反規定。」

「什麼規定？」

「我們是宗教團體，道德規範嚴謹。伊娃不遵守規範。」

「從何說起？」

吉兒牧師微笑。「我想，這不關你的事吧。請問尊姓大名？」

兩個兒子互看一眼，其中一人把伊娃的東西放下，兩人同時看著他。

麥特指著吉兒牧師的賓士。「好車。」

兩兄弟蹙眉，朝他走來。一個昂首闊步、扭頭折頸，另一個摩拳擦掌。麥特可以感覺到血液在沸騰。奇怪的是，史蒂芬．麥格拉斯的死——那個「過失」——並未讓他恐懼暴力。說不定，只要他那晚再更大膽些，別那麼……不過，此時此刻已不重要。他學到一個有關打鬥的寶貴教訓：你永遠不知道接下來會發生什麼事。沒錯，先出手的通常都會贏，體形較大的也往往勝算在握，但一旦比賽開始，一旦鬥士怒火中燒，什麼事都可能發生。

折頸男又問：「你是誰？」

麥特不想冒險。他嘆口氣，拿出照相手機。「我是包柏．史邁利，第九頻道新聞的人。」對方聞言停步。

他把手機對著他們，假裝開啟電源。「不介意的話，我想拍一下你們的行動。新聞車三分鐘後會來捕捉更清楚的畫面。」

兩兄弟回望母親。吉兒牧師的臉上隨即堆滿假笑。

「我們要幫忙伊娃，」她說：「換到更好的住處。」

「嗯哼。」

「不過，如果她寧願留在這裡……」

「她寧願留在這裡。」麥特說。

「米羅，把她的東西搬回公寓。」折頸男米羅白了麥特一眼。麥特舉起手機說：「保持這個姿勢，米羅。」米羅和摩拳男開始將東西搬出箱形車。吉兒牧師匆匆坐進賓士車後座。伊娃從窗邊俯視麥特，做了個「謝謝」的嘴形。麥特點點頭，轉身要走。

就在轉身當下，沒特別注視什麼的時候，麥特又看見灰色的福特金牛。

車子停在離他約三十碼處。麥特愣然。灰色的福特金牛當然隨處可見，說不定還是這裡最普遍的車，一天看到兩部並不奇怪。麥特發現，這一區可能不只一部福特金牛，大概有兩到三部。如果其中剛好有輛灰色，也沒什麼好大驚小怪。

但怎麼可能也是ＭＬＨ開頭的車牌，跟他的姓名縮寫如此接近？

他的眼睛盯著車牌不放。

MLH-472。

他在辦公室外面看到同一部車。

麥特盡力保持呼吸平穩。他知道，這可能不過是個巧合。退一步看，這真的很有可能。一個人一天內看到同部車兩次。更何況，這地方離公司才半哩遠，這一帶也算人多車擠，這種巧合沒什麼大不了。

若是平常的日子，不對，應該說今天以外的日子，麥特一定不會大驚小怪。

但今天不然。他猶疑了一會兒，便往車子走去。

「嘿，」米羅喊：「你要去哪裡？」

「繼續把東西搬下來，大個兒。」

走不到五步，福特金牛的前輪開始轉動，駛離現場。麥特加快腳步。

車子出奇不意地衝向前，切過馬路，白色尾燈亮起，車子往後疾駛。麥特這才發現，駕駛人打算來個三點迴轉。此刻駕駛人急踩煞車，方向盤打得又快又狠。麥特離後車窗只有幾步之遙。

麥特大呼：「別走！」彷彿對方真會聞言停車。他接著全力衝刺，奔至車前。

失算。

福特金牛的輪胎急轉，發出嘶嘶聲，朝他衝來。

車子全力衝刺，毫不遲疑。麥特跳到一旁，金牛繼續加速。麥特飛離地面，身體與地平行。保險桿撞到他的腳踝，骨頭瞬間劇痛。車子的衝力將麥特彈到半空中，他臉先著地，然後一路弓身打滾，最後呈仰臥姿勢。

有幾分鐘，麥特就躺在日光下眨眼。接著人群圍攏過來。「你還好嗎？」有人問。他點點頭，坐起來，檢查他的腳踝：傷得不輕，但沒有骨折。有人拉他站起來。

整個過程，從他看到車到車子撞上他，前後絕不超過五到十秒。麥特左顧右盼。

無論如何，一定有人一直在跟蹤他。

他檢查口袋，照相手機還在。他跛著腳走上伊娃的公寓，吉兒牧師和兩個兒子已經走了。確定伊娃無恙後，他便坐進自己的車，深呼吸一口氣，思考接下來該怎麼做。第一步已相當明顯。

他撥了她的私人專線。辛格接起時，他問：「妳在辦公室嗎？」

「對。」辛格說。

「我五分鐘後到。」

# 6

凶殺組警探羅蘭．繆思一打開公寓門，便聞到一陣菸味。羅蘭任由煙霧襲身，立定不動，深呼吸。

她的花園公寓就在紐澤西州聯合市的莫瑞斯大道。她一直不懂哪來的「花園」，這地方愁雲慘霧，四面磚牆，毫無特色，一點綠意也沒有。此地就是紐澤西的人間煉獄、過渡站。人們經由這裡努力往上爬，爭取更高的社經地位。這是年輕夫婦有能力置屋前的暫居之地；還有因為孩子逃獄，靠退休金過活的倒楣父母只好搬到這裡。

當然，還有太賣力工作，鮮少娛樂，已經算半個老處女的單身女郎，也在這裡終老。

羅蘭三十四歲了，約會一直沒停過，以此刻正在沙發上吞雲吐霧的母親的話來說，就是「一直滯銷」。當警察就是這樣。男人起初對這個行業很感興趣，但承諾的時間——又稱賞味期限——一到，就消失無蹤。她現在的約會對象名叫皮特，她母親叫人家「阿斗」，但羅蘭不知該怎麼反駁。

沒看見她的兩隻貓咪奧斯卡和菲力斯，但這很正常。她媽——大美人卡門．費洛絲．繆思．布魯斯特——四肢大張躺在沙發上看《搶答擂台》。這節目她幾乎每日必看，但從沒答對過一題。

「嗨。」羅蘭說。

「這裡簡直是豬窩。」她媽媽說。

「那就打掃啊，不然妳搬走更好。」

卡門剛跟第四任丈夫分手。她天生麗質，比跟自殺的前夫一個樣的樸素女兒美多了；雖然風韻猶存，但帶著一股滄桑。縱使臉皮已經開始下垂，但人氣還是比羅蘭好。男人就是很愛卡門．費洛絲．繆思……天知道為什麼。

卡門轉回電視，又吸了長長一口菸。

羅蘭說：「要我講多少次，不要在裡面抽菸？」

「妳還不是有抽。」

「媽，我戒菸了。」

卡門把一頭棕髮轉向她，習慣性地拋媚眼。「妳戒了？」

「對。」

「少來了。兩個月？不算。」

「是五個月。」

「一樣。妳以前在家不抽菸嗎？」

「所以呢？」

「所以沒什麼大不了，這裡又不是沒沾過菸味，也不是什麼禁菸的高級旅館，對吧？」

媽媽看著她，像往常一樣帶著批判的眼光打量女兒，一樣覺得她不求長進。羅蘭知道待會兒媽媽就會按捺不住，搬出那套「為了妳好」的美麗小秘訣：頭髮要做點造型、穿緊身一點的衣服、別那麼男孩子氣、試試維多利亞的秘密的新款托高胸罩、上點妝不會要妳的命、嬌小的女人出門必穿高跟鞋……

卡門張開口時，電話剛好響了。

「等一下。」羅蘭說。

她拿起話筒。「呦，小不點，是我。」

是艾登．堤克，六十二歲但只聽饒舌音樂的白人歐吉桑。艾登也是艾瑟思郡的法醫。

「怎麼了，艾登？」

「妳負責大咪咪修女案嗎？」

「你們都這麼叫嗎？」

「除非又想到其他更好玩的叫法。我個人喜歡叫山谷或聖母峰女士，但沒人理我。」

她用食指和大拇指輕按雙眼。「有什麼消息嗎？」

「有。」

「例如？」

「例如，並非死於偶然。」

「謀殺？」

「對。被枕頭悶死的。」

「天啊。他們怎麼可能沒發現？」

「誰沒發現？」

「她最初不是被列為自然死亡嗎？」

「對。」

「那就對了。所以我才說，他們怎麼可能沒發現。」

「所以我問妳，他們是誰？」

「最初驗屍的人啊。」

「哪有驗什麼屍，重點就在這裡。」

「為什麼沒有？」

「別鬧了。」

「我是認真的。這點不是該立刻就發現的嗎？」

「妳看太多電視了。每天都有數不清的人死掉，對吧？太太發現丈夫陳屍地板，妳想我們會驗屍嗎？會檢查是不是謀殺嗎？大多時候，條子根本不會出現。我老爸十年前掛掉，我媽打電話給殯儀館，有個醫生宣布他死亡，人就被抬走了。通常過程就是這樣，懂了吧。現在死了一個修女，看在眾人眼裡就是自然死亡，不會特別去找出什麼疑點。如果不是那個院長提起，我也不會特別檢查。」

「確定是枕頭嗎？」

「對，而且是她房裡的枕頭。她喉嚨裡有很多纖維。」

「指甲裡頭呢？」

「很乾淨。」

「這樣不是有點怪？」

「看情況而定。」

羅蘭搖搖頭，想理出頭緒。「有身分證明嗎？」

「什麼身分證明？」

「死者的身分。」

「不就是矽膠修女什麼的嗎？幹嘛要身分證明？」

羅蘭看看錶。「你還會在辦公室待多久？」

「兩個小時。」艾登．堤克說。

「我一會兒過去。」

# 7

這是你邂逅心靈伴侶的過程。

大一春假，大部分的朋友都跑去黛特納海灘玩。你高中死黨的媽媽正好從事旅遊業，幫你和六個朋友拿到超低價的拉斯維加斯六天五夜遊，而且還住佛朗明哥飯店。

最後一晚，你們到凱撒宮的夜總會玩，因為聽說那裡是男女合校的學校出遊時的最佳去處。不出所料，夜總會果然又吵又擠。太多霓虹燈，跟你格格不入。你跟朋友一起，音樂喧鬧，你努力聽清楚朋友聊些什麼，當你眼神飄向酒吧另一邊。

這就是你第一次見到奧麗維亞。音樂並沒有戛然而止或轉成天籟，但某事發生了。你看著她，內心波動，溫暖的弦音響起，而且你看得出來，她也感覺到了。

平常你很害羞，不大會搭訕，但今晚絕不能有任何閃失。你走向她，自我介紹。你心想，每個人多多少少都有這種特別的遭遇：在舞會上看到一個美麗的女孩，她看著你，你走去跟她攀談，一切彷彿天造地設。你心裡想到的不再是一夜狂歡，而是長相廝守。

你們聊了起來，一連好幾個小時。她看著你的眼神，好像你是這世上獨一無二的人。你們換到較安靜的地方。你吻了她，她回應你，兩人開始擁吻，就這樣持續一整晚，沒有人想再更進一步。

你抱著她，兩人又聊了一下。你喜歡聽她笑，喜歡她的臉龐，喜歡她所有一切。

你們相擁入眠，衣服都還在身上，而你覺得這樣的快樂難能再有。她的髮絲有丁香和漿果的香味，讓你永難忘懷。

你願意付出一切，只求此刻長存，但你知道不可能。這種親密互動不會長久。你有自己的生活，而奧麗維亞在家鄉有個「認真交往中」的男友，其實是未婚夫。你並沒有奢望什麼，這是你和她獨有的小世界，只不過稍縱即逝。那一晚，你的生命濃縮了，短短幾個小時竟完成了追求、交往、分手全部的過程。

最終你會回到你的生活，她也會回到她的。

你們並未交換電話號碼，兩人都不願假殷勤，但她陪你到機場，熱情吻別。當你放開手時，她眼眶濕潤。你重回校園。

生活當然還是照舊，但你從未忘記她、那個夜晚、吻她的感覺，還有她的髮香。你一直把她放在心上，不停想到她，雖然不是每天，甚至不是每個星期，但她一直在你心裡。寂寞時，你常常翻出回憶，但你不知道那是痛苦還是慰藉。

你懷疑她是不是也會這樣做。

十一年過去了，這段期間你再也沒見過她。

當然，昔日的你已不復在。史蒂芬．麥格拉斯的死讓你生活大亂。你坐過牢，但現在自由了。你想，生活應該已經重回軌道了。如今，你在史特吉司法律事務所上班。

有天，你上網用 Goggle 搜尋她的名字。

你知道這麼做幼稚又愚蠢。她可能早就嫁給未婚夫，現在都有三、四個小孩了，說不定還冠上夫姓。但那又如何，你並沒有要幹嘛，純粹只是好奇。

世上有很多個奧麗維亞．莫瑞。

你進一步搜尋，找到一個可能是她的人。這個奧麗維亞．莫瑞是加倍能的業務經理。那是一家替中小型公司設計電腦系統的顧問公司。加倍能的網站上有一些員工資料。她的資料雖簡短，但裡頭提到她畢業於維吉尼亞大學。好幾年前你邂逅的奧麗維亞．莫瑞，正是那裡的學生。

你努力忘掉這件事。

你不是那種相信命運或緣分的人。剛好相反。然而，六個月後，事務所的同事決定要升級公司的電腦系統。中伯知道你坐牢期間曾學過程式設計，他提議你加入新系統的研發團隊，但你提議讓廠商來競標。

其中一家廠商即是加倍能。

加倍能有兩名員工來史特吉司洽公。你又慌又亂，最後還謊稱有急事，不克參加說明會。這樣面對面太直接了。你請團隊另外三位同事主持招標會，你則留在辦公室。你的腿在發抖，你咬著指甲，覺得自己像個白癡。

中午，有人敲了你辦公室的門。

你一轉身，就看見奧麗維亞。

你一眼就認出她來，感覺像被狠狠一擊。溫暖的弦音又回來了。你幾乎說不出話。你看了看她左手的無名指。

沒有戒指。

奧麗維亞微笑，告訴你她來這裡洽公。你試著點頭。她說，她服務的公司正在爭取安裝事務所新電腦系統的機會。她在與會名單上看到你的名字，心想，會不會就是好幾年前認識的那個麥特．杭特。

你驚魂未定地問她要不要一起喝杯咖啡。她猶疑片刻，但還是答應了。你站起來，走過她身邊時，嗅到她的髮香：丁香和漿果味道依舊，你擔心自己會熱淚盈眶。

兩人都不願只是寒暄問暖、虛與委蛇，正好跟你的心意不謀而合。你發現，這幾年她也一直想著你。未婚夫早就分了，她一直都是孤家寡人。

雖然你搖著頭，內心卻欣喜若狂。你知道，這一切都太不可思議。你們兩人都不相信一見鍾情這種事。

但事實擺在眼前。

接下來的幾個星期，你才知道什麼叫做真愛。都是她的功勞。你終於還是對她坦承自己的過去，而她竟也接受了。你們結婚，然後她懷孕。小倆口幸福恩愛。為了慶祝懷孕，兩人一起買了同款的照相手機。

有一天，你接到一通電話，看到多年前在春假期間邂逅的女人，也是你唯一珍愛的女人，跟另一個男人在旅館房間。

究竟為什麼有人跟蹤他？

麥特穩穩握住方向盤，腦海裡左思右想，試圖釐清思緒，但仍一頭霧水。

他需要幫助，夠份量的幫助。這就表示得去找辛格。

跟人約看房子就要遲到了，但他不是很在意。一瞬間，他想像中的未來：房子、籬笆、永遠美麗的奧麗維亞、不多也不少二個孩子、拉布拉多獵犬，都變得極不真實、怵目驚心。他心想，這一切不過是自欺欺人。昔日的謀殺犯重返他長大成人的市郊，建立一個完美的家庭。轉眼之間，一切聽起來像齣粗製濫造的輕鬆喜劇。

麥特打給瑪莎，說他會晚點到，但電話轉到答錄機。他留了言，之後把車子停進停車場。

神探社位於一棟閃閃發亮的玻璃大廈，離麥特的辦公室不遠，是史特吉司雇用的一家大型私家偵探社。麥特不能算是偵探小說迷。小說中的偵探總是風流瀟灑、氣宇軒昂；現實裡，偵探充其量就是倦勤退休的警員（注意「倦勤」二字），甚至有可能是當不上警探，成了「警探迷」的危險份子。麥特看過很多擔任獄卒的警探迷，失志和幻想中的男子氣概交相作用的結果，往往讓火爆場面一觸即發。

麥特身處的這間辦公室的主人——面貌姣好、老是讓人議論紛紛的辛格．雪克小姐，是上述常態中的例外。麥特認為那並非她的真名，應該只是工作用的化名。辛格高約六呎，湛藍眼珠，金黃髮色，臉蛋迷人，身材火辣。一看到她，很難不停下腳步再三欣賞；就連奧麗維亞見到她時都驚呼一聲。謠言說，辛格是在紐約無線電音樂城附近混的毒蟲，但又有人說，辛格讓那一帶的其他女孩叫苦連天，因為她的存在破壞了她們的「和諧」。這點麥特絕不懷疑。

辛格把腳翹到桌上。腳踩牛仔皮靴的她更顯高挑。腿上的深色牛仔褲和束褲一樣合身，上身搭配黑色高領毛衣。這種衣服穿在其他女人身上可能只是緊身了點，但穿在辛格身上，叫人不想入非非也難。

「那是紐澤西的車牌，」麥特說了第三次。「MLH-472。」

辛格並未移動。她把下巴倚在拇指和食指形成的L中間，凝視著麥特。

「怎樣？」麥特說。

「我要把帳記在誰身上？」

「我，」他說：「算在我身上。」

「所以是你委託的。」

「對。」

「嗯。」辛格放下腳，重新坐好，笑著說：「那麼，是以私人名義嘍？」

「喂，」麥特說：「算妳行。我要妳把帳算在我身上，想當然耳，我就是委託人。然後，砰，妳就發現這是私人案件。」

「多年經驗，老兄，見怪不怪。」

麥特努力擠出笑容。

辛格仍注視著他。「想聽聽本姑娘偵探手冊的十大法則之一嗎？」

「說來看看。」

「第六條：若有男人以私人名義要求調查某車牌號碼，動機只有兩種。第一，」辛格豎起一根手指，「他覺得太太有外遇，想查出她偷吃的對象。」

「第二呢？」

「騙你的。只有第一，沒有第二。」

「你猜錯了。」

辛格搖搖頭。

「怎麼了？」

「坐過牢的人通常更會說謊。」

他默不作聲。

「好吧，就當我相信你。那麼，為什麼要我調查這個？從實招來。」

「記住是私人案件。我付帳，我委託，私人名義。」

辛格站起來，高人一等，雙手放在臀上，由上而下瞪著他看。麥特雖沒像奧麗維亞驚呼一聲，但心裡想的可能一樣。

「就把我當成告解對象，」她說：「你知道告解對靈魂有益。」

「是啊，」麥特說：「宗教，一般都會想到這個發洩管道。」他坐好。「妳能幫我這個忙嗎？」

「遵命。」她又狠很瞪著他看；麥特並未畏縮。辛格坐下來，腳又翹上桌。「站起來，手放在屁股上，通常會讓男人招架不住。」

「我是頑石。」

「也對，說中一半。」

「哈哈。」

她又好奇地看了他一眼。「你愛奧麗維亞，對不對？」

「我不想跟妳討論這個。」

「你不用回答。我看過你們在一起的樣子。」

「所以妳知道。」

她嘆氣。「再說一次車牌號碼。」

他又說了一次，這次辛格將號碼記下。

「應該不用一個小時，我再打你手機。」

「謝了。」他起身走向門口。

「麥特？」

他轉過頭。

「我碰過這種案子。」

「我想也是。」

「一旦涉入其中，」辛格拿起那張寫著車牌號碼的紙條，「就像勸架，一跳進去，接下來要發生什麼事，永遠抓不準。」

「天啊，辛格，這比喻還真深奧。」

她攤開手。「我一進入青春期，就沒深度可言了。」

「算是幫我忙，好嗎？」

「我會的。」

「謝謝。」

「不過，」她豎起食指，「如果你想更進一步追查，你得答應再找我幫忙。」

「不會再更進一步了。」他說。辛格的眼神中透露出對他的信任，正是他此刻需要的。

手機響起時，麥特正要開進老家利文斯頓。來電的是潔米．蘇，奧麗維亞的助理，她總算回電了。「抱歉，麥特，我找不到旅館的聯絡電話。」

「怎麼可能？」他脫口而出。

雙方陷入沉默。

他試圖回歸正題。「我是說，她不是都會留下電話，以免有什麼緊急事件？」

「她留了手機號碼。」

他無言以對。

「而且，」潔米說：「大多是我幫她訂旅館。」

「這次不是？」

「不是。」她隨即又補了一句：「但這也不奇怪。奧麗維亞有時候會自己來。」

他不知該作何反應。「妳今天跟她通過話嗎？」

「她早上有打來。」

「有沒有說她人會在哪裡？」

又是沉默。麥特自知這種行徑看在別人眼裡，可能超出一般丈夫該有的好奇程度，但他覺得值得一試。

「她只說要跟人會面，沒特別交代什麼。」

「好吧，如果她回電——」

「我會告訴她你在找她。」

之後潔米便掛上電話。

另一段回憶湧現。有次他和奧麗維亞大吵了一架。就是明明知道自己不對，卻還咄咄逼人、惡言相向的大吵。她哭著跑出去，兩天都沒打電話回家。整整兩天。他打電話給她，她都不接。他四處找她，但沒找到人。他因此覺得心裡破了個大洞。這是他此刻想起的往事。一想到她可能一去不回，就令他痛苦不堪，幾乎要喘不過氣。

他抵達時，屋檢師剛完成工作。九年前，麥特剛服滿四年的殺人罪刑。如今，他就快要買下自己的房子，跟摯愛的女人共創家庭、養育小孩。這一切幾乎讓人不敢相信。

他搖搖頭。

這棟房子是一九六五年所蓋的市郊住宅的其中一批。跟多數位於利文斯頓的住宅區一樣，這裡以前也是農場。所有的房子都大同小異。如果這點多多少少令奧麗維亞失望，她一定隱藏得很好。當時，她帶著幾近宗教狂熱的眼神，注視著這棟房子，口中呢喃：「十全十美。」她的熱情將他搬回家鄉的疑慮一掃而空。

麥特站在這片即將屬於他的前庭，想像自己住在這裡的情景。怪異的感覺，他已不屬於這裡。認識奧麗維亞之前，他一直知道這點。現在殘酷的現實又回來了。

他身後有輛巡邏警車停在路旁，有兩人下了車。一個穿著制服，年輕又健美。他對麥特使了條子式的眼色。另一個人身著便衣。

「嗨，麥特，」身穿棕色便衣的男人喊：「好久不見。」

真的好久了，起碼從利文斯頓高中畢業後就沒再見過，但他還是馬上認出藍斯·班納。

「嗨，藍斯。」

兩人不約而同將車門一甩，像說好的一樣。穿制服的男子雙臂交叉，默不作聲。藍斯朝麥特走來。

「你知道，」藍斯說：「我就住在這條街上。」

「大家都知道。」

「對啊。」

麥特無言。

「我現在當上警探了。」

「恭喜。」

「謝了。」

他跟藍斯·班納認識多久了？起碼從二年級就認識。他們既非敵，亦非友。兩人連續三年都參加同一個少棒聯盟，八年級時曾經一起上體育課，高三則共用一間自修室。利文斯頓高中很大，每個年級都有六百名學生，他們在不同的朋友圈裡打轉。

「最近好嗎？」藍斯問。

「好極了。」

屋檢師踏出門，手裡拿著寫字板。藍斯說：「荷洛，怎麼樣？」

荷洛抬眼，點點頭。「滿穩固的。」

「你確定嗎？」

他的語調令荷洛往後一退。藍斯看著麥特。

「這個社區很不錯。」

「所以我們才挑了這裡。」

「你覺得這樣真的好嗎，麥特？」

「什麼意思？」

「搬回來。」

「我出獄了。」

「你覺得會就此了結嗎？」

「你殺的那個男人不會死而復活，是嗎？」

麥特不發一語。

「藍斯。」

「我現在是班納警探了。」他說。

「班納警探，我要進去了。」

「我仔仔細細調閱過你的案子，甚至還打了幾通電話給警界的朋友，對事情的來龍去脈一清二楚。」

麥特看著他。這男人眼裡閃爍著灰色光影。他發福了，手老是抓來抓去。麥特不喜歡他笑談的樣子。班納家族以前是這裡的農夫。他的祖父或曾祖父以低價售出土地，但班納一家還是覺得利文斯頓鎮歸他們所有，並自認是這片土地的元老。藍斯的爸爸是個酒鬼，兩個楞頭楞腦的兄弟也一樣。藍斯就不一樣了，他老是話裡帶刺，羞辱麥特。

「那麼，你應該知道那是個意外。」麥特說。

藍斯．班納緩緩點頭。「有可能。」

「那又為什麼要找我麻煩？」

「因為你坐過牢。」

「所以你覺得我該滾回監獄？」

「很難說，」他說，摸摸下巴，「不過就我看來，我認為你是運氣太背。」

「所以呢？」

「所以沒錯，你是該滾回監獄。」

「我不懂。」

「社會想推銷給大眾那套重新做人的屁話，我可不管。不過，我——」他指著自己。「心裡有數，而你——」他又指著麥特。「也心裡有數。」

麥特默默無言。

「入獄時，你可能還是不錯的人，難道你要我說，你還是原來的你嗎？」

麥特知道，這個問題並沒有確切的答案。他轉過頭，走向門邊。

藍斯說：「說不定屋檢師會檢查出什麼，讓你打退堂鼓。」

麥特走進門，跟屋檢師確認屋況。是有些問題：幾條水管、斷路器斷電等等，但都不嚴重。他和荷洛確認完問題後，便出發前往瑪莎家。

他開上外甥和大嫂住的三線街道。哥哥死後，還能稱她為大嫂嗎？總不能喊她前大嫂吧！保羅和艾森正在前面鋪滿落葉的草地上打滾，保姆凱拉陪在一旁。凱拉．華許是最近才轉來讀威廉．派特森大學暑期班的大一新鮮人，在瑪莎的車庫上面租屋寄宿。凱拉是瑪莎教會的人強力推薦的保姆人選。雖然麥特起初對於寄宿保姆（縱使對方是個大學生）這個主意疑慮重重，但現在似乎效果很好。凱拉是個很棒的孩子，氣色紅潤，臉上總洋溢著位於中西部叫「愛……什麼」的州（他老是記不住）該有的陽光活力。

麥特下車。凱拉一手遮陽，一手跟他打招呼，臉上綻放著只在年輕人臉上看得到的笑容。

「嗨，麥特。」

「嘿，凱拉。」

兩個男孩聞聲，像小狗聽見主人翻找食物般轉過頭，朝他飛奔而來，大喊：「麥特叔叔！麥特叔叔！」

麥特內心突然開朗許多。小伙子衝向他時，他嘴角揚起一抹微笑。艾森抓住麥特的右腿，保羅以他的肚子為目標。

「馬耐要傳球了，」麥特說，模仿他最拿手的干貝爾[8]。「小心！史特漢越過線，有機會……」

保羅停下腳步。「我要當史特漢！」他懇求道。

艾森也不示弱。「不行，我要當史特漢！」

「嘿，你們都可以當史特漢。」麥特說。

兩個小孩斜睨叔叔，彷彿把他當成坐冷板凳、笨手笨腳的小孩。「不能一次有兩個麥可．史特漢。」保羅說。

「對啊。」弟弟也加入。

接著，兩個人又放低身體，開始衝鋒陷陣。麥特十足艾爾．帕西諾的架勢[9]，佯裝正在閃避對手擒抱的四分衛。他腳步踉蹌，假裝著急地要把球傳出去，手中握著隱形的球來個假動作，最後慢動作落地。

「哇哈！」男孩們站了起來，互相擊掌、碰胸。麥特呻吟著坐了起來。凱拉掩嘴而笑。

瑪莎走出門時，兩兄弟還在手舞足蹈。麥特覺得她看起來很美。她穿了件洋裝，還化了妝，頭髮刻意抓得亂亂的，車鑰匙在手中輕晃。

邦尼的死讓麥特和瑪莎如此錯愕、絕望，兩人努力一同克服難關，麥特在其中扮演的角色亦夫亦父。

那是場災難。

好一段時間（六個月）過後，麥特和瑪莎才讓壓抑的感情爆發出來。某天夜裡，兩人對於即將發生的事都心照不宣。他們喝得醉醺醺的，瑪莎主動先吻了他，熱烈的一吻，接著開始嚎啕大哭。一切都結束了。

當年的「過失」發生前，麥特的家族如有神佑，但那種幸福也許不過是僥倖。麥特二十歲時，爺爺、奶奶和外公、外婆都還健在，一對住在邁阿密，另一對在史科代爾。其他家族難逃厄運時，杭特家卻平安無事。過失讓一切改觀，令他們措手不及。

厄運大致如下發展：一旦厄運潛入，就會讓你無從防備、閃躲不及，甚至帶來更多厄運。麥特坐牢期間，三個祖父母相繼去世。壓力奪走父親的生命，整垮了母親。媽媽後來躲到佛羅里達，妹

---

8 干貝爾（Greg Gumbel），CBS的體育主播。

9 艾爾．帕西諾在《決戰星期天》片中飾演一名美式足球教練。

妹跑到西雅圖，哥哥邦尼得了動脈瘤。

大概就是這樣，這些人都消失了。

麥特站起來，對瑪莎招手，她也對他招手。凱拉說：「我先走沒關係嗎？」

瑪莎點頭。「謝了，凱拉。」

「不客氣。」凱拉揹起背包。「拜拜，麥特。」

「拜，小朋友。」

麥特的手機響了，來電顯示是辛格．雪克。他暗示瑪莎自己得先接電話。見瑪莎表示沒關係，麥特便移往圍欄講手機。

「喂。」

「找到車牌資料了。」辛格說。

「請說。」

「車子是租來的。從紐華克機場的艾迴租車行租的。」

「只能查到這裡了嗎？」

「對大部分的偵探來說，正是如此。不過，本姑娘是這行數三數四的。」

「數三數四？」

「我想謙虛一點。」

「還真看不出來，辛格。」

「哈，不過受人之託，忠人之事。我打了通電話給機場的線民，他幫我查到了。租車人名叫查理士．泰利，認識嗎？」

「不認識。」

「我以為你對這名字會有印象。」

「沒有。」

「要我調查這傢伙嗎？」

「嗯。」

「再打給你。」

辛格掛上電話。麥特放下手機，剛剛那輛警車映入眼簾，正要繞進這區巡邏。車子經過瑪莎家時，放慢了速度。剛剛跟藍斯在一起，穿著制服的警察看著麥特，麥特也回看他，頓時臉頰發燙。保羅和艾森站在一旁看著巡邏車。麥特轉向瑪莎，她也看到了。麥特努力要一笑置之。瑪莎皺起眉頭。

這時，他的手機又響了。

麥特望著瑪莎，沒看來電顯示就把手機湊近耳朵。

「喂。」他說。

「嗨，寶貝，今天好嗎？」

是奧麗維亞。

## 8

羅蘭知道，電視節目讓一般人誤以為，警察和法醫都是在太平間檢查屍體，但其實多半不然。這點讓羅蘭心存感激。並非她膽子小或什麼的，而是她不希望自己有朝一日對死亡感到麻痺。她在停屍間絕不嘻皮笑臉，也絕不故意視而不見，或利用其他心理防衛機制迴避死亡。對她而言，太平間太斬釘截鐵，太稀鬆平常，對謀殺案來說過於粉飾太平。

羅蘭才正要打開艾登辦公室的門，兇殺組的同事崔維．懷恩警探便走了出來。噸位驚人的崔維是個老古板，他包容羅蘭的方式，就像包容一隻在高級地毯上撒尿的可愛寵物。

「嗨，小不點。」他打招呼。

「又有案子了？」

「是的。」崔維．懷恩拉拉腰帶。他胖的方式很怪，腰帶無論如何都沒辦法好好固定。「這傢伙中了槍，腦部被近距離射了兩槍。」

「搶劫還是幫派惡鬥？」

「可能是搶劫，但絕非幫派。受害者是個退休的白人。」

「在哪裡找到的？」

「離十四大道不遠的猶太公墓附近，應該是個觀光客。」

「來這附近觀光？」羅蘭做了個鬼臉。「這裡有什麼好逛的？」

崔維敷衍一笑，把肥肥的手放在她肩上。「等我知道就告訴妳。」雖然沒補上一句「小女士」，但話幾乎到了嘴邊。「待會兒見，小不點。」

「待會兒見。」

他走開後，羅蘭打開門。

艾登坐在桌邊，一身平常的標準穿著：一套乾淨的手術服。他的辦公室一點個人特色或色彩都沒有。他一開始接下這份工作時曾想做些改變，但人們進到他辦公室聽取死亡報告的細節時，不會想看到任何刺激感官的東西。因此，艾登又把擺設變回中性。

「喏，」艾登說：「接住。」

他丟給羅蘭某樣東西，羅蘭反射性伸手一接。是個不透明的黃色塑膠袋，裡頭似乎是膠狀物。

艾登手中也有一樣的東西。

「這是？」

艾登點頭。「物盡其用、歷盡風霜的假乳。」

「別話中有話行嗎？」

「行。」

羅蘭把袋子拿到燈光下，皺起眉頭。「我以為假乳是透明的。」

「早期的是沒錯，起碼鹽水袋是這樣。」

「這不是鹽水袋？」

「不是，這是矽膠，而且已經在胸部裡醃了超過十年。」

羅蘭忍住不做出怪表情。這裡頭似乎有膠狀物。艾登豎起眉，開始搓揉。

「住手。」

他聳聳肩。「反正是冰清玉潔的大咪咪修女的。」

「你拿給我看是因為……」

「因為這東西可以提供我們線索。」

「繼續說。」

「第一，這是矽膠。」

「你說過了。」

「記得五年或十年前，曾有過乳癌大恐慌？」

「因為假乳會滲漏。」

「對。所以，製造廠商不得不改用鹽水袋。」

「可是，有些人後來還是選擇矽膠？」

「對。但重點是，妳手上的假乳已經很久了。年代久遠，十年跑不掉。」

她點點頭。「好，起碼算個開始。」

「還不只如此。」艾登拿出放大鏡，將假乳翻到另一面。「有看見這個嗎？」

羅蘭接過放大鏡。「是個標籤。」

「看到底下的號碼了嗎？」

「有。」

「那是序號。所有移植手術都有編號，無論膝蓋、屁股、胸部、心律調節器都一樣。植入體內的東西都有個序號。」

羅蘭點點頭。「製造商會保留紀錄。」

「沒錯。」

「所以，只要打電話給製造商，給他們序號……」

「我們就知道死者的真實身分了。」

羅蘭抬起頭。「謝了。」

「但有個問題。」

她又坐下。

「這對假乳的製造商叫做修容公司，八年前就倒了。」

「那紀錄呢？」

艾登聳聳肩。「得再查查。時候不早了，今天晚上不可能有什麼新發現。明天早上我會查清楚公司紀錄的下落。」

「好。還有別的嗎？」

「妳問過，為什麼她指甲裡沒有纖維。」

「對。」

「我們正在進行完整的毒性測驗。她有可能被下毒，但我不這麼認為。」

「你有不同的見解。」

「對。」

「說來聽聽。」

艾登靠回椅背，翹起二郎腿，轉向一邊，注視著牆壁。「兩邊二頭肌都發現有輕微瘀血。」

羅蘭眯起眼睛。「我不太懂。」

「如果一個男人很強壯，而且，呃，見多識廣的話，就知道如何偷偷靠近一個熟睡的女人，」他說，聲調像在跟小孩說話一般平板。「他可能會把女人翻過來呈仰臥，或者她剛好就仰睡，然後跨坐在她胸部上，用膝蓋壓制她的手臂，再用枕頭把她悶死。如果這男人夠謹慎夠專業，可能就只會留下輕微的淤青。」

房間霎時降溫。羅蘭的聲音微弱到幾乎聽不見。「你認為這就是案發經過？」

「我們得等毒性報告出來，」艾登說，轉過頭直視羅蘭。「不過，沒錯，我的確這麼認為。」

她默默無語。

「還有一件事可以支持我的推測，也算個有用的線索。」艾登將一張照片放在桌子上。是修女的大頭照。她的眼睛閉著，像在等著做臉。死者六十出頭，但遺容卻一片光滑、毫無皺紋。「妳對皮膚上的指紋略知一、二吧？」

「我只知道這種指紋很難採集。」

「如果不是馬上接觸到屍體，就幾乎不可能。我們所受的訓練，要我們盡可能在犯罪現場收集指紋。要不然，化驗人員最起碼也得盡快利用碘燻法收集指紋，再將屍體送走。」

鑑識並非羅蘭的專長。「嗯哼。」

「不過，對咱們垂死的修女來說，已經太遲了。」他抬頭。「了解嗎？不是《會飛的修女》，是《垂死的修女》[10]。」

「我很像在跟克里斯．洛克講話[11]。繼續說。」

「沒錯，所以才要試點新鮮的。幸好屍體沒有冷凍，凝結在她皮膚上的東西推翻了原有的推測。反正，我打算試試半硬質的PET塑膠板。這是根據靜電會吸收灰塵的原理所進行的——」

「嘿。」羅蘭舉起手，擺出「夠了」的標準手勢。「我們就直接跳過《CSI：犯罪現場》的試鏡。在她身上有沒有發現指紋？」

「可以說有，也可以說沒有。兩邊的太陽穴都有黑影，一個看來像拇指，另一個像無名指。」

「在太陽穴上？」

艾登點點頭。他拿掉眼鏡，擦拭了一下，再放回鼻梁上，扶正。「我想，凶嫌用一隻手抓住她的臉，像籃球選手一樣托著她的臉，手腕則靠在她的鼻子上。」

「天啊。」

「沒錯。而且我想，他跨坐在她身上時，還壓住她的頭。」

「那麼，能從指紋查到身分嗎？」

「難說。我們沒有完整的指紋，證據不足，但新軟體也許能助我們一臂之力。我也不知道。可以的話，盡量填滿空白。要是能找到其他關係人，我或許就能確認或淘汰某些可能性。」

「也許會有用。」

他站起來。「我現在就動手，可能要一、兩天，有更多線索再通知妳。」

「好，」羅蘭說：「那還有事嗎？」

他突然垮下臉。

「艾登？」

「嗯，」他說：「還有。」

「我不喜歡你說話的方式。」

「我也不想說這樣的事啊。可是，我想不論凶手是誰，都不只是將她悶死而已。」

「什麼意思？」

「妳知道電槍這種東西嗎？」

「大概知道。」

「我想凶手也拿來——」他欲言又止。「用在她身上。」

「『用在她身上』表示——」

「就是妳心裡想的意思，」他打斷她的話，「拜託，我也是天主教學校出來的。」

「有灼傷的痕跡嗎？」

「輕微。但如果你清楚自己在做什麼，絕不可能遺漏這些線索，尤其是敏感的部位。還有一點，那是單發電槍。大部分電槍，例如警用電槍，都是雙發的。我還在查驗中，不過依我的推測，

10《會飛的修女》是六、七〇年代的美國喜劇影集；《垂死的修女》是百老匯的一齣音樂喜劇。

11 克里斯．洛克（Chris Rock）是美國知名諧星、喜劇演員及脫口秀主持人。

她死前受了不少苦。」

羅蘭閉上雙眼。

「嘿，小不點？」

「什麼？」

「幫我一個忙，」艾登說：「把這個混球繩之以法！」

# 9

奧麗維亞說：「嗨，寶貝，今天過得如何？」

麥特只是抓著電話。

「麥特？」

「我在聽。」他說。

巡邏車走了。麥特轉身看後面。瑪莎雙手叉腰站在前門階梯，保羅正追著艾森跑，兩人不時尖叫大笑。

「嘿，」奧麗維亞一副平常的口吻說，「你在哪裡？」

「瑪莎家。」

「沒事吧？」

「我來帶小朋友去吃晚餐。」

「別再吃麥當勞了，薯條很不健康。」

「對啊。」

得把握機會小心試探，慢慢擊破。麥特拿著電話，心想：切勿開門見山直接大喊：「啊哈，逮到妳了！」

「都還好嗎？」奧麗維亞問。

「還好。」他說。

凱拉坐上車，對他燦爛地一笑，揮手道再見。他動動下巴回應。「我今天有打給妳。」麥特盡量不著痕跡。

「有嗎？」

「嗯。」

「什麼時候？」

「中午左右。」

「真的？」

「騙妳的——才怪，是真的。」

「咦，那就怪了。」

「為什麼？」

「我沒聽見手機響。」

「可能不在收訊範圍。」他試探性地回答，給她台階下。

「可能。」她緩緩吐出話語。

「我留了言。」

「等等。」她停頓片刻。

「上面顯示有『三通未接來電』。」

「應該就是我。」

「真抱歉，甜心。我知道自己很扯，不過我還沒搞懂怎麼聽留言。我之前那支手機要先按六七六，再按＊字鍵。我想，這支應該不一樣。」

「嗯，」麥特說：「先按手機號碼的末四碼，然後再按＃字鍵。」

「對耶。我通常都只會查未接來電。」

麥特閉上眼睛，無法相信她的反應這麼稀鬆平常。

「妳去哪了？」他問。

「什麼？」

「我打給妳的時候，妳在哪？」

「喔，參加研討會。」

「在哪？」

「什麼意思？我在波士頓啊。」

「什麼研討會？」

「防止員工在上班時間玩網路的瀏覽器。你無法想像員工浪費多少時間在網路上。」

「嗯哼。」

「我得走了。要跟一些人吃晚飯。」

「有我認識的嗎？」

「沒有，沒你認識的。」奧麗維亞嘆氣，有點刻意。「不對，應該說，沒有你想認識的。」

「很無聊嗎？」

「非常無聊。」

「妳住哪間旅館？」

「我不是跟你說了？」

「沒有。」

「麗池。不過我一直跑來跑去，我們最好還是用手機聯絡。」

「奧麗維亞？」

「喔，」她說：「等一下。」

很長的停頓。瑪莎跨過草皮，朝他走來，指著她的車子，詢問麥特她是不是可以先出發。麥特揮揮手，表示沒關係。艾森和保羅轉圈圈轉膩了，也走向他。兩兄弟各自抓住他的左右腿。麥特做了個鬼臉，指著手機，真以為兩個小傢伙會善體人意，讓他講完。想得美。

奧麗維亞說：「我的手機裡有張照片。我要按哪個鍵？」

「右邊的。」

「等一下，來了。」她接著又說：「嘿，是你耶。喔！我嫁給一個大帥哥。」

麥特不禁微笑，這讓他更難受。他愛她。那種痛徹心扉的感覺或許可以稍緩，但絕無法撫平。

「跟妳爭這個就是我自討沒趣。」他說。

「不過，這不是你最燦爛的微笑。喂，幹嘛那麼嚴肅。還有，下一次，記得脫掉襯衫。」

「妳也是。」他說。

她笑了，但不像平常那麼自然。

「最好是，」麥特補上一句，接著說（是早就盤算好的嗎）：「戴上一頂白金色的假髮。」

一陣靜默。

這次他先打破沉默。「奧麗維亞？」

兩兄弟似乎察覺到緊張的氣氛，放開抓著腿的手。保羅把頭靠向艾森。

「是回妳電話。」

「嗯？」

「之前我打給妳。」

「我在聽。」

「我沒打給你啊。」奧麗維亞說。

「可是我有接到妳的電話。」

「什麼時候？」

「就在我打給妳之前。」

「我不懂。」

「妳傳了張有個黑藍頭髮男子的照片給我，還有一段錄影。」

「錄影？」

「影片中妳在一個房間裡。看起來像妳，只不過戴了頂白金色假髮。」

又是沉默。奧麗維亞又說：「我不懂你在說什麼？」

他相信她嗎？麥特很想，很想就這麼算了。

「今天稍早，」他說：「就在我留言給妳之前，我接到一通妳的電話，是視訊電話。」

「這個我懂，只不過……」

「不過什麼？」

「喔，等等，」奧麗維亞說：「有可能。」

保羅和艾森又開始轉圈圈，兩人玩得很瘋，有點太靠近街道了。麥特掩住手機，喊他們回來。

「什麼可能？」他問。

「我想……我不知道第一通電話我怎麼會沒接到，明明就在收訊範圍。我剛剛看到未接來電紀錄。原來潔米也有打給我，我也沒聽到這通來電。」

「所以呢？」

「所以我想，應該是在研討會的傢伙幹的，他們很愛開玩笑。可能是其中一個人的惡作劇。」

「惡作劇？」

「對。我在研討會上睡著了，無聊死了；醒來時，發現皮包被動過。不是很明顯，但現在想起來，一定是這樣沒錯，當時我沒想太多。」

「現在妳覺得……」

「沒錯。一定是他們拿走手機，動了什麼手腳又放回去。我也不清楚，太過分了。」

麥特不知道要做何反應，但奧麗維亞的語氣令人生疑。「妳什麼時候回來？」

「星期五。」

他換手聽電話。「我過去找妳。」

「你不用工作嗎？」

「可以先擱著。」

「可是，」她說，聲調低沉了點，「明天不是你的……呃……星期四美術館之約嗎？」

他幾乎忘了這回事。

「你不能不去。」

三年來他從未缺席。麥特一直都把兩星期一次的美術館之約視為秘密，其他人不會懂的。那是種必要但卻難以對他人啟齒的聯繫。那一次次的約會對他如此重要。

但他還是說：「可以延期。」
「你不能延期，麥特。你知道的。」
「我可以立刻出發。」
「沒有必要，後天我就回去了。」
「我不想等到後天。」
「我這裡忙得團團轉。我得走了，晚點再說，好嗎？」
「奧麗維亞？」
「星期五見，」她說：「我愛你。」電話掛上。

# 10

「麥特叔叔？」
麥特已將保羅和艾森安置在後車座，整整花了十五分鐘才將安全座椅固定。發明這種東西的人究竟是誰？航太總署嗎？
「怎麼啦，兄弟？」
「你知道現在麥當勞有什麼嗎？」
「我說了，這次不去麥當勞。」
「我知道，人家只是問嘛。」
「嗯哼。」
「那你知道麥當勞現在有什麼嗎？」

「不知道。」麥特說。「你知道最近的新片《史瑞克》嗎？」

「知道。」

「他們有史瑞克的玩具。」保羅說。

「麥當勞的玩具。」艾森插嘴。

「真的？」

「而且是送的。」

「那不是送的。」麥特說。

「是啊。是快樂兒童餐附送的。」

「但是索價過高。」

「索什麼？」

「我們不去麥當勞。」

「我們知道。」

「人家只是問嘛。」

「有送玩具耶。」

「史瑞克的玩具。」

「還記得我們去看《史瑞克》第一集嗎，麥特叔叔？」

「記得。」他說。

「我喜歡那隻驢子。」艾森說。

「我也是。」麥特表示贊同。

「這個星期送的就是驢子。」

「我們不去麥當勞。」

「人家只是說嘛。」

「因為中國菜也不錯啊。」保羅說。

「雖然沒有玩具。」

「對啊，我喜歡排骨。」

「還有港式點心。」

「媽媽喜歡四季豆。」

「嗯。你不會也喜歡四季豆吧，麥特叔叔？」

「那對你們的健康很好。」麥特說。

艾森轉向哥哥。「那表示不喜歡。」

麥特微笑，努力想揮去陰霾。保羅和艾森可以助他一臂之力。

他們抵達一間叫做凱泰的舊式中國餐館。這家餐館古色古香，除了有炒麵和芙蓉蛋這類菜色，還有歷盡滄桑的塑膠皮沙發，和一個站在櫃檯後面盯著你吃東西，像怕你把餐具偷走似的暴躁老嫗。

這裡的菜很油，但本來就是這樣。小朋友大吃特吃。若是在麥當勞，他們就會挑三揀四，大概只會吃半個漢堡、剩下的肚子都留給薯條。在這裡，他們會把食物吃光光。中國餐館若能附送電影玩具，肯定能滿足一家大小。

艾森還是一樣精力旺盛，保羅則比較內向。兩兄弟的血緣、教養雖一樣，卻天差地別。艾森是個調皮搗蛋鬼，老是坐不住；他粗枝大葉、活潑好動，不愛人家呵護。相反地，保羅一臉紅，就絕不輕舉妄動，只要犯個錯就心情沮喪，是個心思細膩、很有運動細胞的小孩，喜歡大人呵護他。

天性遠遠凌駕教養。

回家的路上，他們繞去乳品皇后吃冰淇淋。艾森吃得滿嘴都是。麥特把車開上車道時，發現瑪莎還沒回來，覺得有些訝異。他帶孩子進門（他有備份鑰匙），幫他們洗完澡，就已經八點了。

麥特放了一集《反斗家族》，這部卡通大人來看還挺有趣的。接下來，他利用多年在法律界打滾學到的協商技巧，說服孩子們上床睡覺。艾森怕黑，於是麥特將海綿寶寶圖案的夜燈打開[12]。

麥特看看錶，八點半了。他不介意多待一會兒，但卻有點心浮氣躁。

他轉往廚房。冰箱上有保羅和艾森的最新美術作品，全用磁鐵固定著，還有放在壓克力相框上、似乎永遠零零落落的照片。大部分的照片都掉了出來。麥特小心翼翼將照片歸位。

冰箱頂端附近有兩張邦尼的照片，在孩子拿不到（也看不到嗎？）的高度。麥特停下腳步，凝視哥哥。他站了一會兒，才走去拿廚房的電話，撥瑪莎的手機號碼。

瑪莎接起電話。「麥特？我才正要打給你。」

「嗨。」

「你們到家了？」

「嗯。小朋友洗過澡，上床睡覺了。」

「哇，真有你的。」

「多虧妳。」

「不，多虧你。」

雙方都沉默片刻。

12《反斗家族》和《海綿寶寶》皆是美國家喻戶曉的卡通節目。

麥特問：「要我多留一會兒嗎？」

「如果方便的話。」

「沒問題。奧麗維亞還在波士頓。」

「謝謝。」她說，有些欲言又止。

他換另一邊耳朵聽。「呃，妳想妳大概什麼時候回——」

「麥特。」

「怎麼了？」

「我說了謊。」

他不發一語。

「我不是到學校開會。」

他等她說下去。

「我是去約會。」

麥特不確定該說些什麼，只好不置可否地回一聲：「哦。」

「我應該老實告訴你。」她壓低聲音。「這也不是我第一次約會。」

他的眼神飄到冰箱上哥哥的照片。「嗯哼。」

「我在跟某個人交往，快兩個月了。我當然沒讓孩子們知道。」

「妳不需要跟我解釋。」

「需要，當然需要。」

他無語。

「麥特？」

「我在聽。」

「你可以留下來過夜嗎？」

他閉上雙眼。「可以，」他說：「當然可以。」

「我會在孩子們起床前到家。」

「好。」

他聽見啜泣聲。瑪莎哭了。

「沒關係的，瑪莎。」

「真的嗎？」

「真的，」他說：「明天早上見。」

「我愛你，麥特。」

「我也愛妳。」

他掛掉電話。瑪莎能走出陰霾很好，真的很好。只不過，他的眼光又飄向哥哥的照片，覺得既不對也不公平，心中不禁想：哥哥似乎真的永遠離開了。

## 11

每個人似乎都作過一種噩夢：翹了整學期的課，突然宣布舉行期末考。麥特的噩夢雖不一樣，但情境卻異常雷同：他又進了監獄。他不知道自己為什麼會回去，也不記得有犯案或上法庭，只覺得自己搞砸了某件事，而這次將永無翻身之日。

他常會突然驚醒，滿頭大汗，熱淚盈眶，全身顫抖。

奧麗維亞已經習慣了。每次遇到這種情況，她就會抱著他，輕聲安慰，告訴他沒有什麼事能再傷害他。奧麗維亞也會作噩夢，但她似乎從不需要，也不想要這種安慰。

他睡在休閒室的沙發上。樓上的客房有張可收納的大床，但他一個人睡，老覺得大了點。此刻，他抬頭凝視黑暗，感到一種前所未有的孤單，這種感覺自從奧麗維亞走進他辦公室後就再沒有過。其實，麥特已對睡眠心生恐懼，眼睛一直張著。凌晨四點，瑪莎的車開進車道。

他一聽見鑰匙開門聲就闔上眼，假裝在沙發上睡著了。瑪莎輕手輕腳走過來吻他的額頭，身上散發著洗髮精和肥皂的香味。不管她去了哪裡，一定有洗過澡。他懷疑瑪莎是不是獨自淋浴，還有，自己為什麼要在意這些。

她轉往廚房。麥特繼續裝睡，慢慢睜開一邊眼睛。瑪莎正在為孩子做午餐。她塗果醬的方式老練又純熟，雙頰掛著淚水。麥特還是不動。他讓瑪莎靜靜做完，聽她輕柔的步伐踏上階梯。

早上七點，辛格來電。

「我打了你家的電話，」她說：「你不在。」

「我在我大嫂家。」

「喔。」

「照顧姪子。」

「我又沒問。」

他擦擦臉。「怎麼了？」

「你會進辦公室嗎？」

「晚一點。怎麼了？」

「找到跟蹤你的人，查理士．泰利。」

他整個人坐了起來。「人在哪裡？」

「這我們私下談，好嗎？」

「為什麼？」

「我得再調查一些事。」

「什麼事？」

「查理士．泰利的事。中午在你的辦公室碰面，好嗎？」

反正，他星期四要赴美術館之約。「好。」

「還有——」

「什麼？」

「你說這是私事，不管跟這個泰利有什麼樣的牽扯？」

「嗯。」

「那你麻煩大了。」

麥特是紐華克美術館的會員。他亮出會員卡，但其實並不需要，警衛早就認識他了。他點點頭，走進門。早上這個時候，大廳都沒什麼人。他經過美術館最新的展覽作品：一幅色彩斑斕、出自科思洛夫之手的油畫，然後走上二樓。

二樓僅有她一人。

他看見她在走廊另一頭，頭微微左傾，就站在她平常的位置：霍伯的畫前。她是個相當迷人的女人，年屆耳順，身材高挑，高高的顴骨，還有一頭貴氣十足的金髮，總是一副精明能幹、有條不紊、進退得宜的樣子。

她就是宋雅．麥格拉斯——也就是麥特殺死的男孩史蒂芬．麥格拉斯的母親。

宋雅總是在霍伯的畫前等。這幅叫〈薛林頓劇院〉的畫捕捉了劇院裡的空寂和絕望，令人折服。描繪戰爭、死亡、破壞等等主題的名畫不在少數，但霍伯這幅作品表面上看來相當簡單，其實別有寓意。畫中幾乎空無一人的樓座，比任何一幅繪畫更讓他們覺得心有戚戚焉。

宋雅．麥格拉斯聽見他的聲音，但並沒有轉過頭來。麥特經過史丹面前，星期四早上總是他負責守衛。雙方都點點頭，快速交換微笑。麥特心想，史丹對他與這個年長迷人女子的約會，不知作何感想。

他站到她身旁，注視著霍伯的畫。畫本身像面詭異的鏡子，鏡中的兩人就是畫中孤立的兩人：他是霍伯畫中的領座員，她是形單影隻的顧客。雙方都沉默了一會兒。麥特瞥了一眼宋雅的側影。他曾經在星期日《紐約時報》的時尚版看過她的照片，宋雅也算是社交名流。照片中的她巧笑倩兮，但他私底下從未看過她這樣笑，他不禁懷疑，那種笑容是否唯有面對鏡頭時才會出現。

「你看起來不是很好。」宋雅說。

她並沒有看他，至少就他所知，連瞄一眼也沒有，但麥特還是點點頭。宋雅轉過身，與他四目交接。

他們的關係（「關係」這兩字似乎不夠貼切）是從麥特出獄後幾年才開始發展的。那時，他手機響起，一接起電話，對方老是無聲無息，既不掛掉，也不說話。麥特以為多多少少能聽到呼吸聲，但大多時候都只是完全的沉默。

不過，麥特隱約知道是誰。

一直到第五通，麥特才深呼吸好幾口氣，終於鼓起勇氣說：「我很抱歉。」

長長的靜默之後，宋雅回話：「告訴我，到底發生了什麼事。」

「我說過了。在法庭上。」

「再說一次。從頭到尾。」

他乖乖照辦，講了很久，她則安靜傾聽。他一說完，宋雅就掛上電話。

第二天她又打來了。「我想跟你說我兒子的事。」她劈頭就開始。

她講，他聽。麥特知道許多史蒂芬．麥格拉斯的事，有些其實他根本不想知道。史蒂芬不再只是個捲入鬥毆、讓他生活秩序大亂的男孩。麥格拉斯有兩個崇拜他的妹妹。身為母親的宋雅難掩笑意地告訴他，兒子史蒂芬有點嬉皮的調調。他的朋友總說他很善於傾聽，遇上麻煩一定找他求助。他不愛出鋒頭，安於躲在角落，聽到笑話一定會捧場，這輩子只闖過一次禍：警察逮到他和幾個哥兒們躲在高中校園裡喝酒；除此之外，他從未跟人打過架，小時候也沒有，而且似乎十分恐懼暴力。

宋雅還在電話中問他：「你知道，史蒂芬根本不認識打架的那些人嗎？」

「知道。」

她聞言尖叫：「那他為什麼要插手？」

「我不知道。」

三年前，他們第一次私下碰面，就約在紐華克美術館。兩人喝著咖啡，很少交談。幾個月後，他們開始共度午餐。最後，每個隔週的星期四早上約在霍伯的畫作前，成了他們的必赴之約。至今，誰都不曾放過誰鴿子。

起初，兩人都沒把這件事跟別人說。宋雅的先生和女兒不會懂的，即使是兩個當事人也不懂。麥特無法解釋這些約會為何對他如此重要。多數人會以為他是出於罪惡感，為了贖罪或彌補才這麼做，但其實不然。

兩個小時的會面，麥特只覺出奇的自由，因為這兩個小時之間，他飽受煎熬，感受深刻無比。他並不清楚宋雅的感受，但覺得兩人的體驗應當類似。他們談論當天晚上發生的事、生活點滴、暫時的生存之道、隨時都會天崩地裂的感覺。宋雅從不說：我原諒你，這不是你的錯，是個意外，而你已經得到應有的懲罰。

宋雅步向走廊。麥特又看了畫作一、兩秒，之後才跟上去。他們一起下樓，走到美術館中庭，坐在老位置喝咖啡。

「那麼，」她說：「告訴我發生了什麼事。」

她並非出於禮貌或為了打破沉默才問。這並非你好嗎、我很好這種客套話。麥特對她描述事情的始末，告訴這女人——宋雅．麥格拉斯——他對別人三緘其口的事情。他從未對她說謊、瞎掰或加油添醋。

語畢，宋雅問：「你認為奧麗維亞出軌了嗎？」

「證據擺在眼前。」

「但是？」

「但是，我知道證據往往不代表一切。」

「我打了。」

宋雅點點頭。「你應該再打給她。」她說。

「試試旅館。」

「打了。」

「她不在？」

「她沒登記。」

「波士頓有兩家麗池。」

「我兩家都打了。」

「啊。」她靠回椅背，手支著下巴。「所以這表示，奧麗維亞或多或少都說了謊。」

「對。」

宋雅沉思。她從沒見過奧麗維亞，但比誰都了解她和麥特的關係。她眼光飄往別處。

「怎麼了？」他問。

「我只是想為她的行為找到合理的解釋。」

「所以呢？」

「所以目前無解。」她聳聳肩，喝了一口咖啡。「我一直覺得你們兩人的關係很怪。」

「怎麼說？」

「就是十年前的一夜情竟然開花結果。」

「不是一夜情，我們沒有上床。」

「說不定這才是問題所在。」

「什麼意思？」

「如果你們有上床，說不定魔咒就解除了。大家都說，做愛是人生在世最親密的一種行為。事實可能剛好相反。」

他等著她說下去。

「唉，還真是奇怪的巧合。」她說。

「什麼巧合？」

「克拉克也有外遇。」

麥特沒問她怎麼知道或是否確定，只說：「我很遺憾。」

「你才不這麼想。」

他沒說什麼。

「這件事跟我兒子的事無關。」

麥特勉強點頭。

「我們老是把所有問題都歸咎於史蒂芬的死。他成了我們怨天尤人的大好藉口，但克拉克外遇的原因再簡單不過了。」

「因為？」

「他好色。」

她笑了。麥特勉強陪笑。

「喔，我有沒有跟你說對方很年輕？那個跟克拉克上床的女孩？」

「沒有。」

「三十二歲。我們有個女兒就差不多這個年紀。」

「我很遺憾。」麥特又說。

「別這麼說。這就是我們剛剛所說事情的另一面，親密行為、性啊之類的。」

「怎麼說？」

「事實上，我跟大多數同年紀的女人一樣，對性意興闌珊。我知道《柯夢波丹》這類雜誌有另一套說詞，什麼十九歲的男人和三十幾歲的女人正值狼虎之年這些鬼話。事實上，還是男人比較好色。不需多說，你知我知。對我來說，性和親密感再也無關。但是克拉克需要性，所以，那個年輕女孩對他來說就是如此——性、宣洩、生理需求。」

「妳不在意嗎？」

「問題不在我。」

麥特默默無言。

「你想想，其實很簡單：克拉克所需要的，我沒興趣給，所以他就另尋對象。」宋雅看見他臉上的表情。她嘆了口氣，雙手放在大腿上。「我舉個例子。如果克拉克愛玩，比方說，撲克牌，而我不想玩……」

「拜託，這兩件事不一樣。」

「哦，不一樣嗎？」

「性和撲克牌？」

「好吧。就舉個生理層面的例子好了：專業按摩師。克拉克每星期都要上俱樂部，讓一名叫蓋瑞的按摩師來個全身按摩——」

「還是不一樣。」

「你還不明白兩者沒什麼不同。跟女孩上床並不等同親密感，只是身體的接觸，就像抓背或握手。我為什麼要在意？」

宋雅抬頭看著他，等著他回答。

「我會在意。」麥特說。

她嘴角上揚。宋雅喜歡跟人鬥智，喜歡接受挑戰。他懷疑她所說的是否出自真心，或者只不過是在試驗他。「那你打算怎麼做？」她問。

「奧麗維亞明天就回來了。」

「你想，你能等到那個時候嗎？」

「試試看。」

她盯著他不放。

「怎麼了?」他問。

「我們還是逃不過嗎?我以為……」她停下來。

「以為什麼?」

兩人四目交接。「我知道這很陳腔濫調,不過這一切感覺就像場噩夢:史蒂芬的事、審判。我一直希望有天醒來,發現一切不過是個可惡的玩笑,世界又正常運轉。」

他感同身受。

他陷入一場噩夢當中,一直期望史蒂芬像整人節目的高潮一樣,會突然毫髮無傷、笑容滿面地跳出來。

「但現在,這世界翻轉了過來,不是嗎,麥特?」

他點點頭。

「你不再覺得這是場終究會醒來的噩夢,」她繼續說:「而是,這一切美好得有如夢境。你接到的來電提醒你這點,打斷了你的美夢。」

他說不出話。

「我知道自己永遠無法走出傷痛,」宋雅.麥格拉斯說:「無論如何都不可能。但我以為……我希望你可以。」

麥特等著她繼續說,但她突然站了起來,好像擔心一下子說了太多。他們一同走出大門。宋雅在他臉上親了一下。兩人擁抱時,雙方都停頓比平常更久的時間。他還是感受得到從她身體散發的荒蕪。史蒂芬的死久久不散,無時無刻、一舉一動都存在。他就坐在身旁,一直陪伴著他們。

「如果你需要我，」她耳語，「就打電話，隨時都可以。」

「我會的。」

麥特看著她離去，思索著她所說的話：美夢和噩夢之間微妙的分際。見她消失於轉角，他便轉身離去。

## 12

麥特走近若蘭達的辦公桌時，她說：「辛格在辦公室等你。」

「謝了。」

「中伯要我看到你進來就告訴他。」若蘭達抬起頭。「要跟他說你到了嗎？」

「給我五分鐘。」

她轉回電腦螢幕，開始打字。麥特進門，辛格．雪克正站著看向窗外。「好視野。」她說。

「真的？」

「才怪，只是想閒扯淡。」

「這妳很在行。」他說。

「我以為你只是律師助理。」

「是啊。」

「那怎麼會有專屬的高級辦公室？」

「我老哥的。」

「所以？」

「所以邦尼是棵搖錢樹。」

「所以呢?」辛格轉向他。「不是我鐵石心腸,不過,他不是死了嗎?」

「我覺得妳以前太矜持了,妳真的很會閒扯淡。」

「不,我是說,他不是死了三年了嗎?真不敢相信,他們對一個坐過牢的律師助理這麼禮遇。」

他笑了。「我知道妳的意思。」

「所以,到底是……?」

「可能是對我老哥的敬意。」

「律師?」辛格做了個鬼臉。「得了吧。」

「老實說,」他說:「我想他們還滿喜歡我的。」

「因為你人很好?」

「因為我坐過牢,是稀有動物。」

辛格點點頭。「就像狂歡派對裡出現一對女同志情侶。」

「差不多,不過可能還更稀奇。這還挺逗的。我根本可說是瀕臨絕種的動物。他們只要一喝醉,就會問我——當然是偷偷問——他們『這種人』,」他舉起手指比著引號:「去吃牢飯是什麼感覺?」

「你還真是地方名人唷。」

「是啊,只不過成名的方式很詭異。」

「這就是他們沒把你踢出去的原因?」

他聳聳肩。

「他們可能怕你,」辛格說:「畢竟你赤手空拳殺過人。」

他嘆口氣，坐上他的椅子。辛格也跟著坐下。

「抱歉。」她說。

他揮揮手表示無所謂。「調查出什麼了？」

辛格又翹起腿。麥特知道那是種刻意擺出的姿態，但他懷疑，這是否已成了她下意識的動作。

「告訴我，」她說：「你為什麼要調查那個車牌？」

他攤開手。「我們難道還要再討論一次『私人名義』的定義嗎？」

「除非你不想知道我查到了什麼。」

「妳什麼時候開始採取恐嚇手段了？」

他看得出來辛格很嚴肅。

「我覺得他在跟蹤我。」麥特說。

「為什麼這麼想？」

「妳說呢？我在幾個不同地方，都看見他的車。」

「而你剛好就記下車牌？」

「他的車牌號碼跟我的姓名縮寫很接近。」

「啥？」

麥特向辛格說明車牌號碼的三個字母與他名字縮寫的雷同，還有他一接近，車子急速駛離的狀況。辛格豎耳聆聽。

麥特說完，辛格便問：「那麼，查理士．泰利為什麼要跟蹤你？」

「我不知道。」

「一點頭緒也沒有？」

他沒有再重複一次。他太清楚過於自我防衛的人是什麼模樣。此刻，沉默是最好的回應。

「泰利有前科。」

麥特本來想回說「我也是」，但他知道分寸。有前科，而且還是引起辛格注意的前科，就非同小可。這種事之所以沒發生在麥特身上，不過是證明凡事皆有例外。麥特不願意這麼想（藍斯．班納不就抱有這種偏見），但想對抗現實，根本是自找苦吃。

「打人，」辛格說：「用手指虎。雖然那個可憐的傢伙沒死，但人被打得腦袋開花、生不如死。」

麥特暗忖，試圖釐清思緒。「他坐了幾年牢？」

「八年。」

「很久。」

「而且是個累犯。此外，泰利在牢裡是個麻煩人物。」

麥特試圖拼湊線索。這傢伙為什麼要跟蹤他？

「你想看他的長相嗎？」辛格問。

「妳有照片？」

「警局檔案照。」

辛格穿著一件藍色休閒外套，配上牛仔褲。她手伸進外套口袋，拿出照片。麥特一看，頓時只覺天旋地轉。

怎麼會？

麥特知道辛格正盯著他看，打量他的反應，但他克制不了。他看到兩張檔案照：標準的正面照和側面照，幾乎倒抽一口氣。他抓著桌子，感覺正在往下墜落。

「你認得他？」辛格說。

他認得。同樣的冷笑，同樣的黑藍頭髮。

查理士·泰利就是手機上的男人。

# 13

羅蘭·繆思像是坐上時光機器穿越了時空。

重返母校聖瑪格麗特高中，正如大家所說的：走廊變窄了、天花板變低了、置物櫃變小了、老師變矮了。不過，其他重要的事物，變化不大。羅蘭一走進校門，就彷彿掉入時光隧道。她覺得腸胃翻攪、內心不安，既想獲得他人肯定，又想搞怪叛逆的慾望蠢蠢欲動。

她敲敲凱薩琳院長的門。

「請進。」

辦公室裡有個小女孩。她穿著好幾年前羅蘭也穿過的制服：白上衣、格子裙。天啊，她恨死制服了。女孩低著頭，顯然剛讓凱薩琳院長訓了一頓。細細的髮絲垂落眼前，像一面珠飾窗簾。

凱薩琳院長說：「卡拉，妳可以走了。」

肩膀低垂、仍低著頭的卡拉見不得人似的離開。羅蘭在她經過時點點頭，像對她說：「我很同情妳，姊妹。」卡拉沒跟她四目相對，出門時順便把門關上。

凱薩琳院長既困惑又沮喪地看著這一幕，彷彿讀出羅蘭的心思。她的桌上有好幾堆手鍊，各色都有。羅蘭指著這些手鍊時，困惑一掃而空。

「這都是卡拉的？」羅蘭問。

「對。」

「服裝不整。」羅蘭想，極力克制自己別顯露出反感。老天啊，這地方永遠一個樣。

「妳沒聽說過？」凱薩琳院長問。

「聽說過什麼？」

「手鍊，」她深呼吸，「遊戲。」

羅蘭聳聳肩。

凱薩琳院長閉上眼睛。「是最近……我敢說這個用語肯定會造成流行。」

「嗯哼。」

「不同的手鍊……該怎麼說才好……不同顏色的手鍊代表不同的性行為。例如，黑色手鍊就是……呃……某個行為，紅色……」

羅蘭舉起手。「我大概知道了。所以女生戴上這些手鍊，我猜，展示她們的成果？」

「更糟。」

羅蘭等她說下去。

「妳不是為了這個來的。」

「妳就說吧。」

「像卡拉這樣的女孩，會戴著手鍊在男生面前晃來晃去。如果有男生扯下她的手鍊，她就得，呃，做出跟手鍊顏色代表的行為。」

「不會吧！」

凱薩琳院長看著她的眼神如時光一般沉重。

「卡拉多大了？」羅蘭問。

「十六歲。」凱薩琳院長指著另一堆手鍊，似乎怕觸碰到實物。「不過，這些是從一個八年級學生身上沒收來的。」

雙方都沉默無言。

凱薩琳院長伸手去拿她背後的東西。「這是妳要的電話紀錄。」這棟建築還是帶著羅蘭記憶中粉筆灰味道的麝香。此刻，還多了一絲絲年少輕狂的氣息。凱薩琳院長遞給她一小疊紙張。

「我們十八個人共用三支電話。」凱薩琳院長說。

「六個人一支嘍？」

凱薩琳院長笑道：「他們還說我們不教數學了。」

羅蘭看著凱薩琳院長頭部後方十字架上的耶穌。她還記得剛進學校時聽到的一個老笑話。有個男生數學成績一塌糊塗，於是他爸媽把他送到天主教學校。爸媽接到第一次成績單，看到兒子成績突飛猛進，嚇了一跳。爸媽問他怎麼回事，他答：「我在禮拜堂看到有個傢伙被釘在加法符號上，就知道他們是來真的。」

凱薩琳院長清清喉嚨。「我可以問個問題嗎？」

「請問。」

「知道瑪麗．羅絲修女是怎麼死的了嗎？」

「還在進行鑑識。」

凱薩琳院長等著她繼續說。

「目前我只能告訴妳這些。」

「這我了解。」

這次換羅蘭等她接下去。看凱薩琳院長轉身要走，羅蘭說：「妳有所保留。」

「保留什麼？」

「瑪麗．羅絲修女的事，她發生的事。」

「查出她的身分了嗎？」

「還沒，早晚的事。今晚之前吧。」

凱薩琳院長挺直背。「這是好的開始。」

「妳沒有什麼事要跟我說嗎？」

「沒有。」

這個老女人在……說謊可能還不至於，但羅蘭感覺她在閃躲。「院長，妳看過這些通話紀錄嗎？」

「看過。我也讓其他跟她共用電話的修女看過了。大多數當然都是打給家人，像是兄弟姊妹、父母、朋友。有些打給附近的商家，他們有時會叫外送披薩、中國菜。」

「我以為修女都吃，呃，修道院的食物。」

「妳錯了。」

「所以，」羅蘭說：「有發現什麼可疑的號碼嗎？」

「只有一通。」

凱薩琳院長的眼鏡垂掛在鍊子上。她將眼鏡移至鼻頭，要羅蘭把紙遞給她。羅蘭交過去。她查看第一頁，舔舔指頭，翻到下一頁，然後拿出筆，畫了個圈圈。

「這裡。」

她把紙拿給羅蘭。這支電話的區碼是九七三，表示來自紐澤西，離這裡不到三十哩。電話是三星期前打的，持續了六分鐘。

可能無關緊要。

羅蘭看見凱薩琳院長桌後的書櫃上有台電腦。很難想像凱薩琳院長上網瀏覽資料，但現在似乎愈來愈難抵抗網路潮流了。

「可以借用妳的電腦嗎？」羅蘭問。

「當然可以。」

羅蘭用Google搜尋這個電話號碼。沒什麼發現。

「妳在查電話號碼嗎？」凱薩琳院長問。

「嗯。」

「威力頌電信公司的網頁上顯示，這個號碼沒有登記。」

羅蘭回頭看她。「妳查過了？」

「全部的號碼。」

「這樣啊。」羅蘭說。

「只是確保沒有遺漏任何線索。」

「想得很周到。」

凱薩琳院長點點頭，頭仍高高抬著。「我以為你們可以查出未登記的號碼？」

「可以。」

「妳想看瑪麗．羅絲修女的房間嗎？」

「好。」

房間跟想像中差不多：小巧肅穆、漩渦紋水泥白牆、單人床上一個大十字架、單扇窗戶。標準的宿舍房間。房間有汽車旅館該有的溫暖和特色，但幾乎不帶個人色彩，讓你無從得知房客的一切，簡直像是瑪麗．羅絲修女刻意維持的結果。

「案發現場專家一個小時以內會過來，」羅蘭說：「他們會採集指紋、檢查掉落的毛髮等等。」

凱薩琳院長緩緩舉手掩住嘴巴。「所以妳認為瑪麗．羅絲修女是……」

「不要亂猜，好嗎？」

她的手機震動。羅蘭接起電話，是艾登．堤克。

「呦，小甜甜，今天要過來嗎？」他問。

「一個小時內到，」她說：「怎麼啦？」

「我查到矽膠假乳製造商目前的老闆了。修容現在屬於浪沃公司旗下。」

「維明頓那間大公司？」

「是在德拉瓦州沒錯。」

「你有打電話過去嗎？」

「有。」

「然後呢？」

「不太妙。」

「怎麼了？」

「我跟他們說，我們這裡有具屍體，上面有個假乳序號，我們需要這名顧客的資料。」

「然後呢？」

「他們不肯給。」

「為什麼？」

「我不知道。他們扯了一大堆有的沒的，老搬出什麼『醫療隱私權』來嚇唬人。」

「滿口大——」羅蘭見凱薩琳院長噘起嘴，便把話吞了回去。「我去聲請法院命令。」

「對方是大公司。」

「他們會讓步的，不過就是拿法律撐腰。」

「那要花時間。」

她想了想。艾登說的沒錯。浪沃公司在別州，可能得請聯邦法官開傳票才行。

「還有一件事。」艾登說。

「什麼？」

「其實剛開始似乎沒問題。我打電話過去，跟某個人說明狀況，她本來要幫我查。雖然一般不會這麼做，但這真的沒什麼大不了。」

「可是？」

「可是，後來就有個名字聽起來有頭有臉的大律師回電，直截了當拒絕我。」

羅蘭考慮片刻。「這裡到維明頓只要大概兩個小時車程吧？」

「以妳開車的速度，可能五十分鐘就到了。」

「試試看嘍。你有那位大律師的名字嗎？」

「有，我找找。有了，藍道·霍爾。」

「打電話給霍爾先生，告訴他等著接傳票。」

「哪來的傳票？」

「等著瞧。」

「喔，有妳的。」

她掛掉電話，撥另一個號碼。某個女人接起電話。羅蘭說：「幫我查一個未登記的電話號碼。」

「請給我名字和警徽號碼。」

羅蘭照辦，接著念出瑪麗．羅絲修女所打的這支未登記的電話。

「請稍待。」女人說。

凱薩琳院長假裝在忙自己的事，不時探頭，走來走去，把玩自己的念珠。羅蘭聽見話筒裡傳來敲鍵盤的聲音。接著：「妳有筆嗎？」

羅蘭從口袋裡抓了隻矮矮胖胖的高爾夫球筆，拿出一張加油站收據，翻面。「請說。」

「您查詢的號碼所有人是：瑪莎．杭特，紐澤西州利文斯頓鎮，達比斜坡三十八號。」

## 14

「麥特？」

他盯著查理士．泰利的檔案照片看。同樣自以為是的冷笑，就是他在手機上看到的同一個人。麥特又覺得整個人往下墜落，但他故作冷靜。

辛格說：「你認識他，對不對？」

「我需要妳幫我一個忙。」他說。

「這不是幫忙，是我的職責所在。別忘了，帳記在你身上。」

「那更好。」他看著辛格。「我要妳盡妳所能，把查理士．泰利這個人調查清楚，我是指全面的調查。」

「查什麼？」

問得好。麥特想著該如何回答。

「告訴我。」辛格說。

麥特拿出手機。他遲疑片刻，但事到如今，還有什麼好隱瞞的。他打開手機，按下照相鍵，壓著返回鍵，直到手機上跳出查理士．泰利的照片。就是那張在旅館房間拍下的照片。毫無疑問，是同一個人。他凝視照片片刻。

「麥特？」

他緩慢而謹慎地吐出話語：「昨天我接到從奧麗維亞手機傳來的照片。」他把手機遞給辛格。「看到這個。」

辛格伸手去拿照相手機，眼神飄到手機螢幕上。麥特看著她睜大雙眼、滿臉訝異。她的眼光來來回回檢視檔案照和螢幕上的照片，最後抬起頭看著麥特。

「這到底是怎麼一回事？」

「按前進鍵。」他說。

「右邊這個？」

「對。那是照片傳來之後，馬上又寄來的錄影。」

辛格聚精會神，看完錄影後說：「按下重播鍵，會再放一次嗎？」

「嗯。」

辛格又看了一次，前前後後共看了三次。看完後，她小心翼翼地將手機放到桌上。「你有任何解釋嗎？」她問。

「沒有。」

辛格思忖著。「我只見過奧麗維亞一次。」

「我知道。」

「無法確定是不是她。」

「我想是。」

「你想？」

「根本看不清楚臉。」

辛格咬著下唇，伸手去拿皮包，開始東翻西找。

「怎麼了？」他問。

「別以為只有你懂科技新產品。」辛格說。

她拿出一台小小的掌上型電腦，不比麥特的手機大多少。

「ＰＤＡ？」

「是功能強大的口袋型電腦，」她糾正道，並拿出傳輸線，一端接上手機，一端接上口袋型電腦。「介意我下載照片和錄影嗎？」

「要幹嘛？」

「帶回辦公室。我們有各種可以放大圖像、提高畫質的軟體，可以仔細分析看看。」

「這件事就我們兩個知道。」

「了解。」兩分鐘後，檔案下載完成。辛格把手機還給麥特。「還有一件事。」

「妳說。」

「光是全面調查這位查理士．泰利，可能還無法找到我們要的東西。」她彎身向前。「我們得開始連連看，找出他跟其他人的關係。」

「奧麗維亞？」他道破。

「對。」

「妳想調查我老婆。」

她坐回位子，又把腳翹了起來。「如果這只是一時鬼迷心竅的外遇就算了。我是說，說不定他們才剛認識，或許是在酒吧看上眼的，誰知道。可是，現在泰利不僅跟蹤你，還寄照片給你，自己送上門。」

「所以？」

「所以沒那麼簡單，」辛格說：「我問你一個問題，別生氣好嗎？」

「你說。」

她調整姿勢。辛格的每個動作，無論有意無意，都讓人覺得若有所指。「你對奧麗維亞了解多深？我是指她的背景。」

「這還用問。她的成長、教育背景等等一切——」

「家庭呢？」

「她母親在她還是嬰兒時就跑了，父親在她二十一歲那年去世。」

「兄弟姊妹？」

「沒有。」

「所以爸爸獨自撫養她？」

「基本上是這樣。怎麼了？」

辛格繼續說：「她在哪裡長大成人的？」

「維吉尼亞州的北道鎮。」

辛格寫下來。「她上的是當地的大學嗎？」

麥特點點頭。「就是維吉尼亞大學。」

「還有呢？」

「什麼意思？還有什麼？她在加倍能工作了八年。最喜歡的顏色是藍色。綠色眼珠。比我所認識的任何人都還常讀書。不好意思讓別人知道她喜歡看賀曼頻道的灑狗血電影。還有——妳可能聽了想吐——當我醒來，看見奧麗維亞就在身邊，我知道自己是世界上最幸福的男人。寫下來了嗎？」

辦公室的門突然打開，兩人都轉過頭去。中伯走進門。「喔，抱歉，抱歉打擾。」

「沒關係。」麥特說。

中伯看看錶，做出誇張的表情。「我得跟你討論史特曼的案子。」

麥特點點頭。「我正要打給你。」

兩人都看著辛格。辛格站起來。中伯自然而然動手調整領帶，撫弄頭髮。

「我是伊克．凱亞。」中伯說，伸出手。

「你好，」辛格說，故作親切。「幸會。」她看著麥特說：「我們再談。」

「謝謝。」

她的眼光在麥特身上多停了一下，接著轉身離去。中伯盯著她不放。她走後，中伯坐在她剛剛坐的椅子上，吹了聲口哨，說：「哪來的國色天香？」

「辛格．雪克。神探社的人。」

「你是說，她是個私家偵探[13]？」

中伯自己笑了起來，眼看麥特不捧場，便假裝咳嗽，翹起二郎腿。他的灰髮分得整整齊齊。整頭灰髮在律師身上很吃香，會給陪審團穩重的印象。

麥特打開抽屜，拿出史特曼一案的檔案。兩人討論了三個小時，談了初步的動作、州檢察官可能的提議等等。就在討論即將告一段落，麥特的手機響了。他查看來電顯示。螢幕寫著：未知來電。麥特將手機湊近耳朵。

「喂？」

「嘿。」一個男人輕聲說：「猜猜我現在對你老婆做了什麼？」

# 15

對於羅蘭．繆思來說，今天一整天都一直有似曾相識的感覺。

她把車停在紐澤西州利文斯頓鎮達比斜坡三十八號，瑪莎．杭特的住家前面。利文斯頓是羅蘭的老家。她早就看清成長的苦澀，無論住在哪裡，青春期都是混亂戰區。像利文斯頓這種安逸的小鎮，理當可以緩和戰火。這對那些有歸屬感的人確實如此，但對羅蘭來說，這個地方就是她老爸決心放棄一切，甚至丟下自己女兒的地方。

利文斯頓應有盡有。學校、體育活動、國際同濟會、家長教師協會、高中表演，全都素質優良。羅蘭那個時代，猶太小孩總是名列前茅，如今換成亞洲和印度新一代力爭上游的移民天下。利文斯頓就是這麼一個地方：大家來此打天下、置屋、繳稅、實現美國夢。

不過，你內心深處知道大家常說的：小心你夢寐以求的東西。

她敲敲瑪莎．杭特的家門。羅蘭尚未查清這個單親媽媽（在利文斯頓很少見）和瑪麗．羅絲修女之間的關係，只知道她們曾通過六分鐘的電話。她其實應該先做功課，稍微調查一下，但時間緊迫。因此，她現在頂著豔陽，站在這棟房子的前門階前。門開了。

---

13 此處為雙關語。dick 一字可做偵探，亦可做男性生殖器官解。

「瑪莎．杭特？」

眼前的女人質樸而迷人，她點點頭。「我就是。」

羅蘭亮出證件。「我是艾瑟思郡檢察署的羅蘭．繆思警探，耽誤您幾分鐘。」

瑪莎．杭特眨眨眼，一臉迷惑。「有什麼事嗎？」

羅蘭故作輕鬆，露出微笑。「我可以進去嗎？」

「喔，當然可以。」

瑪莎往後退，羅蘭進門，霎時又覺得似曾相識。屋內給人的感覺如此熟悉，裡頭的擺設可能從一九六四年到現在都沒變，簡直今昔難分。電視可能時髦了點，地毯清新了點，顏色素樸了點，但舊時詭異的童年世界再度復返，在空中擺盪。

羅蘭打量牆壁，注意有無十字架、聖母，或任何跟天主教有關的物品；任何可能解釋瑪麗．羅絲修女來電的線索，但卻沒看見任何涉及宗教的物品。羅蘭注意到，沙發一角堆著折好的被單和毛毯，好像最近曾有人睡過。

屋裡有個二十歲上下的女孩，還有兩個不超過八、九歲的男孩。「保羅、艾森，」母親說：「這位是繆思警探。」兩個家教良好的男孩很有禮貌地跟羅蘭握手，甚至還不畏跟她眼神相對。

較小的一個——羅蘭想應該是艾森——問：「妳是警察伯伯嗎？」

「是阿姨，」羅蘭反射性答道：「但也可以那麼說，我是郡檢察署的警探，跟警察差不多。」

「妳有槍嗎？」

「艾森。」瑪莎說。

羅蘭本來想回答，把槍給艾森看，但她知道有些媽媽對這種事很感冒。不想讓寶貝兒女接觸暴力的心情，她可以理解，但這樣一直不去面對現實、粉飾太平，其實是很糟糕的處理方式。

「這位是凱拉．絲容，」瑪莎．杭特說：「她幫我照顧小孩。」

名叫凱拉的女孩在房間另一邊揮手，在收拾玩具之類的東西；羅蘭也朝她揮手。

「凱拉，妳可以先帶孩子出去一下嗎？」

「沒問題。」凱拉轉向男孩們。「要不要來玩威浮球[14]，小子？」

「我先打！」

「不行，上次你先，這次該我！」

兩人一邊爭著誰先打擊，一邊往外走。瑪莎轉向羅蘭：「發生了什麼事？」

「沒什麼特別的事。」

「那請問妳來的目的是？」

「只是為目前調查的案件做些例行的訪問。」雖然是胡說八道，但羅蘭發現這個藉口挺好用的。

「什麼案件？」

「杭特太太——」

「請叫我瑪莎。」

「好的，抱歉。瑪莎，妳是天主教徒嗎？」

「什麼？」

「我不是要探人隱私，這個問題其實無關信仰。我只是想知道，妳跟東橘市的聖瑪格麗特教區有何關聯？」

「聖瑪格麗特？」

---

14 威浮（Wiffle）為商標名，專製造一種改良過的中空塑膠球，在有限空間可替代棒球使用。

「對。妳有上那裡的教會嗎？」

「沒有，我們都去利文斯頓的聖費洛米那教會。為什麼這麼問？」

「妳跟聖瑪格麗特有任何往來嗎？」

「沒有。」瑪莎接著又問：「妳說的往來指的是什麼？」

羅蘭接著說，盡量保持一貫的節奏。「妳認識那裡的學生嗎？」

「聖瑪格麗特？沒有，我想沒有。」

「老師呢？」

「也沒有。」

「那麼，瑪麗．羅絲修女呢？」

「誰？」

「妳有認識聖瑪格麗特的修女嗎？」

「沒有。我認識不少聖費洛的修女，但不知道什麼瑪麗．羅絲修女。」

「所以，妳對瑪麗．羅絲這個名字沒什麼印象？」

「完全沒有，到底怎麼了？」

羅蘭看著瑪莎，想窺出一些些蛛絲馬跡，但沒什麼異樣。不過，這不代表什麼。

「妳和小孩單獨住在這裡？」

「對。凱拉住在車庫上面的房間，不過她是外地人。」

「但住在這裡？」

「她在這裡租房子，幫忙家務。她是威廉．派特森大學的學生。」

「妳離婚了嗎？」

瑪莎．杭特講這兩個字的方式再清楚不過了。羅蘭差點想踹自己一腳。早知如此，就應該事先調查對方的身家背景。

瑪莎交叉雙臂。「到底是什麼事？」

「有個名叫瑪麗．羅絲的修女最近死了。」

「她在那裡任教？」

「對，她是老師，在聖瑪格麗特教書。」

「我還是不懂——」

「我們查閱電話紀錄時，發現她打了一通無法解釋的電話。」

「打到我家？」

「對。」瑪莎一臉困惑。「什麼時候？」

「三個星期前，確切時間是六月二日。」

瑪莎搖頭。「可能是打錯了。」

「但講了六分鐘？」

瑪莎聞言靜默。「妳說幾月幾日？」

「六月二日，晚上八點。」

「如果需要，我可以查一下行事曆。」

「麻煩妳，謝謝。」

「在樓上，我馬上下來。不過，我確定我們沒跟這名修女通過電話。」

「我們？」

「寡婦。」

「什麼？」

「妳說的我們，指的是？」

「就是家裡所有的人。」

羅蘭沒再追問。「妳介意我問妳的保母幾個問題嗎？」

瑪莎．杭特躊躇。「我想應該可以。」她擠出笑容。「可是，如果妳在小朋友面前說『保母』這兩個字，他們可能會抓狂。」

「了解。」

「我馬上回來。」

羅蘭穿過廚房，走向後門，往窗外看。凱拉正低手投球給艾森。他猛力一擊：揮棒落空。凱拉往前一步，彎身，再次投球。這次，艾森打中球了。

羅蘭轉過頭，就在快走到後門時，某個東西攫住她的目光。

冰箱。羅蘭未婚，沒有小孩，也不是在甜蜜家庭長大的孩子，但她認為，沒有什麼比冰箱門更能展現美國文化或天倫之樂。她的朋友也有這種冰箱，她自己沒有，她自知那是一大遺憾。羅蘭有兩隻貓，如果不把自我耽溺、誇張如肥皂劇的老媽算進去，嚴格說來，算是孤家寡人一個。

在大多數的美國家庭中，如果你想窺探私生活，冰箱門往往是最佳的選擇。瑪莎家的冰箱門上有小孩的美術作品、學校的作文，全都以星星裝飾、增色。還有兩張預先印好的生日邀請函，一張是在某個叫小健身房的地方舉辦派對，另一張則在東漢諾威鎮的保齡球館。此外，還有班遊、疫苗注射和足球隊的單子。

當然，也有家庭照片。

羅蘭是獨生女，不論她有多常看到照片上這種燦爛奪目的笑容，還是覺得有些不真實，就好像在看一齣爛節目或一張老掉牙的賀卡。

羅蘭靠近攫住她目光的照片：出現愈來愈多線索了。

她怎麼樣也不可能錯過那張臉。

她早該猜到的。杭特，這個姓不算少見，但也不太普遍。她掃視其他照片，但眼神一直飄回第一張照片，就是左邊那張像在棒球比賽拍的照片。瑪莎回來時，羅蘭還盯著照片看。

「妳還好嗎，繆思警探？」羅蘭讓聲音嚇了一跳。她試圖召喚記憶，但腦海中只浮現模糊的印象。「妳找到行事曆了嗎？」

「上面沒寫什麼，我真的記不得那天的行程了。」

羅蘭點點頭，轉回冰箱。「這個人，」她指著照片，轉頭看瑪莎。「是麥特．杭特，對嗎？」

瑪莎的臉像扇鐵門繃了起來。

「杭特太太？」

「妳到底想做什麼？」

之前還有幾分客氣，現在全都煙消雲散。

「我認識他，」羅蘭說：「很久以前。」

瑪莎無言。

「小學同學，我們都是波納希爾的學生。」

瑪莎交叉雙臂，一副不以為然的樣子。

「你們是什麼關係？」

「他是我小叔，」瑪莎說：「是個好人。」

對，沒錯。羅蘭心想。十足的紳士。她讀過那份過失殺人的判決書。麥特．杭特在最高戒備的監獄服刑，就她所知，應該很不好過。她想起剛剛沙發上摺好的毛毯和被單。

「麥特常來嗎？我是說，畢竟他是孩子的叔叔。」

「繆思警探？」

「是。」

「請妳離開。」

「怎麼了？」

「麥特．杭特不是罪犯，那只是個意外，他已經付出代價了。」

羅蘭默不作聲，等瑪莎繼續說下去，但她話已說完。稍過片刻，她知道這樣問下去不會有什麼結果，最好換個較溫和的問法。

「我滿喜歡他的。」羅蘭說。

「什麼？」

「小時候，他人挺好的。」

這是真心話。麥特．杭特人不錯，是個努力跟大家打成一片的孩子。

「我走了。」羅蘭說。

「謝謝。」

「如果妳有任何發現——」

「我會通知妳。」

「我出去時，可以跟妳的保母談一下嗎？」

瑪莎嘆氣，聳聳肩。

「謝謝。」羅蘭往門外走去。

瑪莎喊她：「可以請問妳一件事嗎？」

羅蘭轉過身。

「那位修女是被謀殺的嗎？」

「妳為什麼這麼問？」

瑪莎又聳肩。「我想應該是吧。不然，妳就不會找上門了。」

「我不能透露細節，抱歉。」

瑪莎無言。羅蘭打開門，走向庭院。豔陽高照，六月日長夜短。小朋友又跑又叫，盡情玩耍。大人很難像他們玩得這麼瘋，怎麼樣也不可能。羅蘭想起自己像小男生一樣的年少時光，可以一連玩好幾個小時的跑壘，卻一點也不覺得無聊。她懷疑瑪莎．杭特是否也這樣玩過，是否曾經陪兒子在外面玩跑壘。一想到這裡，羅蘭不禁悲從中來。

沒時間感傷了。

瑪莎一定在廚房窗邊打量她，她得動作快。羅蘭走向女孩，對她招招手。她叫什麼名字——凱麗、凱拉，還是凱絲麗？

「嗨。」

女孩弓起手遮陽，眨眨眼睛。她滿漂亮的，一頭閃亮的金髮，唯有在年輕人身上或洗髮精的瓶子上才看得到。

羅蘭直接切入正題：「麥特．杭特常過來嗎？」

「麥特？當然啦。」

女孩想都沒想就回答。羅蘭忍住笑意。啊，青春。

「多常來？」

凱拉——這是她的名字，沒錯——突然變了個樣，有些戰戰兢兢，但畢竟還是青春年少。只要羅蘭保持高高在上的姿態，她就不敢不說。「不清楚，一個星期大概幾次吧。」

「他人很好嗎？」

「什麼？」

「麥特·杭特。他人很好嗎？」

凱拉綻放笑容。「非常好。」

「跟孩子相處呢？」

「小朋友最愛他了。」

羅蘭點點頭，故作輕鬆。「他昨晚在這裡嗎？」她盡可能雲淡風輕地問。不過，此刻凱拉抬頭歪向一邊。「這些問題妳沒問杭特太太嗎？」

「我只是想再確認看看。他在這裡嗎？」

「對。」

「都還好嗎？」

「我跟朋友去市區，所以不知道。」

「沙發上有被單，是給誰睡的？」

她聳聳肩。「應該是麥特吧。」

羅蘭偷瞥了一下身後。瑪莎·杭特不見了，一定是往後門走過來了。這個女孩不可能記得六月二日發生什麼事。雖然羅蘭還是一無所獲，但她差不多問完了。

「妳知道麥特住哪嗎？」

「我想應該是歐文頓。」

後門打開了。夠了。羅蘭心想。要找到麥特．杭特的住處不是什麼問題。她微笑，邁步離去，盡量保持步伐自然，以免驚動瑪莎，讓她打電話提醒麥特。她對瑪莎揮手道再見。瑪莎緩緩揮手。

羅蘭走上車道，往車子前進，但卻看到另一張熟悉的臉孔，就在她車子旁邊。天啊，這個案子愈來愈像一齣「走訪羅蘭．繆思生活點滴」的蹩腳節目。此人倚著引擎蓋，嘴裡叼了根菸。

「嗨，羅蘭。」

「還沒死啊，」她說：「藍斯．班納警探。」

「活得好好的。」他將香菸往地上一丟，踩熄菸蒂。

她指著菸蒂。「我可以舉發你喔。」

「我以為妳負責的是凶殺案。」

「香菸也會危害生命，你沒看包裝嗎？」

藍斯．班納歪嘴一笑。他的車，一部一板一眼的警車就停在對街。「好久不見。」

「上次見面是在特稜頓的槍械安全大會，」羅蘭說：「哇，都六、七年了。」

「差不多。」他雙臂交叉，仍靠在她的引擎蓋上。「公事嗎？」

「對。」

「跟我們的老同學有關？」

「也許。」

「想跟我說說嗎？」

「想跟我說說什麼風把你吹來的嗎？」

「我住附近。」

「所以？」

「我看見有輛艾瑟思郡的車，來看看需不需要幫忙。」

「為什麼？」

「麥特．杭特要搬回鎮上，」藍斯說：「他在這附近買了棟房子。」

羅蘭不置可否。

「對妳的調查有幫助嗎？」

「還不知道。」

藍斯微笑，打開車門。「何不告訴我發生了什麼事，說不定我們可以一起想想對策。」

# 16

「嘿，猜猜我現在對你老婆做了什麼？？」

麥特把手機貼近耳朵。

男子耳語：「麥特，你還在嗎？」

麥特無言。

「呦，麥特，你打我小報告嗎？是不是告訴你老婆我寄照片給你？」

他僵坐不動。

「我發現，奧麗維亞對手機愈來愈小心了。喔，她離不開我的，永遠別想，她上癮了。你知道我的意思吧？」

麥特閉上雙眼。

「不過，她突然說得小心點。所以，我就在想，你是不是跟她說了什麼？就咱們哥倆，告訴我，你是不是洩漏了我們的小秘密？」

麥特緊緊握住手機，簡直要把手機給掐碎。他盡力保持冷靜、深呼吸，但卻只覺胸口糾結。他重新穩住聲音。說：「查理士．泰利，讓我逮到你，就要把你碎屍萬段。」

沒有出聲。

「喂，查理士？」

另一頭咕噥：「我得走了，她回來了。」

之後電話便掛了。

麥特要若蘭達取消他下午的行程。

「你哪有什麼行程。」她說。

「別耍嘴皮子。」

「要告訴我怎麼了嗎？」

「以後再說。」

他開車回家，一路上都將照相手機握在手心，直到把車停進位於歐文頓主幹道附近的住家前。東岸已經三個星期沒下雨了，最近的乾旱已讓疏疏落落的草皮死得差不多。像利文斯頓那樣的市郊居民都很重視茂密青蔥的草皮，若是置之不顧，眼睜睜看著草皮枯竭而死，可是會讓在後院挨著頂級烤肉爐烤肉的鄰居，咬牙切齒地數落一番。但在歐文頓，沒人在意。

草皮是有錢人的遊戲。

麥特停好車，踏出車門。他和奧麗維亞的小窩是棟有點傾斜的雙併鋁皮屋。他們住在右邊，非裔的歐文一家五口住在左邊。兩邊的房子都是兩房、一套半衛浴。

他兩步做一步拾級而上。一進門便快速撥號給奧麗維亞，電話還是轉到語音信箱。他並不訝異，他等著嗶聲後留言。

「我知道妳不在麗池飯店，」麥特說：「我知道妳就是戴著白金色假髮的人。我知道這不是什麼過分的惡作劇，我也知道查理士．泰利。打電話給我，解釋這一切。」

他掛斷電話，看著窗外：轉角有家席爾加油站，他的眼光停在那裡。他努力要和緩急促的呼吸。他從櫃子裡抓出一個行李箱，丟在床上，開始把衣服往裡面塞。

他停止動作。打包，既愚蠢又老套的招數。省省吧。

奧麗維亞明天就回來了。

如果沒回來呢？

這樣想於事無補。她會回來的，無論如何一切總會真相大白，只要再過幾個小時。

不過，他豁出去了。他開始翻奧麗維亞的抽屜，竟一點罪惡感也沒有。電話上男子的聲音讓他失去理智。現在，最可能的情況是：奧麗維亞對他有所隱瞞。他或許可以找到證據。

但什麼也沒有。

抽屜裡、衣櫃裡都沒有。他正想著其他可能的隱藏處時，突然心頭一凜。

電腦。

他爬上樓，啟動電腦。電腦開機，活了過來，似乎比平常花了更多時間。麥特的右腳開始上下顫抖。他把手放在膝蓋上，設法鎮定下來。

他們後來終於申請了寬頻網路，不再用撥接上網。他不一會兒就上線了。麥特知道奧麗維亞的密碼，不過，他從沒想過會在這種情況下派上用場。他登入奧麗維亞的電子信箱，瀏覽信件。新郵件沒什麼奇怪，他轉去看舊郵件。

信件匣是空的。他查看送信匣，還是一樣：清空。他又開了回收筒，一樣是空無一物。他打開瀏覽紀錄，想看看奧麗維亞最後一次上了哪些網站，但紀錄還是一樣被刪掉了。

麥特靠回椅背，得到一個再清楚不過的結論：奧麗維亞在隱瞞她的行蹤。隨之而來的問題當然是：原因何在？

還有個地方可查：cookies。

電腦族常會刪掉上網紀錄或郵件，但cookies就不同了。如果奧麗維亞連cookies的資料都刪掉，麥特就會馬上知道有問題，比方說，他的雅虎首頁就不會自動跳出，或者亞馬遜網站就無法辨認出他。想要掩蓋行蹤的人通常不會這麼做。

刪掉cookies太過明顯了。

他在網路瀏覽器裡找到了保留上網紀錄的cookies檔案夾。成千上萬筆的資料。他按下日期列，讓上網紀錄依日期先後排列，然後逐一瀏覽。多數的網站他都認得，有Google、OfficeMax、Shutterfly，只有兩個不知名的網址。他記下這兩個網址，縮小cookies檔案視窗，重回網路。

輸入第一個網址，按下enter後，跳出內華達日光新聞網。訪客必先登錄才能閱覽舊資料。這份報紙的總部設在拉斯維加斯。麥特查看個人檔案，發現奧麗維亞填的是假名和假郵件信箱。這並不奇怪。他們夫妻倆為了保護隱私或免於收到大批垃圾郵件，都會這麼做。

可是，奧麗維亞在查些什麼呢？

一點也看不出來。

雖然奇怪，但第二個網址更令人百思不解。

輸入網址後，好一下子才跑出畫面，而且網址跳來換去，最後才停在一個網址：Stripper-Fandom.com。

麥特皺眉。網頁上標明：十八歲以下不得進入。不妙。他點進網站，不出所料，眼前盡是煽情照。脫衣舞迷網站是個供人欣賞……

……脫衣舞孃的網站？

麥特搖搖頭。網頁上有許許多多小幅的上空女郎照，每個女孩都附有簡歷。他點進其中一個：小兔子的豔舞生涯始於亞特蘭大。撩人舞姿和性感打扮讓她迅速竄紅，登上賭城的舞台。她高喊：「我愛賭城！我愛富豪！」小兔子的特長是戴上兔耳朵大跳鋼管舞……

麥特點擊連結，彈出一個電子信箱，供訪客寫信給小兔子，詢問「私人接見」的價錢。上面真的寫「私人接見」，彷彿小兔子是教宗似的。

這到底是怎麼一回事？

麥特繼續搜尋脫衣舞迷網站，但終於再也無法忍受。他一無所獲，沒找到任何線索，只是更加茫然了。也許這個網站根本不代表什麼。大部分的脫衣舞孃都在賭城。說不定奧麗維亞是從內華達新聞網的廣告連過來的，說不定當時廣告寫的根本不是脫衣舞網站，只是掛羊頭賣狗肉。

可是，她為什麼要上內華達新聞網呢？為什麼要刪掉所有信件？

無解。

查理士．泰利的名字躍上腦海。麥特用Google搜尋此名，沒什麼特別的發現。他關掉瀏覽器，下樓，電話裡的耳語仍在他腦中盤旋，蒙蔽他的理智。

「嘿，猜猜我現在對你老婆做了什麼？」

他得透透氣，或去找些更有用的慰藉。

他走出家門，開車上南橘大道。在花園之州高速公路上，絕不會錯過高高在上、睥睨萬物的褐色大酒瓶。不過，沿路還有另一個難以忽略的景象：道路兩旁綿延錯落的公墓。一大片公墓甚至比老舊的水塔更加醒目，公路就橫亙於墓園中間，左右兩旁是成排經過風吹日曬的墓碑。開上公路時，你並不會覺得自己將完整的墓地一切為二，反而像是為兩邊拉上拉鍊，合而為一。就在那裡，不遠的地方，奇怪的大酒瓶懸掛在空中，高人一等，像個哨兵安靜地守衛著，或笑看芸芸眾碑。

釀酒廠會如此殘破不堪，實在令人納悶。每扇窗戶都沒有整個粉碎，而是破了一半，彷彿有人不厭其煩把整整十二樓的窗戶一一砸破，到處都是玻璃碎片。每個破洞都血口大張，發出驚惶人心的恐嚇。腐朽加上傲氣，巨大的骨架配上牙缺眼掉的門窗，讓這地方宛如慘遭蹂躪的戰士一般，好不邪氣。

再過不久，這片老酒廠就要被拆掉，興建高級購物中心。麥特想，這正是紐澤西所需要的：另一家購物商場。

麥特在巷尾轉彎，往一扇褪色的紅門駛去。這家酒館沒有店名，只見一扇窗戶上有個藍帶啤酒商標的霓紅燈，不過跟釀酒廠一樣（還有這座城市？），燈早就不亮了。

麥特打開門，一道光線射入這片黑暗籠罩的地方。幾個男人——此刻裡頭只有一個女人，但若你稱她小姐，鐵定會挨她一拳——猛眨眼，像群驚見手電筒照射的蝙蝠。現在點唱機沒在放歌，一點音樂也沒有，窸窸窣窣的交談聲如燈光一般微弱。

梅爾還在吧檯後面。麥特少說也有兩、三年沒來了，但梅爾還記得他的名字。這間酒館是典型的廉價酒吧，美國各地都有這種酒館。男人（大部分）結束一天辛苦的工作之後，來這裡買醉。也許有人會在這種地方吹牛談笑，不過來的人多半不是為了找人聊天或尋求慰藉，而是喝個爛醉。

坐牢之前，麥特絕不會走進這種邋遢的地方，不過，他現在喜歡比較陽春粗獷的場所。他也不太清楚原因。這裡的男人都雄壯威武，但不是刻意練過的肌肉猛男。他們秋冬穿法蘭絨襯衫，春夏則是彰顯硬漢本色的T恤，一年到頭少不了牛仔褲。這裡雖然不常有打架鬧事，但不懂拳腳功夫的人絕不會踏進這裡。

麥特在吧檯前坐了下來。梅爾對他點點頭。「啤酒？」

「伏特加。」

梅爾為他倒了一杯。麥特拿著杯子打量，搖搖頭。借酒消愁，未免也太老套了。他將酒杯一仰飲盡，任由暖流漫遊全身。他點頭示意續杯，不過梅爾早有準備。麥特又擲回酒杯。

他感覺好多了，或換句話說，他的感覺變少了。他的眼光開始四處打轉，感覺有點格格不入，像個潛入敵區的間諜。他在大部分的地方都是如此。如今，他其實在哪都不自在，無論是坐牢前的幸福天地，或現在努力追求的正常生活都一樣。因此，他只好坐這山望那山。老實說，唯有跟奧麗維亞在一起時，麥特才真正自在。多可悲啊。

叫她去死吧。

三杯黃湯下肚，腦子開始嗡嗡作響。

呦，看看那個猛灌酒的大塊頭。

他已經有點搖搖晃晃，正是他想要的。「就暫時拋到腦後，」他想：「反正不是永遠。」他並沒有要借酒澆愁，只是想緩一緩情緒，只是一晚也好。等奧麗維亞回家跟他解釋，為什麼要跟男人在汽車旅館裡廝混、為什麼要說謊、為什麼那個傢伙知道他跟她說了照片的事。

就這樣，就這些事。

他又叫了一杯酒。梅爾照辦，他很少跟人交談或指點他人迷津。

「你是個很好看的男人，梅爾。」

「謝了，麥特。雖然聽多了，不過還是挺中聽的。」

麥特微笑，看著酒杯。就這一晚，暫時忘卻煩惱。

某個壯漢上完廁所回來，不小心撞了麥特一下。麥特嚇了一跳，瞪了壯漢一眼。「小心點。」

麥特說。

壯漢含糊道了聲歉，化解尷尬。麥特幾乎有些失望。大家都覺得他應該學聰明了，一定比誰都知道打架的危險，但今晚例外，今晚他求之不得。確實如此。

豁出去了，是嗎？

他找尋著史蒂芬．麥格拉斯的鬼魂。通常他都坐在麥特旁邊的位置，但今晚麥特卻遍尋不著他的蹤影。也罷。

麥特喝酒不知拿捏分寸，他心裡有數。他酒量不好。現在腦袋不再嗡嗡響，快接近爛醉了。當然，喝酒的秘訣在於知道何時喊停，喝得酣暢卻不會一發不可收拾。這是大家努力拿捏卻都摸不著邊的界線。

今晚，他其實根本不在乎那條界線。

「再來一杯。」

話語雖含糊，但聽在他自已耳裡卻一清二楚，帶著一股敵意。伏特加讓他肝火上揚，或者應該說，讓他原形畢露。他現在其實希望麻煩上身，雖然心裡仍有絲恐懼。怒火讓他心思集中，至少他希望情況如他所想。他不再是一片混亂，反而清清楚楚知道自己想要什麼：他想揍人、想跟人正面交鋒，就算他海扁某個人或讓人海扁都無所謂。

他不在乎。

麥特玩味著暴力的滋味、暴力的源頭。也許他的老同學藍斯．班納警探說的沒錯。監獄讓人面目全非，進去是一個樣，就算你清清白白，但出了大門⋯⋯

藍斯．班納警探。

利文斯頓的守門人，愚蠢又老土的混帳。

時間流逝。永遠說不清究竟虛擲了多少時光。最後，他示意梅爾過來結帳。他一跳下椅凳，頭疼欲裂。他抓住吧檯，穩住腳步。「再會，梅爾。」

「慢走，麥特。」

他踉踉蹌蹌步出酒吧，有個名字在腦海揮之不去。

藍斯．班納。

麥特還記得他和藍斯七歲讀二年級時發生的一件事。下課大夥兒一起玩四邊傳球遊戲——繼線球之後最愚蠢的遊戲——時，藍斯的褲子破了。更糟的是，藍斯那天沒穿內褲，這件事讓他顏面盡失。別人為此幫他取了個綽號，藍斯一直到中學都還擺脫不掉。大家總會開他玩笑：「藍斯，管好籠中鳥。」

麥特大笑出聲。

接著，藍斯的聲音又回來：這個社區很不錯。

「是嗎？」麥特大喊：「現在所有的小孩都穿內褲了嗎？」

麥特又笑了起來。他的吼聲在酒館裡迴盪，但沒人抬頭張望。

他推開門。入夜了。他跌跌撞撞走上街，還咯咯笑著。他的車子停在附近。兩個算是半個鄰居的傢伙就站在不遠處，喝著牛皮紙袋裡的東西。

其中一個……街友對他喊：「呦，麥特。」街友是今日政治正確的說法，不過這些傢伙還是喜歡老名字：酒鬼。

「你好，勞倫斯。」

「你好，兄弟。」他拿出紙袋。「來一口嗎？」

「不了。」

「呦。」勞倫斯揮揮手。「反正你看起來也喝飽了，哼？」

麥特微笑，手伸進口袋裡，掏出二十元紙鈔。「買些好東西，我請客。」

勞倫斯綻放笑容。「麥特，你還好嗎？」

「還好。沒錯，我今天吃錯藥了。」

勞倫斯聞言又笑了，當是理查．普萊爾[15]在說笑。麥特揮手道別。他伸進口袋抓出車鑰匙，看看手中的鑰匙，看看車子，停下腳步。

沒錯，他醉了。

麥特此刻已經喪失理智。他想狠狠扁人，藍斯．班納是第二個（第一個是查理士．泰利，但麥特不知道上哪找他）。麥特笨雖笨，但還沒糊塗到酒後駕車。

勞倫斯說：「呦，麥特，要不要跟我們鬼混一下？」

「待會兒吧，老兄。」

麥特東轉西轉，最後往古夫街走去。七〇號公車有到利文斯頓。他在站牌下等，迎風搖晃。站牌下只有他一人，大部分的人都往反方向走：精疲力盡的幫傭拖著沉重的步伐，從富豪大宅走回自己寒酸的住家。

歡迎見識市郊的另外一面。

七〇號公車停站，麥特看見疲憊的女人殭屍一樣癱在座位上。沒人說話，沒人微笑，沒人打招呼。

公車開了可能有十哩，途中讓人大開眼界，從死氣沉沉的紐華克和歐文頓，一下子如入異邦，

---

15 理查．普萊爾（Richard Pryor）是美國喜劇泰斗。

轉眼間說變就變。先是曼波伍德，再來米爾本、修特山莊，最後是利文斯頓。麥特心裡想著長短距離，想著地理方位，想著細弱難辨的邊界。

麥特把頭靠在公車窗戶上，行駛的震動像一種特別的按摩。他想到史蒂芬．麥格拉斯，和在麻州安赫斯特那個可怕的夜晚，想起他纏繞在史蒂芬脖子上的雙手。他懷疑自己究竟有多用力，如果一跌倒他就放開手，事情是不是就會整個改觀。他也懷疑，如果，只是如果，他再勒緊一點，又會如何。

他反覆思量。

麥特在十路的圓環下車，朝利文斯頓最受歡迎的酒吧「地標」走去。北野大道上的停車場滿滿都是休旅車。麥特內心不屑。這裡不是梅爾的酒吧，沒什麼細弱難辨的邊界，只能說是個該死的娘娘腔酒吧。他推開門。

藍斯．班納會在這裡。

地標跟梅爾的酒吧當然天差地別。這裡燈光明亮、熱鬧喧嘩。耳邊傳來的是流浪者嘻哈樂團，唱著什麼玫瑰香味有如輕傷的饒舌歌——出自下層階級卻不痛不癢的音樂。沒有破破爛爛的塑膠沙發和脫落的油漆，地板上也不見木屑。海尼根啤酒標誌會發亮，百威時鐘還會走，百威正字標記克萊德馱馬也還在動。這裡很少賣烈酒，桌上擺滿一大桶一大桶的啤酒。至少有一半穿著壘球裝的人，衣服上繡著各式各樣的贊助廠商：親切冰淇淋、上選電器、布瑞思簡報等等。這些傢伙打完業餘賽後，跟隊友或對手來喝酒慶祝。還有少數從普林斯頓或羅格斯，或可以算是麥特母校的包德溫（猛抽一口氣）放假回家的大學生。

麥特走進門，一踏進去，沒有人轉過頭來。起初沒有。每個人都在快意談笑，臉全都紅通通，生龍活虎。所有人都在嘰嘰喳喳，掛著微笑、口無遮攔，全都神情和悅。

接著，他看見哥哥邦尼。

不過，那當然不是邦尼本人。邦尼死了。可是，天啊，好像啊，尤其是從背後看。他們兄弟倆以前常用假身分證潛入這裡。他們會來這裡大聲笑談，一樣口無遮攔，看著其他傢伙和業餘壘球隊的隊員，聽他們說怎麼改建廚房，聽他們談工作、小孩、帶小聯盟的經驗，炫耀在洋基球場的觀球和感嘆男性雄風不再。

當麥特站在那裡想著老哥時，周圍的氣氛變了。有人認出他來，四周開始激起陣陣波瀾。眾人竊竊私語，紛紛轉頭窺探。麥特四處尋找藍斯・班納的蹤影，但不見人影。他看見一桌警察（一眼便知），認出其中一個就是昨天跟藍斯一起對他冷言冷語的條子。

眾目睽睽之下，麥特努力保持步伐穩健。條子都睜大銳利的雙眼看他走近。他沒讓那種兇狠的眼神嚇到，更狠的他都見識過了。他一步步靠近，條子那桌一片安靜。

麥特在他面前停步。這傢伙沒有移動。麥特努力保持身體平衡。

「藍斯呢？」麥特問。

「誰想知道？」

「厲害。」麥特點點頭。「說，誰幫你寫的台詞？」

「什麼？」

「『誰想知道？』這句話還真好笑。我就站在你面前，對著你說話，你卻想都沒想，劈頭就問『誰想知道？』」麥特又往前進。「我就站在這裡。所以，你想到底是誰想知道呢？」

麥特聽見椅腳刮地的聲音，但他並沒有移開目光。條子往同伴一瞥，又轉過頭。「你喝醉了。」

「所以呢？」

此刻他跟麥特面對面。「所以你要我抓你到市區，做個酒測是吧？」

「第一，」麥特舉起食指。「利文斯頓警局不在市區，只能算接近市區。你看太多《霹靂警探》了。第二，我沒開車，你這笨蛋，幹嘛要我做酒測。第三，既然說到口氣這個問題，而你剛好就正對著我，我想到我口袋裡剛好有口香糖，讓我慢慢拿一片給你，還是你要整包也沒問題。」

另一名條子站起來。「滾出去，杭特。」

麥特轉過身，瞇著眼睛。他一下子就認出這個鼠頭鼠臉的人。「天啊，你是弗來西嗎？道吉的弟弟。」

「這裡不歡迎你。」

「不歡迎……？」麥特的眼光掠過一個又一個警察。「你們說真的嗎？現在就要把我驅逐出境？你——」麥特指著人，發出嘶吼：「弗來西的弟弟，你名字叫什麼？」

對方不答。

「算了。你哥哥道吉是班上的頭號大毒蟲，在學校裡交易大麻。我們都叫他哭調仔[16]，因為他老愛嚎啕大哭。」

「你敢胡說八道。」

「不是胡說八道，是真的。」

「你想晚上去睡監獄嗎？」

「幹嘛，豬頭？想給我加個莫須有的罪名嗎？有膽試試。我在法律事務所工作，絕對會讓你吃不完兜著走，把你可能根本就沒通過的高中資格考都一起挖出來。」

更多椅子刮地的聲音。一個又一個條子站起來。麥特的心臟開始怦怦跳。某個人伸出手，抓住他的手腕。麥特抽出手，右手握拳。

「麥特！」

一個友善的聲音觸動麥特內心深處遙遠的記憶。麥特往酒吧後頭望去，是皮特・艾波，他高中的老友。他們曾一起到萊克坡公園玩，那是個冷戰時期的導彈基地改建成的公園。他和皮特曾在毀壞的水泥發射台上玩太空船。僅紐澤西一家，別無分號。

皮特對他微笑，麥特鬆開拳頭。條子全都按兵不動。

「嗨，皮特。」

「嗨，麥特。」

「老兄，真高興看到你。」

「我也是，」皮特說：「嘿，我要回去了，要不要載你一程？」

麥特看看條子。多數都滿臉通紅，蓄勢待發。他轉向老友，說：「沒關係，我沒問題。」

「你確定嗎？」

「嗯。嘿，抱歉給你惹麻煩了。」

皮特點點頭。「真高興看到你。」

「我也是。」麥特靜待發展。之後兩名條子讓開路，麥特頭也不回一路走向停車場。他吸入夜晚的空氣，往街上走去，霎時狂奔起來。

心中已有目的地。

16 原文weed一語雙關，既表示喪服，也表示大麻。

# 17

藍斯・班納仍然笑看著羅蘭。「來吧，上車，」他說：「我們聊聊。」

她又看了瑪莎・杭特的住家一眼，便坐進後座。藍斯開車在這一帶老街坊打轉。

「那麼，」他說：「妳找麥特的大嫂幹嘛？」

羅蘭雖然只是點到為止，但仍囑咐藍斯守口如瓶。她告訴對方自己在調查瑪麗・羅絲的可疑死亡事件；還不確定是否為他殺；瑪麗・羅絲修女可能曾經打電話到瑪莎・杭特家。羅蘭並未透露隆乳或死者至今身分不明這些事。

藍斯則告訴她：麥特・杭特已婚，目前在哥哥之前服務的法律事務所擔任「吃力不討好」的律師助理。據藍斯說，麥特的太太是維吉尼亞或馬里蘭畢業的；他記不清是哪一所。藍斯還稍顯熱心過頭地說，他很樂意提供協助。

羅蘭要他不需費心，畢竟這是她份內的工作，但不忘提醒他若想起什麼，可以再跟她聯絡。藍斯點點頭，開回羅蘭停車的地方。

羅蘭下車前問：「你記得他嗎？我是說小時候的樣子。」

「杭特？」

藍斯皺眉。「當然，當然記得。」

「他似乎還挺正派的。」

「很多殺人凶手都是如此。」

羅蘭握住門把，搖搖頭。「你真的這麼想？」

藍斯沒回答。

「我讀過一篇文章，」羅蘭說：「我忘了細節，不過大概就是說，人在五歲時就已經定型了：我們在學校的表現、會不會做壞事、愛人的能力等等。你相信嗎？」

「不知道，」他說：「不是很在意。」

「你抓過很多壞蛋，對吧？」

「嗯。」

「你調查過這些人的過去嗎？」

「有時候會。」

「在我看來，」羅蘭說：「一定有蛛絲馬跡。通常都會發現他們過去有明顯的精神問題或創傷。電視上老是會有左右鄰居說什麼，『天啊，我完全沒想到那個好人會砍小孩子，他一直都彬彬有禮。』可是，如果你往回看，問問學校老師、童年好友，就有完全不同的說法，這些人多半一點都不驚訝。」

藍斯點頭。

「所以嘍，」她問：「你覺得過去的麥特．杭特有出現任何會殺人的徵兆嗎？」

藍斯忖度。「如果五歲就決定了一切，那我們就不會有工作了。」

「這哪算回答。」

「還能怎麼說。妳想想，如果由三年級小鬼吊單槓的成績來論定一個人，那大夥兒都沒戲唱了。」

他言之有理。無論如何，她現在都不能讓麥特．杭特白白溜走。她坐回自己的車裡，往南開去。現在出發，還能趕在天黑前，抵達德拉瓦州維明頓市的浪沃公司。

羅蘭打到麥特工作的法律事務所，但麥特已經離開公司了。她又打到他家裡，在答錄機上留言：「麥特，我是羅蘭．繆思，艾瑟思郡檢察署的警探。我們很久以前就在波納希爾見過了，請你盡快回電給我。」

她留了手機和辦公室號碼才掛掉電話。到德拉瓦的車程通常要兩小時，她只花了一小時又二十分。羅蘭並未開啟警鈴，但一路上都把移動式的小藍燈放在車頂。她喜歡速度。話說回來，值勤時若不能攜槍飆車，還有什麼意義？

藍道．霍爾的辦公室位在一片整齊畫一的法律事務所內。他的公司占了一棟辦公大樓的三個樓層，這一帶的辦公大樓一棟挨著一棟，一貫地單調乏味。

藍道．霍爾法律事務所的接待員，一副自以為風姿綽約的標準晚娘面孔。她打量羅蘭的方式，像在指認強暴犯一樣。晚娘拉下臉，要她坐一下。

藍道．霍爾讓她等了整整二十分鐘：隱而不宣的標準律師心理戰術。羅蘭翻翻令人毛骨悚然的雜誌消磨時間，其中有聯邦司法部的各式期刊、聯邦法院通訊和《美國律師協會期刊》。羅蘭嘆了口氣。一點帥哥美女的養眼照都沒有。

霍爾終於現身，神不知鬼不覺站到羅蘭跟前。他比羅蘭想像中年輕，但光滑的臉皮讓羅蘭聯想到的卻是傑洛米．傑克森或肉毒桿菌[17]。他頭髮稍長，抹油梳在腦後，頸邊髮尾翹起。西裝無可挑剔，唯翻領有點太大；或許大翻領又流行回來了。

他廢話不多說：「繆思警探，我不知道我們有什麼好討論的？」

藍道．霍爾站得離她很近，就算她想站也站不起來。無所謂。這傢伙想來居高臨下那一套。羅蘭本來就嬌小，她早習慣了，雖然有點想攻擊的他下盤，逼他後退，但算了，看看這小子搞什麼把戲。

晚娘接待員——看起來連要爛片裡演個女獄卒都嫌太老——眼睜睜看著這一幕上演，口紅乾裂的嘴唇難掩笑意。

羅蘭說：「我想知道序號八九七八三三四八假乳的購買人身分。」

「第一，」霍爾說：「這些紀錄已經年代久遠。修容公司並沒有留下顧客姓名，只有執行手術的醫生才有資料。」

「好，這就夠了。」

霍爾交叉雙臂。「妳有傳票嗎，警探？」

「快了。」

他一臉得意，若有所指。「那好，」他說：「我要回去辦公了。等妳拿到傳票，再通知蒂芬妮吧。」

晚娘得意洋洋，綻放笑容。

羅蘭指著她說：「妳的牙齒沾到口紅了。」接著又轉向藍道．霍爾。「可以告訴我為什麼需要傳票嗎？」

「現在有各式各樣的醫療隱私法，浪沃公司希望依法行事。」

「但這女人死了。」

「一樣。」

「此案沒什麼隱私可言。我們知道死者隆乳，只是想要確認她的身分。」

「一定有其他方式可以得知。」

17 傑洛米．傑克森（Jermaine Jackson），麥可．傑克森之兄。

「相信我，我們試過了。不過目前……」羅蘭聳聳肩。

「可惜這還是無法改變我們的立場。」

「可是你們的立場如今看來似乎並不穩當，霍爾先生。」

「我不明白妳的意思。」

「你等等。」羅蘭從後面的口袋拿出摺起來的文件。「我來之前查了一下紐澤西的案子。看來，貴公司過去一直都很配合警方查案。去年七月，你們協助警方辨認在塞美塞特郡找到的棄屍，死者名叫漢普頓．威勒，六十六歲。凶手為了湮滅身分，砍下他的頭和手指，但他忘了死者體內有心律調整器。是貴公司幫助警方確定死者身分。另外——」

「繆思……警探是嗎？」

「督警。」

「繆思督警，我很忙，請自便。請妳拿到傳票，隨時與蒂芬妮聯絡。」

「等一下。」羅蘭瞥了晚娘一眼。「我猜，蒂芬妮不是她的真名吧？」

「妳說什麼？」

「霍爾先生，你早知道沒什麼傳票，認為我不過是在虛張聲勢。」

藍道．霍爾沒有回應。

羅蘭低下頭，瞥見一本聯邦司法部的刊物，是聯邦法院發行的。她皺起眉頭，轉向霍爾。這次，她站了起來。「你很清楚我並沒有虛張聲勢，」她說，緩緩吐出話：「你心裡明白。」

霍爾倒退一步。

「不過，事實上，」羅蘭繼續說，多半是講給自己而非對方聽：「我們要採取行動也不是不可能。也許有點趕，沒錯，不過，我大可在路上就打電話給聯邦法官，開張傳票輕而易舉。隨便哪個法官都可以在五分鐘內蓋上官印，行得直坐得正的法官絕不會拒絕，除非……」

藍道．霍爾專心聽著，彷彿要她一次把狠話說完。

「除非有聯邦層級的人，管他是聯邦調查局還是美國律師協會要人閉嘴。」

霍爾清清喉嚨，看看手錶。「我真的必須告退了。」他說。

「艾登說，貴公司剛開始很樂意配合，但突然改變態度。為什麼？除非聯邦的人要你們閉嘴，不然，貴公司怎麼可能突然改變心意？」她抬頭。「聯邦的人幹嘛管這個案子？」

「不關我們的——」他說。霍爾掩著嘴，好像也訝異自己說漏了嘴。他們四目交接，羅蘭知道他幫了個大忙。霍爾不肯再多說，不過他說的也夠多了。

是ＦＢＩ從中攪局。

羅蘭也許猜得到原因。

回到車上，羅蘭左思右想。

她有認識ＦＢＩ的什麼人嗎？

雖然有，但沒人能在這個節骨眼幫上忙。「連連看」的衝動直衝而上。這絕對是個大案子，無庸置疑，連ＦＢＩ都要插一手。為了某個原因，他們想查出冒充瑪麗．羅絲修女的人，還為此設下陷阱、四處聯絡人，甚至包括製造死者假乳的公司。

她點點頭。沒錯，這只是推測，但還是有幾分道理。先從死者的部分想起：瑪麗．羅絲修女一定是個逃犯或目擊證人什麼的，反正是對ＦＢＩ相當有用的人。

很好，很好。再來。

很久以前，瑪麗．羅絲修女（或者另有其名）踏上逃亡之途。很難確定是多久以前，但據凱薩琳院長所說，她已在聖瑪格麗特任教七年，所以，至少也是七年前的事了。

羅蘭停下來思考其中糾結。瑪麗．羅絲修女逃了至少七年，而這段期間FBI一直在尋找她的下落嗎？

有道理。

瑪麗．羅絲修女經過重重偽裝。她一定換了身分。可能先在奧勒岡州落腳，也就是凱薩琳院長提過的保守修道院。沒人知道她在該處待了多久。

不要緊。重要的是，七年前，出於某種原因，她決定東遷。

羅蘭摩拳擦掌。喔，漂亮。

所以，瑪麗．羅絲修女搬到紐澤西，到聖瑪格麗特任教。在他人眼裡，她是個好老師、好修女，無私奉獻、生活儉樸。七年過了。或許她覺得安全了，便開始粗心大意，甚至跟以前的朋友聯絡。如此這般。

可是，過往莫名其妙絆了她一腳。有人發現她的真實身分。然後，這個人偷偷潛入她修道院裡的小房間，用枕頭悶死她。

羅蘭停了下來，讚嘆似的沉默片刻。

她心想，然後呢？

她得從FBI那裡獲知她的真實身分。

怎麼做？

她只想得到老套但經典的腳本：條件交換。可是，她哪有什麼可以跟人交換。

麥特．杭特是一個。

FBI的動作可能比她晚了一、兩天。他們拿到通話紀錄了嗎？難說。就算到手，他們會查出瑪莎．杭特的電話，或者查出瑪莎．杭特跟麥特．杭特之間的關係嗎？

不大可能。

羅蘭開上公路，拿起手機。沒電了。咒罵脫口而出。世上第一的漫天大謊——並列前茅的還有「支票已寄出」及「你的來電對我們相當重要」——就是：手機的使用時數。她的手機明明說可以待機一個星期，但這要命的東西能撐個一天半就謝天謝地了。

她打開置物箱，拿出充電器，電線一頭插入點菸器，另一頭插上手機。手機螢幕亮起，顯示有三通留言。

第一通是她媽媽。「嗨，甜心，」媽說，語氣異常溫柔，是她對外的語調。通常她只在懷疑有人豎起耳朵聽她是否是個盡職的母親時，才會發出這種聲音。「我想叫個雷那多外送披薩，再到百視達租個片；羅素．克洛的新片出DVD了。要不要來個女生之夜，就我們母女倆。妳覺得呢？」

羅蘭搖搖頭，努力置身事外，但眼淚仍在眼眶打轉。她老媽。每次羅蘭想甩掉她、把她趕出生活、對她心懷怨懟、把老爸的死全怪罪在她身上時，她就會湊過來，發些驚人之語，替自己解圍。

「好啊，」羅蘭在車上輕聲地說：「我覺得很好啊。」

第二和第三通留言讓這個計畫告吹。兩通都是老闆，郡檢察官艾得．史坦堡打的，而且相當直截了當。第一通說：「馬上打給我。」第二通說：「妳到哪裡去了？馬上回電，什麼時候都沒關係。麻煩大了。」

艾得．史坦堡不是那種誇大其詞或追著員工跑的上司。他其實在這方面相當傳統。羅蘭有他家裡的電話，可惜沒帶在身上。不過，她一次也沒打過。史坦堡不喜歡在下班時間麻煩人。他的座右銘是：把握生命，生命不留人！他通常五點左右就下班。記憶中，羅蘭從沒看過他六點後還留在辦公室。

現在是六點半。她決定先打辦公室電話試試看。他的秘書泰瑪也許還在，她知道如何聯絡到他。電話響了一聲，艾得．史坦堡親自接起。

不妙。

「妳在哪裡？」史坦堡問。

「從德拉瓦回來的路上。」

「直接回辦公室。這裡有麻煩。」

## 18

內華達州拉斯維加斯市
聯邦調查局分部
貝禮大樓主任室

對亞當．葉茲來說，今天並沒有什麼特別。

至少，他但願真是這樣。大致說來，每一天對葉茲都不尋常，起碼十年來都是如此。每一天都是他撿來的，劫數遲早會來臨。即使現在，就算大多數頭腦清楚的人都覺得他已成功揮別陰霾，但恐懼還是如影隨形，隨時打擊他，折磨他。

葉茲曾經是個臥底的年輕警探。如今，十年過去了，他成了駐派內華達的調查局主任：ＦＢＩ的肥缺之一。他升官了。大多時候，這裡都風平浪靜。

因此，早上上班時，感覺上又是普通的一天。

不過，當葉茲最倚重的顧問凱爾．唐林傑走進他的辦公室時，雖然雙方有將近十年的時間，避而不談那個事件，但他從老友的臉上就看出，今天非比尋常。經過這些時日，這一天終於來臨了。

葉茲的眼光掠過桌上的家庭照，照片中有他、貝絲和三個孩子。女兒已長成亭亭玉立的少女，無論準備多麼充分，一個父親面對青春期的女兒還是會手足無措。葉茲坐在位置上，他穿著平常的制服：卡其褲、色彩鮮豔的POLO衫，沒穿襪子。

凱爾．唐林傑在桌旁靜待著。凱爾是個大塊頭，六呎七吋，將近三百磅。他和凱爾是兒時玩伴。八歲時，兩人就在柯林伍德小學柯柏太太教的三年級班上結識了。有些人叫他們萊利和喬治，也就是史坦貝克在《人鼠之間》裡的兩個角色。雖然有幾分道理，比方說，凱爾果真跟書中的萊利一樣，身材魁梧、力大無窮，不過萊利是鐵漢柔情，凱爾卻完全不然。凱爾無論身體、心理都是百分百的鐵漢，他可以毫不留情把蜷伏在他手中的小兔子掐死。

然而，他們之間的感情比萊利和喬治更難以摧堅。兩人多年來同甘共苦，相互扶持，不分你我。凱爾殘酷又冷血，這點毫無疑問。不過，跟多數殺人不眨眼的人一樣，這不過是敵友之分的問題。那些他歸之為友的人——家人、亞當、亞當的家人，他會誓死保護；另一邊槁木死灰的敵營，對他而言，就只是一片遠在天邊的布景。

亞當．葉茲不動聲色，不過凱爾比他更沉得住氣。

「怎麼了？」亞當終於開口問。

凱爾的眼光掃過房間。他怕有竊聽器。他說：「她死了。」

「誰？」

「老的。」

「確定？」

「她的屍體在紐澤西被發現。我們透過假乳的序號查到她的身分，她偽裝成修女。」

「別鬧了。」

凱爾面容嚴肅，他是認真的。

「那——」葉茲甚至連克萊德的名字都不願提起。「他呢？」

凱爾聳聳肩。「不知道。」

「帶子呢？」

凱爾搖頭。不出亞當．葉茲所料，事情不會就這麼落幕，一定會沒完沒了。他又看了太太和小孩一眼，然後環視這間大辦公室、牆上的獎狀、桌上的名牌。所有這些：家人、事業、生活——如今都如此微渺，宛如掌中煙。

「我們得去紐澤西一趟。」他說。

# 19

宋雅．麥格拉斯聽見鑰匙開門的聲音，心裡一驚。

她兒子去世超過十年了，但今天，史蒂芬的相片仍然原封不動放在原來的小茶几上。當然，這中間多了其他照片。宋雅的大女兒蜜雪兒去年結婚時，理所當然拍了很多照片，很多都裱了框擺在壁爐上。即便如此，史蒂芬的照片仍然擺在原位。宋雅和克拉克會打包史蒂芬的東西，重新粉刷他的房間，把他的衣服捐給慈善機構，賣掉他的舊車，但就是無法動這些照片。

她女兒蜜雪兒跟其他許多新娘一樣，也在婚禮之前照了許多標準的家族照。新郎是個名叫強納森的好人，來自一個大家庭。強納森一家照了各式各樣的照片。宋雅和克拉克也熱烈參與，一會兒跟女兒，然後跟女兒和準女婿一起，一會兒又跟親家和新人一同入鏡。不過，當攝影師要求拍一張「麥格拉斯家族照」時，他們遲疑了。這張家族照有宋雅和克拉克、蜜雪兒，還有蜜雪兒的妹妹寇拉，但即使在這麼喜氣洋洋的日子裡，大家都知道，這張「麥格拉斯家族照」有個很大的空缺，那就是至今都還保留給史蒂芬的位置。

這棟大宅今晚一片寂靜。自從寇拉上大學以來都是如此。克拉克今晚又要「加班」了，宋雅知道，那是「跟年輕辣妹睡覺」的婉轉說法，不過她不在乎。宋雅不會過問丈夫的生活，因為這個家有他時，更顯得寂寞、安靜。

宋雅轉一轉高腳杯裡的白蘭地。她獨自坐在新視聽室裡，在黑暗中將ＤＶＤ片置入放影機，但還沒按下放映鍵。那是湯姆．漢克主演的某部片，只要看到湯姆．漢克，即使片子很爛，都令她莫名其妙覺得安心。

她心想，天啊，我真的這麼可憐嗎？

宋雅過去一向人緣極佳，真心的好友也不在少數。她大可把錯推給朋友，怪他們在史蒂芬死後漸漸疏遠她。其實，朋友本來也很盡心盡力安慰她，但她的回應有限，久而久之，大家就藉口推辭，慢慢也就疏遠了，不再往來。

不過，這樣怪朋友並不公平。

也許的確有少數幾個朋友真心想疏遠她，但說起來，該負起絕大部分責任的人還是宋雅自己。是她拒人於千里之外，謝絕別人的安慰、陪伴、友情或憐憫；她也不願老是覺得自己很悲慘，但可能這才是最簡單也最好的方式。

前門開了。

宋雅打開視聽室躺椅旁的小燈。外面一片漆黑，不過，這間密閉的房間絲毫不受影響，四壁阻絕了所有光線。她聽見有腳步聲踩在玄關大理石地板上，接著移到硬木地板上，朝她接近。

她等著。

一會兒後，克拉克走了進來，不發一語，站在那裡。她端詳了他一下子。她丈夫看起來老了點，或者，是她許久不曾好好看看這個她託付終生的男人。克拉克不希望滿頭灰髮，因此決定染髮。染是染了，而且有模有樣，正如他一貫的作風，但就是不大對勁。他的膚色慘白，似乎瘦了點。

「我正要看電影。」她說。

他瞪著她。

「克拉克？」

「我知道了。」他說。

跟電影無關，他另有所指。宋雅並未開口確認，不需要。她靜靜坐著。

「我知道妳去美術館的事，」他繼續說：「早就知道了。」

宋雅想著要如何回答。她大可回他一句：「我也知道你的事」，但這樣根本是在逃避問題，而且兩者風馬牛不相干。這跟偷情無關。

克拉克站著，手垂在兩邊，手指頭在動，但拳頭並未握緊。

「多久前知道的？」她問。

「幾個月前。」

「為什麼不早說？」

他聳聳肩。

「你怎麼發現的？」

「我找人跟蹤妳。」他說。

「跟蹤？你是說，你雇了私家偵探？」

「對。」

她翹起腿。「為什麼？」她提高聲音，因這莫名其妙的背叛而發怒。「你以為我偷情嗎？」

「他殺了史蒂芬。」

「那是意外。」

「真的嗎？你們共進午餐時，他這麼告訴妳的嗎？你們是不是也討論他怎麼不小心殺死我兒子的？」

「我們的兒子。」她糾正道。

他看著宋雅。這種眼神宋雅不是沒看過，但卻未針對她而來。「妳怎麼可以這樣？」

「我怎麼樣？」

「跟他見面、原諒他——」

「我從沒說我原諒他。」

「那是安慰他嘍。」

「胡說。」

「那妳說是什麼？」

「我不知道。」宋雅站起來。「克拉克，你聽我說，史蒂芬的事是個意外。」

克拉克冷笑了一聲。「這就是妳自我安慰的方式？告訴自己這是個意外？」

「自我安慰？」她不寒而慄。「沒這麼好的事，絲毫沒有。意外也好，他殺也好，都改變不了史蒂芬已死的事實。」

他無言。

「是意外。」

「他說服了妳，是嗎？」

「其實剛好相反。」

「什麼意思？」

「他自己都搞糊塗了，覺得自己罪孽深重。」

「可憐蟲。」克拉克做了個鬼臉。「妳怎麼這麼好騙？」

「我問你一件事，」宋雅說，更加靠近他。「如果事情剛好相反，或者換個角度想，如果扭動身體的是史蒂芬，而撞上護欄的是麥特．杭特——」

「我不想聽這個。」

「克拉克，你聽我說。」她又往前一步。「如果情況剛好相反，死的是麥特．杭特，而撲在他身上的是史蒂芬——」

「我沒心情跟妳討論這類假設性問題，一點也不想。」

「我想。」

「為什麼？」克拉克反擊：「妳不是說，無論如何史蒂芬都死了。」

她默默無言。

克拉克走到房間另一頭，經過她面前時，還刻意保持距離，不碰到她。他癱坐在椅子上，手抱頭。宋雅等著他開口。

「妳還記得有個德州的媽媽淹死親生骨肉的事嗎？」他問。

「兩件事有什麼關係？」

「就──」他閉眼片刻。「聽我說好嗎？妳記得那件事嗎？那個過度操勞的母親把小孩放在浴缸裡淹死，我記得總共有四、五個孩子。很悽慘。辯方以精神失常為由抗辯，她丈夫也支持她。妳記得這個報導嗎？」

「記得。」

「妳怎麼想？」

她不發一語。

「我告訴妳我怎麼想，」他繼續道：「我想，誰管她啊。不是我鐵石心腸，可是，有什麼差別嗎？證實那個媽媽真的瘋了，然後下半輩子就讓她在瘋人院裡度過，跟判她死刑或無期徒刑，那又如何？不管怎樣，她都殺了自己的親骨肉，一生也毀了，不是嗎？」

宋雅閉上雙眼。

「我就是這樣看待麥特．杭特。他殺了我們的兒子，無論有意無意，我只知道，我們的孩子死了，其他都不重要了。妳懂嗎？」

宋雅非但了解，而且深刻領會。

她淚流滿面，看著丈夫：克拉克深受煎熬。去吧，她想說，用工作、用外遇，用任何事物來逃避，去吧。

「我沒有傷害你的意思。」她說。

他點點頭。

「你要我別再見他嗎？」她問。

「有什麼差別嗎？」

她沒有回答。

克拉克走出房間。過了幾秒，宋雅聽見前門關上的聲音。她又孤獨一人了。

# 20

羅蘭．繆思從德拉瓦州的維明頓市開回紐華克更是神速。艾得．史坦堡獨自一人坐在新郡立法院大樓的三樓辦公室。

「關門。」她老闆說。

史坦堡整個人衣衫不整：領帶鬆了，衣領鈕釦解開，一隻袖子捲得比另一邊高；不過，他平常也差不多這個樣。羅蘭喜歡史坦堡。他聰明，行事公正，雖然討厭工作上的關係利害，但知道它存在的必要，而且應對得宜。

羅蘭覺得老闆這種豪邁不羈、平易近人的調調挺性感的。不用說，史坦堡已婚，兩個小孩都上大學了。那句老話說得沒錯：好男人都死會了。

羅蘭年輕時，老媽總要她耐住性子。卡門白天小酌時，會含著葡萄酒對她說：「別太早結婚。」羅蘭從未刻意照著媽媽的指示，但一路走來，她突然發現自己蠢極了。那些想定下來結婚生子的好男人早就被挑走了，一年年過去，選擇愈來愈少。如今，羅蘭只能如朋友說的「資源回收」，她的對象不是年少遭退學、到現在在補修高中學分的離婚胖子，就是些對第一段婚姻還心有餘悸的人，不然就是還期待（有何不可？）某個迷途羔羊會對他們又敬又愛的半調子。

「妳去德拉瓦做什麼？」史坦堡問。

「追查修女的身分。」

「妳認為她是從德拉瓦來的？」

「不是。」羅蘭快速解釋一遍假乳序號、對方先合作後不從，及FBI牽涉其中的過程。史坦堡像在撫摸小寵物一樣，摸著小鬍子。她說完，史坦堡便道：「當地的FBI主任叫費思第洛。我明天一早打給他，聽他怎麼說。」

「謝謝。」

史坦堡又摸了小鬍子一下下，迴避她的眼神。

「你是因為這個案子才叫我過來嗎？」她問：「瑪麗・羅絲修女案？」

「對。」

「那——」

「鑑識部的人採集了修女房間的指紋。」

「嗯。」

「他們找到八組指紋，」他說：「一組是瑪麗・羅絲修女本人的，其他六組是聖瑪格麗特的其他修女和員工的。為了保險起見，我們正在查證指紋資料，以免有我們所不知的紀錄被遺漏。」

他停了下來。

羅蘭走近桌子，坐下。「我猜，」她說：「第八組指紋有新發現。」

「沒錯。」他看著羅蘭的眼睛。「所以我才叫妳回來。」

她雙手一攤。「洗耳恭聽。」

「指紋的主人叫做麥克斯・德洛。」

她等著史坦堡繼續說下去。見他沉默，羅蘭說：「我猜德洛先生有前科？」

艾得・史坦堡緩緩搖頭。「沒有。」

「那怎麼知道他的身分？」

「他以前當過軍人。」

羅蘭聽得到遠處的電話鈴聲，無人接聽。史坦堡靠回他的大皮椅，他抬起頭，翹起下巴。「麥克斯．德洛不是附近的人。」他說。

「喔？」

「他住在內華達州的羅列高地，靠近雷諾。」

羅蘭想了想。「雷諾離紐澤西東橘市的天主教學校有好一段距離。」

「沒錯。」史坦堡的眼神還是往上飄。「他曾經做過這行。」

「德洛幹過條子？」

他點頭。「退休了。麥克斯．德洛警探在賭城幹了二十五年的凶殺組警探。」

羅蘭極力想把這些線索套入她之前推測的逃犯生涯。也許修女來自賭城或雷諾，也許她過去曾跟這個麥克斯．德洛有瓜葛。

不用說，下一步就是：「找到麥克斯．德洛這個人。」

艾得．史坦堡聲音微弱。「找到了。」

「怎麼樣？」

「人死了。」

兩人四目相交，某個共識達成了。崔維．懷恩拉腰帶的樣子歷歷在目，她有容乃大的同事是怎麼形容死者的？

「退休的白人……觀光客。」

史坦堡點點頭。「我們在十四大道公墓附近找到德洛的屍體，他頭部中了兩槍。」

# 21

終於下雨了。

麥特一路跌跌撞撞，從地標酒吧走回北野大道，沒人跟蹤他。天黑夜深，而他醉了，但這不要緊。你永遠忘不了從小長大的街道。

他右轉上山坡大道，十分鐘後便抵達目的地。房地產經紀人的牌子還掛在前門，標示著「洽購中」。再過幾天，房子就是他的了。他坐在護欄上看著房子。櫻桃大小的雨滴緩緩打在他身上。雨讓他想到監獄。雨讓世界變成灰濛濛、陰沉沉、面目模糊。雨就是監獄柏油的顏色。麥特從十六歲就開始戴隱形眼鏡（此刻也戴著），但在牢裡他只戴眼鏡，而且常常拿下來。這麼做似乎有幫助，讓監獄四周變成一片模糊、混沌的灰色。

他盯著這棟即將交屋的房子看；廣告上說它是「鹽盒式優宅」[18]。不久，他就會跟奧麗維亞：他美麗動人且懷有身孕的妻子搬進來，成立家庭。之後，可能還會有更多小孩。奧麗維亞想生三個。

前面雖沒有尖樁柵欄，但要也不是問題。地下室還沒完工，不過麥特手藝很好，可以自己動手。屋後的鞦韆組已經老舊生鏽，得拿去丟了。雖然還有兩年他們才打算汰舊換新，但奧麗維亞早已看中她要的品牌：西洋杉木製的某個牌子，因為廠商堅稱不會掉木屑。

麥特試圖想像這一切，這未來的一幕，想像住在這間屋子裡，有三個臥房，廚房需要整修，熊

---

18 saltbox charmer，此種建築正面兩層，背面單層，特色為陡峭的屋頂及不對稱的雙坡。

熊的爐火，餐桌上的笑語，孩子因為作了噩夢跑到他們床上，還有奧麗維亞早晨的臉龐。這一切歷歷可見，像是指引史古吉的鬼魂[19]。有一片刻，他幾乎要笑了出來。

只不過，美景不常。麥特在雨中甩甩頭。他在騙誰啊？

他雖然不清楚奧麗維亞怎麼了，但有件事是確定的：他們之間完了，童話結束了。宋雅．麥格拉斯說的沒錯，手機上的影像敲醒了他的美夢，讓他重返現實，告訴他「你上當了」。然而，在內心深處，他一直都知道。

回不去了。

史蒂芬．麥格拉斯跟他形影不離。每次麥特一掉頭，死去的史蒂芬就迎頭趕上，輕拍他的肩膀。

「我就在這裡，麥特。跟你一起……」

他坐在雨中，呆呆地想著幾點了。無所謂。他想到查理士．泰利那張該死的照片，那個藍黑色頭髮的神秘男子，他電話裡頭的竊笑。哪裡是盡頭？這是麥特想不透也逃不了的問題。酒醉或清醒，溫暖的家或擁擠的監獄，在這傾盆大雨中，旱象終於解除……

他猛然一驚。

雨。

麥特一轉身，抬起頭，伸手接雨。終於，下雨了。下雨，乾旱以暴雨做結。

答案真有這麼簡單嗎？

麥特暗忖。第一，他得回家，打電話給辛格，不管多晚。她會理解的。

「麥特？」

麥特沒聽見停車的聲音，只聽見人聲，即便在這個節骨眼、這種情況之下，一樣聞聲如見人。

麥特不禁微笑，他仍坐在護欄上。「嗨，藍斯。」

藍斯．班納踏出休旅車時，麥特抬起頭。

藍斯說：「聽說你在找我。」

「沒錯。」

「有事嗎？」

「我想找你打架。」

這次該藍斯笑了。「你不會想這麼做的。」

「你以為我不敢？」

「我可沒說。」

「我想痛扁你。」

「那只會證明我的論點。」

「什麼論點？」

「監獄讓人前後判若兩人，」藍斯說：「你還沒坐牢之前，我可以打得你兩手骨折。」

他言之有理。麥特仍然坐著，醉意仍濃，難以抵擋。「你怎麼老是陰魂不散。」

「我就是這樣。」

「你真是他媽的太有用了。」麥特握拳，關節發出劈啪聲。「嘿，知道你像誰嗎？就像管區老媽。」

藍斯不發一語。

19 史古吉（Scrooge），狄更斯所著的《聖誕禮讚》中，由鬼魂帶領，探訪其過去、現在、未來的主角。

「還記得霍巴蓋普路的管區老媽嗎？」麥特問。

「史維妮太太。」

「沒錯。史太太無時無刻老愛把頭探出窗外，板著臉教訓抄近路穿過她院子的小鬼頭。」麥特指著他。「你就像她，藍斯。你就像特大號的管區老媽。」

「你喝了酒，麥特。」

「對。不行嗎？」

「我可沒這麼說。」

「說說看你為什麼老是陰魂不散？」

他聳聳肩。「我只不過是在維持治安。」

「你自認可以辦得到？」

藍斯不答。

「你真覺得自己的休旅車和好學歷是某種強大武力，可以抵擋邪惡？」麥特大笑。「藍斯，看在老天分上，看著我。我就是活生生血淋淋的例子，證明那全是狗屁。你應該找我充當『宣導之旅』的活招牌。你知道，就是高中時，條子給我們看的因酒駕撞爛的車子，我跟那個沒兩樣。你該找我的，嚇嚇年輕學子。只不過，我不確定他們能從我身上學到什麼教訓。」

「第一，別跟人打架。」

「我是去勸架，不是打架。」

藍斯強忍嘆息。「你想在雨中重審這個案子嗎？」

「不是。」

「那好。我載你回家吧？」

「你不逮捕我？」
「下次吧。」
麥特看了房子最後一眼。「也許你說的沒錯。」
「什麼沒錯？」
「我這種人的歸屬。」
「得了，麥特，下雨了，我載你回家吧。」
藍斯走到他身後，手放在他腋下，扶他起來。這傢伙孔武有力，麥特搖搖晃晃站了起來。他頭暈目眩、肚子咕嚕咕嚕叫。藍斯扶他上車，坐進前座。
「你如果吐在我車上，」藍斯說：「別怪我逮捕你。」
「喔，你真是個狠角色。」麥特打開窗，大小正好能灌進微風，又不至於淋到雨。他像隻小狗把鼻子湊進窗口。微風起了作用。他閉上眼睛，把頭靠在窗戶上，涼爽的玻璃貼著臉頰。
「幹嘛買醉，麥特？」
「老子高興。」
「你常這樣嗎？喝個爛醉？」
「除了擔任管區老媽之外，你也是戒酒協會的輔導員啊？」
藍斯點點頭。「你說的沒錯，該換個話題。」
大雨稍弱，雨刷速度緩了下來。藍斯雙手放在方向盤上。
「我大女兒都十三歲了，你相信嗎？」
「你有幾個小孩？」
「三個，兩女一男。」他一隻手離開方向盤，往皮夾裡摸索，拿出三張照片給麥特。麥特端詳照片，跟平常一樣尋找遺傳自父母親的痕跡。「小男生幾歲了？」

「六歲。」

「跟你小時候一模一樣。」

藍斯微笑。「他叫戴文，我們都叫他魔鬼[20]。野得很。」

「跟他老爸一樣。」

「大概吧。」

雙方陷入沉默。藍斯伸手要開廣播，但又作罷。「我女兒，大女兒，我考慮要送她去讀天主教學校。」

「她現在讀海洛提吉嗎？」海洛提吉是他們以前讀的中學。

「對，不過，我也不確定，她有點任性。我聽說，東橘的聖瑪格麗特還不錯。」

麥特看著窗外。

「聽說過風評嗎？」

「天主教學校？」

「嗯，或聖瑪格麗特。」

「沒有。」

藍斯又把手放回方向盤。「你有認識的人讀那裡嗎？」

「讀哪裡？」

「聖瑪格麗特。」

「沒有。」

「記得羅蘭·繆思嗎？」麥特記得。小學同學就是這樣，即使畢業後大家各奔東西，你還是能馬上想起名字和臉孔。「當然。野丫頭一個，跟我們混過一陣子，之後就似乎消失無蹤了。他爸爸好像在她還小時就去世了。」

「你不知道嗎？」

「不知道什麼？」

「她老爸是自殺的。在她大概八年級時，在自家車庫轟了自己的腦袋。他們沒跟外人說。」

「天啊，太慘了。」

「對啊，不過她混得不錯，現在在紐華克檢察署工作。」

「律師？」

藍斯搖搖頭。「警探。不過，父親的死讓羅蘭深受打擊。我想，聖瑪格麗特拉了她一把。」

麥特默不作聲。

「你有沒有認識的人讀聖瑪格麗特？」

「藍斯？」

「怎樣？」

「迂迴戰術，這招沒用。你到底想問什麼？」

「問你有沒有認識的人讀聖瑪格麗特？」

「你想要我幫妳女兒寫推薦函？」

「不是。」

「那為什麼問我這些問題？」

20 Devin（戴文）與Devil（魔鬼）音近。

「那瑪麗．羅絲修女這個人呢？教社會科的老師，你認識她嗎？」

麥特調整姿勢，正視著藍斯：「你把我列為什麼嫌疑犯嗎？」

「什麼跟什麼？只是隨便聊聊。」

「我沒聽你否認。」

「你太敏感了。」

「你還是在迴避問題。」

「你不想跟我說你跟瑪麗．羅絲修女的關係？」

麥特閉上眼睛。現在離歐文頓不遠了。他把頭靠回頭墊。「再跟我說說你小孩的事。」

藍斯沒回應。麥特閉上雙眼，聽著雨聲，想起藍斯．班納未出現前他心裡想的事。他得盡快打電話給辛格。

因為雖然奇怪，但這場雨或許可以破解奧麗維亞在旅館房間裡的秘密。

# 22

麥特對藍斯道了謝，看著他駛離。

休旅車一離開視線，他就衝進門，抓起電話撥辛格的號碼。他看看時間，快十一點了，希望辛格還沒睡。不過，即使她睡了，只要麥特好好解釋，她會理解的。

電話響了四聲，轉入辛格簡單扼要的語音留言：「是我，你啊。說吧。」

可惡。

他留言：「回電給我，緊急狀況。」

他按下「其他選項」鍵，輸入他家裡的電話。說不定她手機上會顯示。

他想把手機裡的影像下載至硬碟，但是他這白癡竟把傳輸線放在公司。他到電腦室找奧麗維亞的，但沒找到。

就在此時，他注意到電話留言燈在閃。他拿起話筒，按下播放鍵。只有一通留言。折騰了一天之後，他聽到這通留言已不覺得慌亂。

「麥特，我是羅蘭．繆思，艾瑟思郡檢察署的警探。我們很久以前就在波納希爾見過了。請你盡快回電給我。」

她留了兩個號碼——公司和手機號碼。

麥特把電話放回話座。這麼說來，藍斯想搶先郡屬的同行一步。還是，他們一同合作？諸如此類。他納悶到底是什麼事。藍斯提及東橘聖瑪格麗特的一些事，跟那裡的某個修女有關。

這跟他會有什麼關聯？

無論如何，一定不是好事。

他不想胡亂猜測，但也不想死得莫名其妙。因此他到電腦室，一樣上Google查詢東橘市聖瑪格麗特的資料，搜尋結果讓人眼花撩亂。他努力回想修女的名字，好像是瑪麗什麼的。他加入「瑪麗修女」、「聖瑪格麗特」、「東橘市」等等關鍵字，混合搜尋。

查無資料。

他靠回椅背，左思右想，但還是無解。他不想打給羅蘭．繆思，至少不要今晚，等早上再說。他可以說，自己外出喝酒——藍斯可以作證——忘了查看留言。

他神智慢慢清醒，盤算著下一步行動。雖然屋內只有他一人，他還是檢查了走廊，並關上房門。然後，他打開櫥櫃，手伸進後方，拉出一口保險箱。密碼是八七八，號碼跟他的生活毫無關聯，是他臨時亂想的。

保險箱內有把手槍。

他盯著手槍看。這是把半自動的毛瑟M2手槍，麥特出獄時在街頭買的。買槍並非難事。他沒告訴任何人，邦尼、奧麗維亞、宋雅．麥格拉斯都沒有。他不太知道該如何解釋。一般人會想，他的過去應該早就讓他學到這麼做的危險性。他想也是，只不過沒那麼單純直接。如今，奧麗維亞懷孕了，他是該把槍扔掉，但他不確定自己有沒有辦法做到。

監獄系統有它自身的弊病。大部分的問題顯而易見，而且多少都是出於結構上，畢竟監獄是個同類相聚的世界。不過，有件事絕對錯不了：監獄教你所有負面的求生之道。為了生存，你冷漠、自閉、孤僻，沒人會教你怎麼融入群體或力求上進。正好相反，你學到的是，誰都不能相信，你唯一可以放心依靠的是自己；而且，你必須隨時隨地保護自己，免於受傷。

這把槍讓麥特有種奇怪的安全感。

他知道這麼做不對。他知道這把槍帶來災難比救贖的可能性高，但槍就在眼前。如今，眼看世界就要崩毀，他買來之後第一次如此注視著這把槍。

電話聲嚇了他一跳。他很快關上保險箱，彷彿有人突然闖進房間，然後接起電話。

「喂？」

「猜猜你打來時我在幹嘛。」

是辛格。

「抱歉，」麥特說：「我知道很晚了。」

「不是啦。猜猜看嘛，拜託。好啦，算了。我自己招了。我正在跟漢克廝混，他搞好久，沒完沒了的。我悶死啦，差點『半途而廢』。天啊，男人真敏感，你知道的。」

「辛格？」

「怎麼了？」

「妳從我手機下載的影像。」

「怎麼了？」

「在妳手邊嗎？」

「你說檔案嗎？在辦公室。」

「妳有放大嗎？」

「我叫技術員放大了，不過我還沒看到。」

「我得瞧瞧，」麥特說：「放大的影像。」

「為什麼？」

「我想到一件事。」

「喔喔。」

「是的，喔喔。聽著，我知道時間不早，真的很晚了，可是能不能請妳到辦公室跟我會合——」

「現在？」

「對。」

「遵命。」

「我欠妳一次。」

「加倍奉還，」辛格說：「四十五分鐘後見。」

他抓起車鑰匙（他現在人已清醒，可以開車了），把手機和皮夾塞進口袋，準備動身。這一刻，他想起那把半自動手槍還在桌上，他思忖片刻。

他拿起手槍。

大家絕不會告訴你：一槍在手感覺很棒。電視上，一般人初次拿到槍都一臉嫌惡。他們會臉部扭曲，說：「我才不要！」可是，事實上，槍在手中：金屬冰涼的觸感、掌心承受的重量、輪廓線條、手自然而然握住搶把、食指滑進扳機等等感受，不只舒暢，而且正正當當，甚至自自然然。

但是，不行，他不該這麼做。

如果他被逮到攜帶槍械，再加上前科，麻煩就大了。他心裡有數。

可是，他還是將槍塞入腰胯。

麥特打開門時，她正走上前門階梯。兩人眼神交會。

如果不是藍斯才提起她，或剛剛才在答錄機上聽到她的留言，麥特不知道自己會不會認出她來。難說，她還是一頭短髮，一樣男孩子氣。在他看來，羅蘭幾乎沒什麼變。這點也令人玩味：遇見長大成人的兒時舊識，你卻能如見當時的小不點般，一眼就認出人來。

羅蘭．繆思說：「嗨，麥特。」

「嗨，羅蘭。」

「好久不見。」

「是啊。」

她勉強笑了笑。「能耽誤你一下嗎？我想問你幾個問題。」

# 23

麥特．杭特站在前門階梯問：「跟聖瑪格麗特的修女有關嗎？」

羅蘭聞言大驚。麥特舉起手。

「別激動，」他說：「藍斯問過我這件事，所以我才知道。」

她早該猜到。「你能告訴我什麼嗎？」

麥特聳聳肩，沒回答。她擠進門，走入玄關，環視四周，到處堆滿了書。有些散落在地上，像崩塌的高塔。茶几上有幾個相框。羅蘭打量裡頭的照片，拿起其中一張。

「你太太？」

「嗯。」

「漂亮。」

「嗯。」

羅蘭放下照片，轉向麥特。若說他的過去全寫在臉上，牢獄之災不但改變了他的內在，也在他外表上留下痕跡，未免老套。羅蘭不信這一套，她不相信眼睛是靈魂之窗。她看過有著美麗溫柔眼神的殺人犯，也曾看過雙眼空洞無神的天才。她曾聽過陪審團說：「他一走進法庭，我就知道他是無辜的，一眼就看出來了。」但她覺得那是胡說八道、信口開河。

不過，外表並非全都無跡可尋。麥特．杭特的站姿，可能是他歪歪的下巴、嘴唇的線條，透露出某種東西，他全身上下散發一種毀損、防禦的氣息。雖然說不清楚，但的確存在。若不是早知道麥特有段幸福的童年時光，後來才遭受牢獄之災，她還會有這麼深刻篤定的感覺嗎？

她想是的。

羅蘭不由自主回想起小時候的麥特：一個憨厚正直、心地善良的小孩，不禁哀傷起來。

「你跟藍斯說了什麼？」她問。

「我問他我是不是嫌犯。」

「什麼嫌犯？」

「闖了禍的嫌犯。」

「他怎麼說？」

「顧左右而言他。」

「你不是，」她說：「目前為止還不是。」

「唷。」

「這算是挖苦嗎？」

麥特．杭特聳聳肩。「有問題可以快點問嗎？我要趕去一個地方。」

「一個地方——」她重複說道，順便看看錶。「這個時間？」

「我也算半個派對狂。」他說，又站上台階。

「這點我很懷疑。」

羅蘭跟隨他的腳步出去，看了看左鄰右舍。附近有兩個人喝著包牛皮紙袋的酒，嘴裡唱著Motown的經典老歌。

「誘惑者合唱團？」她問。

「四頂尖。」他說。

「我老是把兩個搞混。」

她轉向麥特。麥特攤開手。

「這裡跟利文斯頓不一樣吧。」麥特說。

「聽說你要搬回去。」

「那是個適合成立家庭的小鎮。」

「你這麼想？」

「難道妳不認為？」

她搖搖頭。「要是我才不會回去。」

「那是威脅嗎？」

「不是，我沒別的意思。我，羅蘭．繆思本人，絕對不會想搬回去住。」

「隨人高興吧。」他嘆氣。「閒聊夠了嗎？」

「大概。」

「那好，那個修女怎麼了？」

「還不知道。」

「又來了？」

「你認識她嗎？」

「我連藍斯說的名字都記不太起來，瑪麗什麼的。」

「瑪麗．羅絲修女。」

「她怎麼了？」

「死了。」

「我懂了，那跟我有什麼關係？」

羅蘭暗忖要如何套話。「你怎麼想？」

麥特嘆嘆氣，準備走人。「晚安，羅蘭。」

「等一下。好吧，那麼問很蠢，抱歉。」

麥特轉向她。

「她的電話紀錄。」

「怎麼了？」

「瑪麗．羅絲修女打了通奇怪的電話。」

麥特表情漠然。

「你認識她嗎？」

麥特搖搖頭。「不認識。」

「電話紀錄上顯示，她打了通電話給你住在利文斯頓的大嫂。」

他皺起眉頭。「打給瑪莎？」

「你大嫂說，她並沒有接到聖瑪格麗特的人打來的電話。我也跟在那裡租屋的女孩凱利談過。」

「凱拉。」

「什麼？」

「她叫凱拉，不叫凱利。」

「對，對。反正，我知道你常去那裡。事實上，也知道你昨晚待在那裡。」

麥特點點頭。「所以妳就心想：得來全不費工夫！修女一定是打給我的。」他幫羅蘭作結。

她聳聳肩。「有可能。」

麥特深呼吸一口氣。

「怎樣？」

「我這時候是不是該大發雷霆，指責妳不肯給一個服滿刑期、付出代價的前受刑人重新做人的機會？」

她不禁微笑。「什麼！你要跳過破口大罵那段，直接提出抗辯？」

「這樣比較省時間。」他說。

「所以，你不認識瑪麗．羅絲修女嘍？」

「不認識。請記下：我不認識什麼瑪麗．羅絲修女，就連一個修女也不認識。我不認識聖瑪格麗特的什麼人，但據藍斯說，妳讀過那裡，所以如果有認識的話，也只有妳。我不知道為什麼瑪麗．羅絲修女要打電話到瑪莎家，或者她是否真的打了這通電話。」

羅蘭決定換個方向問。「那你認識一個叫麥克斯．德洛的人嗎？」

「他也打了電話給瑪莎？」

「可以直接回答是或否嗎？麥特，你認識來自內華達州羅列高地的麥克斯．德洛嗎？是或否？」

麥特一震。羅蘭看到了。麥特臉上只有一絲絲訝異，幾乎看不出異樣，但還是露出馬腳。他眼睛微張，但馬上又回復正常。

「不認識。」他說。

「從未聽過？」

「對。他是誰？」

「看明天早上的報紙就知道了。介意說說你昨天去了哪裡嗎？我是指到瑪莎家之前。」

「介意。」

「可以麻煩你告訴我嗎？」

他眼神從她身上移開，先是閉上眼睛，又再張開。

「妳的口吻愈來愈像在質問八九不離十的嫌犯了，繆思警探。」

「是督警。」她說。

「反正，我覺得今天晚上已經回答夠多問題了。」

「所以這是拒絕回答？」

「不是，我要出門了。」這次換麥特看錶。「我真的得走了。」

「我猜你不會跟我說要去哪？」

「猜對了。」

羅蘭聳聳肩。「我可以跟蹤你。」

「我幫妳省點時間，我要去紐華克的神探社。至於我要去幹嘛，這是我的私事，願妳有個愉快的夜晚。」

他走下階梯。

「麥特？」

「怎樣？」

「雖然聽起來有點怪，」羅蘭說：「不過很高興看到你。我是說，但願我們不是在這種情況下見面。」

他幾乎要微笑。「我也是。」

## 24

麥特心想：內華達。羅蘭・繆思問他的那個男人是內華達人。

將羅蘭獨自一人留在前門階梯，逕自離去後二十分鐘，麥特便抵達辛格的辦公室。一路上，他一直想著羅蘭質問的內容，腦中揮之不去「內華達」這三個字。

麥克斯・德洛，不管他是誰，是個內華達人。

奧麗維亞曾經查詢過一個叫做內華達日光新聞的網站。

是巧合嗎？

對，一定是。

神探社的辦公室靜悄悄。辛格坐在她的位子上，一身耐吉運動服，腦後紮著馬尾。她按下電源開啟電腦。

「有聽說聖瑪格麗特某個修女死亡的消息嗎？」他問。

辛格皺眉。「東橋的教會？」

「對。也是所學校。」

「沒。」

「那跟一個名叫麥克斯．德洛的男人有關的事呢？」

「比如說什麼？」

麥特很快解釋一遍老同學藍斯．班納和羅蘭．繆思問他的問題。辛格邊嘆氣邊寫筆記。她不發一語，只在聽見麥特提起用cookie查到的脫衣舞網站時，才面露訝異。「我會查查看。」

「謝了。」

辛格轉了轉電腦螢幕，好讓麥特也看得到影像。「好，你想看什麼呢？」

「能不能放大我手機上查理士．泰利的照片？」

她開始移動滑鼠、點擊。「我很快先解釋一遍。」

「妳說。」

「這個高解析軟體有時很神奇，有時一無是處。拍攝數位相片時，相片品質好壞取決於畫素，相機畫素愈高愈好。畫素就是點數，點數愈多，圖像愈清晰。」

「這我知道。」

「你的照相手機畫素不高。」

「這我也知道。」

「所以你應該知道，圖像愈放大，就愈模糊。這個軟體會利用某種演算法來完成工作。我知道聽起來很深奧，簡單地說，就是它會根據現有資料，比方說色彩、明暗、凹凸、線條等等，來模擬大概的樣子。準確度有限。誤差不小，僅供參考。不過，還是值得看看……」

辛格叫出查理士．泰利的照片。這次，麥特略過那頭藍黑色頭髮、那抹奸笑和整張臉，也不再注意紅襯衫和白牆，他只看一樣東西。

他指著那東西。「看見了嗎？」

辛格戴上眼鏡，瞇著眼睛看著他。「看見了，」她面無表情地說：「這叫做窗戶。」

「可以放大或提高畫質嗎？」

「我試試。怎麼，你覺得窗外有東西嗎？」

「也不是。妳先試試看。」

辛格聳聳肩，將游標移近，放大圖片。窗戶現在占了半個螢幕。

「可以更清楚嗎？」

辛格點擊了某個叫做「微調」的工具。她轉頭看麥特，麥特對她微笑。

「妳沒看見嗎？」

「看見什麼？」

「窗外是陰天，照相手機上只能辨認出這樣。但妳看，現在看得到窗戶上有雨點。」

「所以呢？」

「這張照片是昨天寄來的。昨天有下雨嗎？或是前天呢？」

「等等。奧麗維亞不是在波士頓嗎？」

「也許是，也許不是。可是，波士頓也沒下雨啊。整個東北部已經好久沒下雨了。」

辛格靠回椅背。「那麼，這代表什麼？」

「等會兒，先查個東西，」麥特說：「叫出手機的錄影，慢動作播放一次。」

辛格將查理士・泰利的照片收到最小，點擊其他圖示。麥特激動不已，他的腳開始顫抖，神智漸漸清晰。

影片開始播放。麥特盡其所能注視戴著白金色假髮的女人。待會兒，他可能要再從頭到尾看一次，確定那是否真是奧麗維亞本人。他心裡還是非常肯定。不過，現在的重點不在那裡。

等到片中女人開始移動、亮光出現，他說：「這裡暫停。」

辛格動作迅速。暫停的畫面還看得到亮光。

「妳看。」他說。

辛格點點頭。「真是服了你。」

「照片和錄影不是同時拍的。」她說。

陽光射進窗戶。

「沒錯。」

「所以到底怎麼回事？有人把照片存到奧麗維亞的手機？又或者拿她的手機直接翻拍？」

「諸如此類。」

「我還是不懂。」

「我也不確定自己懂不懂。不過……再放一次錄影。慢動作。」

辛格照辦。

「停。」他看著螢幕。「放大那傢伙的左手。」

畫面顯示左手掌心。辛格剛開始放大時，圖像還是一樣模糊不清。她利用解析軟體提高畫質。

「就只有手。」麥特說。

「所以？」

「沒有戒指或婚戒。再回去看查理士．泰利的照片。」

這部分比較容易，照片的解析度較高。查理士．泰利的影像較大。照片中的他手舉起，掌心打開，幾乎像是在指揮交通。

明顯可見戒指環。

「天啊，」辛格說。「是詐騙。」

麥特點點頭。

「我不知道影片裡發生了什麼事，不過，對方要你誤以為查理士．泰利這傢伙跟奧麗維亞有一腿。知道原因嗎？」

「沒概念。你有找到更多泰利的資料嗎？」

「我查查電子郵件，應該有些資料寄來了。」

辛格上網收信時，麥特拿出手機，按下快速撥號，打給奧麗維亞。心中那股微微的暖意又回來了。他微笑。沒錯，問題尚未解答：奧麗維亞還是跟某個陌生男子待在旅館裡；他或許仍只是個一發起酒瘋就樂善好施的爛好人，但是現在有希望了，整個事件已透出一線曙光。

這次，奧麗維亞的招呼語聽起來如此悅耳。一聽見嗶聲，他就說：「我知道妳沒有錯，請打電話給我。」他看了辛格一眼，她正假裝忙碌。「我愛妳。」他最後說。

「呦，好甜蜜喔。」辛格說。

電腦傳來男性嗓音：「您有新郵件。」

「有什麼發現嗎？」他問。

「等我一下。」她開始瀏覽信件。

「目前還沒有。不過……有了。泰利犯過三次傷害罪，有兩次以上被捕的紀錄，但案子後來撤銷了。天啊，這傢伙真恐怖，他曾涉嫌打死自己的房東。他最近一次待的州立監獄叫做……看到了：拉夫拉克。」

「聽來有點耳熟，在哪裡？」

「上面沒說。等等，我很快查一下。」辛格開始輸入，按下送出鍵。

「天啊。」

「怎麼了？」她抬頭看著麥特。

「拉夫拉克就在內華達州。」

內華達。麥特只覺雙腳懸空。辛格的手機響了。她打開手機查看螢幕。

「等我一下好嗎？」

麥特整個人呆掉，不確定自己是否點了頭。

內華達州。

他的思緒亂轉，另一個可能跟內華達有關的聯繫躍上腦海：他大一時，不是曾跟朋友到內華達一遊嗎？

更確切地說，是賭城拉斯維加斯。

就在那裡，多年前的一次旅行中，他邂逅了生命中的摯愛……

他搖搖頭。不，不，不可能。內華達是個大州。

辛格掛上電話，繼續打字。

「怎麼了？」他問。

辛格仍盯著螢幕。「查理士．泰利。」

「他怎樣？」

「查到他的下落了。」

「在哪？」

她按下送出鍵，瞇著眼睛。「根據地圖搜尋，他就離你現在所在的位置不到四哩。」她拿下眼鏡，看著麥特。「泰利正住在紐華克機場附近的豪渥強生旅館。」

# 25

「妳確定？」麥特問。

辛格點頭。「泰利在那裡至少已經住了兩晚。五一五號房。」

麥特理理思緒，但仍一頭霧水。「有房間電話嗎？」

「豪渥強生的住房電話？可以上網查查。」

「麻煩妳。」

「你想直接打給他？」

「對。」

「要說什麼？」

「先不說話。只要聽聽是不是相同的聲音就好了。」

「誰的聲音？」

「打電話給我，竊竊說他要對奧麗維亞怎麼樣的傢伙。我想知道是不是查理士．泰利。」

「如果是呢？」

「嘿，妳以為我已經擬好長遠計畫了嗎？」麥特說：「最多也只能走一步算一步。」

「用我的電話打，可以隱藏來電顯示。」

麥特拿起電話；辛格念出號碼。電話響了三聲後，由接線生接起：「豪渥強生旅館紐華克店。」

「請接五一五房。」

「請稍候。」鈴響第一聲時，他的心跳逐漸加快。第三聲未完，有人接起電話說：「喂。」

麥特平靜地掛上電話。

辛格看著他。「怎樣？」

「是他，」麥特說：「同一個人。」

她皺起眉頭，雙手抱胸。「現在呢？」

「再多研究一下錄影和照片。」麥特說。

「對。」

「可是我不知道這代表什麼，也許我錯了。也許錄影和照片裡的人都是泰利，我們得找他談談。但也可能是兩個不同的人……」

「還是先找他談談。」辛格說。

「對。看來我們別無選擇，我得跑一趟。」

「是我們。」

「我想自己去。」

「是啊，我還想跟休．傑克曼洗鴛鴦浴咧——你休想自己去，」辛格站著說。她拿出髮帶，束緊馬尾，再往後順好髮帶。「我來了。」

不管怎麼推辭，結果還是會一樣。「好吧，可是妳得待在車上。我跟他一對一，說不定會有些發現。」

「好，隨你。」辛格早往外面走去。「我來開車。」

開車五分鐘就到了。

豪渥強生附近的公路並無嚴禁傾倒廢棄物，照理說應該不會那麼乾淨，但也許早有明文規定，只是他們不知道。坊堤路一邊是高速公路十四號收費站，一邊是大陸航空的員工停車場。再往前開個幾百哩，就會到達北州監獄，順路就可接到紐華克機場（甚至比到豪渥強生旅館還順路）。完美的逃脫路線。

辛格把車停在大廳入口前。

「你確定要自己去？」她問。

「確定。」

「先把你的手機號碼給我。」她說。

「為什麼？」

「我有個朋友是紐約公園大道的商場大亨，他教我的把戲。你把手機打開，打給我，不要掛掉。我把自己的手機設成靜音，這樣就像單向對講機，我可以聽見你們那邊的談話和動靜。如果有任何麻煩，你就大喊。」

麥特皺眉。「商業大亨需要搞這個玩意兒？」

「你不會感興趣的。」

辛格抓起麥特的手機，撥她的號碼，聽聽自己的手機，再將手機還給麥特。「繫在腰帶上，有什麼事就求救。」

「好。」

大廳一片空蕩，不過在這個時間也難怪。玻璃門一開，就發出叮的一聲。晚班的接待是個不修邊幅，像個臃腫洗衣袋的胖哥，步履蹣跚走了過來。麥特對他揮揮手，保持一致的步調，盡量讓自己看起來像這裡的房客。接待也朝他揮揮手，一樣蹣跚地走開。

麥特走向電梯，按下電梯按鈕。現在只有一部電梯在運作。他聽見電梯啟動的轟隆聲，但過了一會兒電梯才抵達。他腦中又閃現一幅幅畫面。錄影。白金色假髮。他還是搞不清楚那代表什麼，一點頭緒也沒有。

昨天，辛格拿勸架來比喻這整個事件：你永遠預料不到結果。然而，他現在人在這裡，即將要揭開謎底，但內心卻不知道自己到底會看到什麼。

一分鐘後，麥特站在五一五號房門口。

槍還在身上。他想過要拿出來，藏在背後，但還是覺得不妥。如果泰利看到，一切就會走調。

麥特舉手敲門，傾聽屋內的動靜。走廊上傳來聲音，可能是有人開門。他轉過頭看。

沒人。

他這次敲得更用力。

「泰利？」他大喊：「你在裡面嗎？我們得談談。」

他等著。還是沒動靜。

「泰利，拜託你開門。我只不過是想跟你談談，如此而已。」

接著，門後傳來聲音，就是他在手機裡聽到的同一個聲音：「等一下。」

五一五號房門打開了。

轉瞬間，查理士．泰利那頭藍黑色頭髮和自以為是的陰沉表情，就出現在他面前。

泰利站在門口，正在講手機：「對，」他跟電話裡的人說：「對，好。」

他動動下巴，示意麥特進門。

麥特就這麼走進房間。

# 26

羅蘭想著那個震驚的表情。

麥特雖想壓抑，但還是難掩聽見麥克斯．德洛時的震驚。問題當然是：為什麼？

她經麥特一激，不跟白不跟。不過她開在麥特前面，先到神探社附近埋伏。她知道這家私家偵探社的老闆曾擔任過聯邦調查員，此人向來以行事謹慎聞名，不過，也不是不可能遭人施壓。

麥特抵達時——他沒說謊——停車場已有兩輛車子。羅蘭記下車牌號碼。這麼晚了，沒理由還在附近晃蕩。

二十分鐘後，羅蘭抵達家門。奧斯卡，她最老的一隻貓，捲成一團要她搔耳朵。羅蘭順了牠的意，但牠很快便覺得無趣，喵喵叫表示不耐，逕自縮進暗影裡。奧斯卡有過生龍活虎的歲月，但歲月不饒人，牠的後腿不再強勁。奧斯卡老了。上次健康檢查時，獸醫就跟羅蘭說過，並要她有心理準備。羅蘭難以釋懷。電影裡，失去寵物痛苦不堪的都是小孩（例如《老黃狗》和接下來騙錢的續集）。事實上，小孩對寵物一下就膩了，寂寞的大人才最能體會失去寵物的痛心。羅蘭就是。

公寓裡冷得要命。窗台上的冷氣嘎嘎響，水滴滴答答落下，房間簡直可以冷藏肉品了。老媽睡在沙發上。電視還開著，正在介紹保證讓你有六塊肌的運動器材。她輕輕關掉冷氣，老媽動也不動。

羅蘭站在門口，聽著眼前這個老菸槍濃重的鼾聲。刺耳的聲音竟讓她感到某種安心，澆熄她想抽菸的慾望。她沒叫醒老媽，也沒拍她枕頭或幫老媽加件毯子，只是站在那裡看了一會兒，數不清心裡第幾次問自己對這女人的感受。

羅蘭為自己做了個火腿三明治，直接站在廚房流理檯邊大口吞下，並抓起水壺形狀的酒瓶，倒了杯沙布利白葡萄酒。她瞥見垃圾筒。垃圾滿了出來，該倒了，但這幅景象從不會阻止她老媽繼續把垃圾往上面丟。她把盤子放在水龍頭底下沖，邊嘆氣邊抓起垃圾筒。老媽還是動也不動，她淤痰的鼾聲不僅沒停下，還很整齊規律。羅蘭把垃圾拿到外面。外面空氣黏膩，蟋蟀鳴叫。她把垃圾丟入垃圾堆。

回到公寓時，老媽醒了。

「妳去哪了？」卡門問。

「工作耽擱了。」

「難道不能打個電話？」

「抱歉。」

「我擔心得要命。」

「是啊，」羅蘭說：「怪不得妳睡成那樣。」

「什麼意思？」

「沒什麼意思。晚安。」

「妳真不體貼。怎麼不打個電話？我等了又等——」

羅蘭搖搖頭。「我不想跟妳辯了，媽。」

「辯什麼？」

「妳老愛數落我。」

「妳想趕我出去？」

「我沒這麼說。」

「但心裡這麼想，對吧？想要我走？」

「對。」卡門張開嘴巴，手放在胸口上，以前可能有男人吃她這一套。羅蘭記得卡門年輕時的所有照片：如此美麗、如此憂傷、如此確認她理應過更好的生活。

「妳要把親生母親趕出去？」

「沒有，是妳問我想不想的。我想，可是不會這麼做。」

「我有這麼糟嗎？」

「只要……只要別管我的事就好了。」

「我只是希望妳幸福。」

「對。」

「希望妳找個伴。」

「是找個男人吧。」

「對，當然。」

男人是卡門的萬靈丹。羅蘭想對媽媽說：是啊，媽，看看男人讓妳多麼幸福。但她把話吞了回去。

「我只是不希望妳孤家寡人。」媽媽說。

「像妳這樣。」羅蘭話一出口就後悔了。

她趕在老媽回嘴前跑進臥房，準備就寢。再出房門時，老媽又坐回沙發上了。電視關了，冷氣又開了。

羅蘭說：「對不起。」

老媽沒回答。

「有沒有給我的留言？」羅蘭問。

「湯姆．克魯斯打來兩次。」

「很好，晚安。」

「怎樣，以為男朋友會打給妳嗎？」

「晚安。」

羅蘭走進臥房，打開筆記型電腦。電腦開機時，她查看了來電紀錄。沒有，她的新男友皮特沒來電，他其實已經有三個星期無聲無息了。事實上，她一整天都沒接到公司以外的來電。

天啊，真可悲。

皮特雖然體重過重、汗腺發達，但人挺不錯的。他在當地的「下車買」超市上班。羅蘭老是搞不清他負責的工作，可能因為興趣缺缺吧。他們兩人的關係稱不上穩定或認真，就只是順其自然，像是科學定律：移動中的物體除非遇阻才會停止。任何一點摩擦都可能讓兩人的關係停滯不前。

她環視周圍：老舊的壁紙、毫無特色的衣櫃、在賣場買的拼裝式床頭櫃。

這算哪門子的生活？

羅蘭感到年華流逝、前途黯淡，她曾想過搬去西部：像亞歷桑那或新墨西哥州這種溫暖、新鮮的地方，迎著陽光，重新開始。可是，老實說，她沒有那麼喜歡戶外生活。她喜歡下雨、喜歡冷天，因為這樣她就有藉口窩在家裡看電影或讀書，而不覺得心虛。

電腦開機了。她查看郵件。有封艾得．史坦堡不到一小時前傳給她的信件：

羅蘭：

我希望先知會崔維．懷恩一聲，再查看麥克斯．德洛的檔案。這事就留到早上再說。先看看初步報告。睡一下，明早九點見。

老闆

隨信附上一個檔案。羅蘭下載檔案後，決定把它列印出來。在電腦螢幕上看太多字會讓她頭疼。她從列表機抽出紙張，開始翻頁。奧斯卡想跳上她的床，但又畏縮不前。羅蘭看見了。最後老貓就依偎在她身旁，正合羅蘭的意。

她瀏覽文件，驚見崔維．懷恩早已若有其事地推演過犯罪流程。根據這份筆記，現居於內華達州羅列高地的前賭城分局警探麥克斯．德洛，被發現陳屍於紐華克猶太公墓附近的一輛租車中。據報告說，麥克斯．德洛下榻在紐華克機場附近的豪渥強生旅館。他從一家叫做「奢遊」的店租了輛福特金牛貂。哩程數顯示，德洛兩天內開了八哩路。

羅蘭翻到下頁，事情開始有意思起來。

麥克斯．德洛陳屍於駕駛座上。無人報案，直到有部油罐車看見窗戶上有血跡才報警。警方抵達現場時，發現他的內外褲都被拉到膝蓋。死者的皮夾不見了。報告上還說，死者身上並未發現首飾，暗示這些東西可能也讓人搶走了。

根據這份初步報告（一切都還停留在初步階段），由車上的血跡，尤其是擋風玻璃和駕駛座旁的玻璃可看出，德洛是在駕駛座上遭人射殺的。死者內外褲也發現血液飛濺的痕跡，所以他遭人射殺應該是在褲子脫下後，而非脫下前。

這個初步假設顯而易見：麥克斯．德洛想舒服一下，或者應該說買點服務，沒想到挑錯了妓女。妓女等到時機成熟（脫下褲子時），就打算洗劫他，然後出了點狀況；目前還很難確定是什麼狀況。可能是身為前警探的德洛想逞逞英雄，也可能是這名妓女慌了手腳。反正，最後妓女開槍殺了德洛，並搜刮一空德洛身上的東西（皮夾、首飾），逃之夭夭。

調查小組會與紐華克警局合作，對妓女戶施壓。一定有人知道事情的真相，他們會鬆口的。然後破案。

羅蘭放下報告。若她事先不知道在瑪麗．羅絲修女的房裡發現了德洛的指紋，那麼，懷恩的理論就極有說服力。如今，她明白這種假設可能行不通，那麼，她忽略了什麼？有個可能是，這一切也許是精心安排好的騙局。

再深入一點。

你想殺了德洛。你進了他的車，把槍頂在他頭上。你叫他到下階層區繞繞，還要他拉下褲子。看過法庭節目的人都知道，如果先射擊再拉下褲子，由飛濺的血跡就能看得出來。之後，你開槍射他腦袋，拿了他的錢和首飾，讓一切看來像是搶劫。

崔維．懷恩就是這麼想。

一不小心，羅蘭可能就會掉入相同的結論。

那麼，下一步合理的推斷是什麼？

她坐在床上。

依照懷恩的推測，麥克斯・德洛只是四處逛逛，然後不幸挑錯了女孩。可是，若事情並非如此（羅蘭幾乎可以確定），凶手一開始又是怎麼坐進德洛的車？最合理的推測：難道凶手是打從一開始就跟德洛在一起？

這表示，德洛可能認識此名凶手。或者，至少沒把此人當作危險份子。

羅蘭又查看了一次哩程數，只有八哩。假如他前一天就租了車，那表示他並沒有開到很遠的地方。

另外還得考慮的是：在瑪麗・羅絲修女的房內——確切地說，是在她身上——還發現另一組指紋。

羅蘭心想，好吧，假設德洛結伴同行，就說他的搭檔吧，這麼一來，他們就會一同行動？最起碼，一定會靠近彼此。

德洛還待過豪渥強生旅館。

她查了查檔案。奢遊租車公司在該旅館也設有櫃檯。

所以，一切都從那裡開始：豪渥強生旅館。

大部分的旅館都有保全錄影。崔維・懷恩查過豪渥強生的錄影帶了嗎？

難說，不過那一定很值得一看。

無論如何，都得等到明天早上吧。

她躺在床上，閉上眼睛，培養睡意，就這樣過了一個小時。隔壁房間傳來老媽的鼾聲。案情愈來愈撲朔迷離，羅蘭覺得熱血沸騰。她掀開被子，下床。此時此刻，她怎麼也睡不著，除非讓她找到一絲線索。明天有一大堆新問題等著她：艾得・史坦堡要打電話給調查局，還要把崔維・懷恩給扯進來。

她可能就被擠下台了。

羅蘭穿上運動服，抓了皮夾和證件，躡手躡腳走出門，啟動車子，開往豪渥強生旅館。

## 27

沒什麼比差勁的色情片更糟糕。

查理士．泰利躺在汽車旅館裡，手機響起時，他正為此惱怒。他正在觀賞計片付費的壯觀頻道上剪得奇奇怪怪的色情片。這部可惡的大爛片花了他將近十三塊美金，但卻把特寫及男女性器官等等養眼鏡頭全都刪了。

這算什麼鬼東西。

更糟的還在後頭。為了補足片長，同樣的片段一再重複。也就是說，你會先看到女生蹲了下來，男生的臉靠向背後，接著又再看到女生蹲下、男生的臉、女生蹲下……

簡直要把人逼瘋了。

泰利正打算打電話到櫃檯發發牢騷。拜託，這裡可是美國耶。一個男人有權關起門來在旅館房間觀賞色情片，而不是這種軟綿綿的蹩腳貨。要來就來真的，真槍實彈，這傻不隴咚的鬼東西，應該拿去迪士尼頻道播放。

此時，電話響了。泰利看看錶。

差不多了。他等這通回電已經等了好幾個小時。

泰利抓起電話，靠近耳邊。電視螢幕上的女孩已經這樣喘了十來分鐘了。這爛東西無聊透頂。

「喂。」

喀嗒。嘟嘟嘟……

掛掉了。泰利看著話筒，彷彿以為它會提供答案。但沒有。他放下話筒，坐了起來，等著電話再度響起。

五分鐘過了，他開始擔心起來。

這是怎麼一回事？一切都超出計畫之外。大概三天前（是嗎？他記不得了）他從雷諾飛來此地。昨天的任務簡單明瞭：跟蹤一個叫麥特．杭特的傢伙，偷偷注意他的行動。

為什麼？

他不知道。有人要他先把車停在紐華克某間大型律師事務所外面，然後緊跟著杭特。

但很快就被麥特．杭特那個傢伙發現馬腳。

怎麼會呢？

嚴格說來，麥特並非專業律師。不過，情況不妙。杭特馬上就察覺有人在跟蹤他。更糟的是（糟透了），泰利幾小時前打給麥特．杭特時，竟然聽他喊出自己的名字。

而且，老天，竟然還是全名。

泰利大感不解。

他不是很清楚該怎麼應付這種狀況。他打了幾通電話，想搞懂究竟出了什麼事，但卻都無人接聽。

這讓他更加疑惑了。

泰利小有天賦。他了解脫衣舞孃的需求，知道如何應付這些婆娘，也知道如何耍狠，讓人不敢造次。有這兩樣絕活就綽綽有餘了。真的，仔細想想，這兩件事相輔相成。若你想把一家脫衣舞場經營得有聲有色，你就得知道該怎麼耍狠。

事情一搞砸，比如像現在，他就只能採取下策：暴力，毫不留情地傷害對方。他曾因三次被控傷害罪進了監獄。不過，他猜測至今最少也有五十個人挨過他的揍，其中還有兩人因此喪生。

他偏好使用電槍和手指虎傷人。泰利把手伸進袋子裡，先拿出全新的電槍。這玩意兒叫做手機電槍，槍如其名，就跟手機長得一模一樣。這是他在網路上買的，花了他六十九美元。你可以帶著它四處走，拿它靠近耳邊時，看來就像在講手機，但其實一按下按鈕，手機上的「天線」就會發出十八萬伏特的高壓電：砰——痛擊你的死對頭。

泰利接著拿出手指虎。他喜歡加寬衝撞面積的新設計，這樣不只可以擴大施力範圍，還能讓你在對付強悍的對手時減少阻力。

泰利把電槍和手指虎放在床頭櫃上，回頭去看電影，仍然期待這部色情片會稍有起色。他每隔一下子就瞥一眼床頭櫃上的武器。不用說，兩件傢伙一定也眉來眼去。

他努力想著下一步怎麼做。

二十分鐘後，有人敲了他的房門。他看看床邊的時鐘：半夜快一點了。他輕輕滑下床。又一次敲門，這次更急促了。他輕手輕腳走到門邊。

「泰利？你在裡面嗎？我們得談談。」

他透過窺視孔往外看。天啊！

來者正是麥特．杭特。

他驚慌失措。杭特怎麼可能找得到他？

「泰利，拜託你開門。我只不過是想跟你談談，如此而已。」

泰利想都沒想，直接回答：「等一下。」

接著，他偷偷走回床邊，把手指虎套在左手，右手將手機電槍貼在耳畔，假裝正在講電話。他伸手去抓門把，開門之前，再度瞄了眼窺視孔。

麥特．杭特還在原地。

泰利想好接下來的三步動作。大人物都是如此：事先計畫未來。

他會先打開門，假裝在聽電話，示意杭特進門。待杭特一進入視線範圍，他就發射電槍，瞄準胸口（身體表面的一大目標）。同時間，他左手準備就緒，握著手指虎，朝杭特的肋骨來一記上鉤拳。

查理士．泰利打開門。

他開始講手機，假裝正跟電話另一頭的人對話。「對，」泰利對著電槍說：「對，好。」

他動動下巴，示意麥特．杭特進門。

麥特．杭特就這麼進了門。

# 28

麥特猶疑片刻，才走進五一五房。

他別無選擇，總不能在走廊說話，還是進門再說。他還不知道怎麼說明這一切，也不知泰利在這其中到底扮演什麼角色。他決定實話實說，靜待事情的發展。泰利知道詐騙的事嗎？他就是影片裡的人嗎？如果是，又為什麼要在影片之前拍那張照片呢？

麥特走進門。

查理士．泰利還在講手機。見門慢慢闔上，麥特便說：「我想，我們可以幫幫彼此的忙。」

就在此刻，查理士．泰利拿手機往他胸口一碰。

麥特全身彷彿突然短路了一般，他脊椎打直、手指張開、腳指發麻、眼睛大張。

他想把手機推離身體，但卻無法移動。他在心裡大喊，但身體卻不聽話。

「槍，」麥特想：「拿槍！」

麥特看見查理士．泰利將手往後一甩，握拳。他想動，起碼轉過身躲掉拳頭，但電流肯定打亂了腦神經正常的運作，他的身體怎麼樣都不聽使喚。

泰利往他胸腔下方揮拳。

那力道如大鐵鎚落在骨頭上。痛楚徹骨，麥特不支倒地。

他眨眨眼，眼眶濕潤，仰視查理士．泰利的笑臉。

槍……拿出該死的槍……

但他的肌肉抽筋了。

鎮定下來，放輕鬆……

泰利站在旁邊，一手拿著手機，一手戴著手指虎。

麥特想到自己的手機就在腰帶上。辛格正在另一頭聽著，他張開嘴向她求救。

泰利又拿電槍（麥特肯定）襲擊了他一次。

電流穿過他的神經，讓全身肌肉，包括上下顎的部分，全都不由自主地收縮、顫抖。

他的求救訊號沒能發出。

查理士．泰利對他微笑，伸出戴著手指虎的那隻手給他看。麥特只能仰頭注視。

在牢裡，有些警衛會隨身帶著電槍。麥特後來才知道，電槍是藉由過度填塞或干擾體內的感應系統來發揮作用。它發出的電流與人類體內原有的電流類似，因此便會造成體內感應失調，使肌肉運動過度，體能迅速耗損。

一旦中槍，就會全身無力。

麥特看著泰利收回拳頭。他想掏出手槍，轟了這混帳。武器近在咫尺，就在他腰胯上，但可能也被電得七葷八素了。

拳頭迎面而來。

麥特想舉起手，想閃躲，想有所行動，但卻使不上力。泰利這一拳正對著胸口，麥特看著拳頭慢動作似的朝他揮來。

手指虎猛擊他的肋骨。

他胸腔的骨頭好像四分五裂了，彷彿是保麗龍做的一樣。麥特張開嘴，痛苦而無聲地嘶吼。他喘不過氣了，兩眼呆滯。

等他眼睛又重新聚焦時，手指虎朝他臉部襲來。

麥特想掙扎，但全身虛弱，毫無力氣。他的肌肉還是不聽使喚，體內的感應系統仍然沒有反應。不過，某個原始、天生的東西還在，至少還有足夠的求生本能讓他躲掉這一擊。

手指虎刮破他的後腦杓。皮開肉綻，痛楚直衝腦門。他閉上眼睛，這次沒再張開眼。他聽到遠處一道聲音，熟悉的嗓音大喊：「不要！」也有可能是他聽錯了。腦部在電流和痛楚交相震盪之下，可能產生各式各樣奇怪的幻覺。

對方又揮了一拳，可能又再一拳，或許還更多，但聲音漸行漸遠，麥特已無法聽見。

# 29

「泰利？你在裡面嗎？我們得談談。」

辛格一聽見手機傳來麥特的聲音，整個人精神一振。聲音不算清楚，但還是聽得見。

「泰利，拜託你開門。我只不過是想跟你談談，如此而已。」

對方的回答很模糊，聽不清楚。辛格集中思緒，專心聆聽。她的車並排停在前門。不過，現在很晚了，應該不會有人介意。

她掙扎著要不要進去，這樣應該是明智的作法。麥特人在五樓，若有什麼閃失，她得好一會兒才能抵達現場。可是，麥特相當堅持，認為一對一解決問題才是最好的辦法。如果讓他們在談話前發現有第三者在場，可能會讓事情更加複雜。

然而，現在電話裡的聲音如此模糊，辛格可以合理地推論，泰利一定不在大廳。事實上，從她所在的位置看去，大廳裡空無一人。

她決定殺過去。

監視實非辛格所長，她太引人注目了。她並非什麼毒蟲或舞孃（那些流言蜚語她早有聽聞），但幾年前就已經看開，不再故意扮醜、保持低調。辛格很早就發育了，十二歲的她看起來像十八歲。男生愛慕她，女生討厭她，這在成長歲月中可以說是常態。

她不太會因為這些態度而感到困擾。年輕時真正困擾她的，是老一輩男人的樣子，就連親戚或她所信任且喜愛的男人也一樣令她不安。雖然從來沒發生過什麼事，但自很小的時候開始，她就知道慾火和渴望會如何扭曲一個人的心智，而那多半都是面目猙獰的模樣。

辛格正要走進大廳，手機裡便傳來奇怪的聲響。

什麼鬼東西？

大廳前門叮的一聲打開。辛格把手機貼近耳邊。無聲。沒有聲響、也沒有談話聲。

不好了。

耳機裡突然發出的撞擊聲嚇了她一跳。辛格加快腳步，奔往電梯口。

櫃檯後面的傢伙搖搖晃晃走了出來，一看見辛格，便抬頭挺胸，笑問：「有什麼能為你效勞的嗎？」

辛格按下電梯鈕。

「小姐？」

那是晚班的服務生。電話那頭還是無人說話。辛格背脊發涼。她得冒個險：她將手機貼近嘴巴：「麥特？」

沒有回應。

可惡，她忘了已把手機設成無聲。

又傳出一道怪聲，可能是呻吟，只是聲音更加模糊、短促。

該死的電梯是怎麼搞的？

靜音鍵到底在哪？

辛格找到靜音鍵，就在手機右下角。她的拇指慌慌張張按下鍵，小小的靜音標示消失了。她把手機貼近嘴巴。

「麥特？」她大喊：「麥特，你還好嗎？」

又一聲壓抑的哀嚎。接著，有個聲音（不是麥特）說：「是誰……」

晚班服務生在她身後問：「怎麼了，小姐？」

辛格繼續按電梯按鈕。快啊，快啊……

她又對著手機說：「麥特，你還在嗎？」

喀嗒。沒聲音了，徹底無聲。辛格心跳加速，簡直要蹦出來了。

她該怎麼做？

「小姐，我必須請問妳——」

電梯門開了。她衝進電梯。晚班服務生伸出手擋住電梯門。辛格的槍就在肩帶上，她頭一次在執行任務時拔出槍。

「手放開。」她說。

他乖乖照做，把手放開，彷彿那不是他的手。

「報警，」她說：「就說五樓有緊急事件。」

電梯門闔上，她按下五樓。麥特可能會因為她叫警察而不高興，但現在換她指揮了。電梯轟隆響，開始往上，速度慢得不能再慢。

辛格右手握槍，手不斷伸離扳機去按電梯操作板上的五樓按鈕，好像這麼做，電梯就會知道她趕時間而加快速度似的。

她左手拿著手機，迅速重播麥特的號碼。

沒通，直接轉到語音信箱：「我現在不方便接聽……」

辛格咒罵了一聲，按下結束鍵。她站在門縫正中間，準備門一開，就立刻衝出去。電梯每到一樓就發出聲響，以方便盲人辨識。最後終於叮的一聲，抵達五樓。

她像個就定位的短跑選手弓起身。門一開，就兩手齊力推開門，擠出門外。

她來到走廊上了。

辛格只聽見腳步聲，沒看到人影。好像有人朝另一個方向跑去。

「站住！」

那個人並未停步，她也沒有。辛格沿著走廊跑去，雖然手裡拿著槍，但不可能真正開火。

多久了？她跟麥特失去聯絡多久了？

走廊盡頭傳來厚重的門打開的巨響。她想一定是逃生門，通往樓梯間。

辛格邊跑，邊數門號。即將抵達時，便看到五一五號房門——現在離她只有兩扇門——大開。

她猶疑要先繼續追趕跑下樓梯的人，還是查看五一五號房，但她沒有多作遲疑。

辛格加快速度，轉身，舉槍。

麥特躺在地板上，眼睛閉著，一動也不動，但最令人震驚的事還在後頭。

讓人最為錯愕的是，跟麥特在一起的人。

辛格差點把槍掉到地上。

一瞬間她就呆立在那裡，不可置信地注視著這一幕。接著，她走進房間。麥特還是毫無動靜，後腦杓流出一攤血。

辛格盯著房間裡另一個人不放。

此人就跪在麥特身旁。

淚流滿面，紅了眼眶。

辛格立刻認出這個女人。

「奧麗維亞。」

# 30

羅蘭．繆思駛離七十八號公路，轉到坊堤路，準備開入豪渥強生的停車場。有輛車在前門並排停放。

她踩煞車。

不到一小時前，她才在神探社看過這部Lexus。

天底下哪有這麼巧的事。

她設法把車停在大門前，抓起槍放在腰帶上。防衛措施做好了，手銬吊在她背上。她跑向車子，裡頭沒人。車鑰匙還在啟動器上，車門沒上鎖。

羅蘭打開車門。

這算合法搜查嗎？也許吧。車鑰匙一覽無遺掛在啟動器上，車門又沒鎖，她只不過來看看需不需要幫忙，聽起來並無不妥。

羅蘭拉長袖子，充當臨時的手套，以免留下指紋。她拉下置物箱，快速翻翻裡頭的文件。這是部公司用車，屬於神探社所有。不過，根據汽車經銷商的文件，這部車的買主名叫辛格·雪克。

羅蘭認得這個名字。郡檢察署的男人都對她津津樂道，說她身材火辣，能讓一部電影從輔導級升為限制級。

她跟杭特有何關係？

羅蘭抓起車鑰匙：沒道理讓雪克小姐白白溜走，至少該跟她小聊一下。她進了門，往櫃檯走去，只見櫃檯服務生上氣不接下氣。

「你們怎麼回來了？」他問。

「回來了？」

非她拿手的問法，不過好歹是個開始。

「其他警察走了，大該一個小時前吧，還有救護車。」

「什麼其他警察？」

「妳不是跟他們一起的？」

她走向服務生。「你叫什麼名字？」

「厄尼。」

「厄尼，請你告訴我這裡發生了什麼事。」

「就跟我剛剛跟警察說的一樣啊。」

「再跟我說一次。」

厄尼誇張地嘆嘆氣。「那好吧，先是有個男人衝進旅館。」

「什麼時候？」羅蘭打斷他。

「什麼？」

「幾點的時候？」

「我不知道。大概兩小時前吧，妳什麼都不知道嗎？」

「繼續說。」

「那個男人搭電梯上樓。幾分鐘後，有個大妞飛奔進來，衝向電梯。」他握拳掩嘴咳嗽。「我當然就叫住她啦，問她怎麼了。妳知道，這是我的工作。」

「你有問那個男人怎麼了嗎？」

「什麼？沒有。」

「可是你問了——」羅蘭做出引號的手勢。「『大妞？』」

「等等。我不是說她胖，是高。我不希望妳誤解，以為她很胖之類的。她不胖，一點也不胖。剛好相反，她就像演亞馬遜女英雄的小妞。妳知道吧。」

「知道，厄尼，我可以想像。」聽起來很像辛格・雪克本人。「所以，你問亞馬遜小姐是不是出了什麼事？」

「對，對，就是這樣。結果她，這個高個兒女人就拿槍指著我。槍耶！還叫我去報警。」

他稍作停頓，等著看羅蘭吃驚的表情。

「所以你就報警了？」

「對啊。誰叫她拿槍指著我。妳相信嗎？」

「我會試試看。然後呢？」

「她就在電梯裡，拿槍對著我，一直到電梯門闔上。然後我就照她所說的去報警。隔壁剛好有兩個紐華克警察在用餐，立刻就到了。我告訴他們，她人在五樓，他們就上樓了。」

「你說救護車也來了？」

「一定是他們叫的。」

「他們？你是指警察？」

「不是。我是說，可能吧。不過，我想應該是房裡的女人打的電話。」

「哪間房？」

「聽著，我沒上樓，什麼也沒看到。」厄尼的眼睛瞇成一直線。「妳現在問的都是二手消息。妳不是應該問一些我當場目擊或直接獲知的事嗎？」

「這裡又不是法庭，」她回嘴：「樓上發生了什麼事？」

「我不知道。有人被海扁了。」

「誰？」

「我說了。我不知道。」

「男人、女人、黑人、白人？」

「喔，我了解妳的問題。可是我不懂，妳幹嘛問我，幹嘛不——」

「快告訴我，厄尼。我沒時間打一堆電話。」

「用不著啊。妳只要用無線電聯絡剛剛來的那些紐華克警察——」

她語調冷酷。「厄尼？」

「好啦，好啦，輕鬆點。是個男人好嗎。白人，三十幾歲。他們拿擔架把他抬了出去。」

「他怎麼了？」

「被人扁得很慘，我想。」

「這全都是在五樓發生的？」

「大概吧。」

「你還提到房裡的女人，你說有可能是她們叫救護車。」

「對，對，我是說過。」他沾沾自喜地笑著，羅蘭看在眼裡也想拔槍。

「有幾個女人？」

「什麼？喔，兩個。」

「是高大的那個拿槍指著你？」

「對。」

「另一個呢？」厄尼左顧右盼之後，湊近身體，耳語道：「我猜是那傢伙的老婆。」

「受傷的傢伙？」

「嗯哼。」

「何以見得？」

他仍然放輕聲音。「因為她跟著他上救護車。」

「幹嘛要竊竊私語？」

「避人耳目啊。」

羅蘭也配合他竊竊私語。「為什麼？幹嘛要避人耳目？」

「因為另一個女人，就是我說的老婆，她在這裡待兩晚了，而他丈夫今天才出現。」他靠在桌上。羅蘭聞到一絲絲所謂的長期口臭。「她丈夫突然跑了進來，跟人打架……」他說到一半，豎起眉毛，一副暗示已夠明顯的樣子。

「那亞馬遜小姐呢？」

「拿著槍指著我的那個？」

「對，」羅蘭說，極力掩飾不耐。「拿槍指著你的那個。」

「警察逮捕了她，給她戴上手銬等等。」

「你猜的那個老婆，就是在這裡住了兩晚的女人，知道她名字嗎？」

他搖搖頭。「不知道。抱歉，沒聽說。」

「她沒登記嗎？」

厄尼眼睛一亮。「當然，當然有啊。也有留下信用卡等等的資料。」

「很好。」羅蘭用食指和拇指抓抓鼻梁。「那麼，厄尼，現在就你我兩個，你何不幫我查一下名字？」

「好，沒問題。我來查。」他轉向電腦，開始打字。「我想她是住在五二二室……等等，有了。」

他轉了轉螢幕，好讓羅蘭也能看見。

五二二房的房客是奧麗維亞．杭特。羅蘭瞪著螢幕看了一下子。

厄尼指著名字。「是奧麗維亞．杭特。」

「嗯，我看到了。他們去哪家醫院？」

「聽他們說是貝絲以色列。」

羅蘭拿給厄尼一張印有她手機號碼的名片。「想到別的再打給我。」

「喔，我會的。」

羅蘭動身趕往醫院。

# 31

麥特．杭特醒了。

眼前出現奧麗維亞的臉。

他肯定自己不是在作夢，麥特沒有過那種半夢半醒的經驗。奧麗維亞的臉色慘白，眼睛紅紅的。麥特看得出她臉上的恐懼，他沒想到解釋、答案這些東西，心裡只浮現一個清楚的念頭：「怎麼讓她好過些？」

燈光明亮。奧麗維亞的臉美麗如昔，四周似乎被白色浴簾包圍。他勉強對她微笑，但腦袋卻像讓榔頭打中的拇指般抽痛。

她看著麥特。麥特見她淚水盈眶。「對不起。」她輕聲說。

「我沒事。」他說。

麥特覺得輕飄飄的。止痛劑，他心想。嗎啡之類的東西。胸腔雖疼，但只是隱隱作痛。他還記得旅館裡的男人泰利，就是那個藍黑色頭髮的傢伙。他也記得四肢無力的感覺，還有他倒在地上及對方手上的手指虎。

「泰利人呢？」

「這裡是哪裡？」他問。

「貝絲以色列的急診室。」

他笑了。「我在這裡出生的。」錯不了，他一定被注射了肌肉鬆弛劑、止痛劑之類的東西。「泰利人呢？」

「逃走了。」

「妳跟他住同一個房間？」

「沒有，我住走道盡頭。」

他閉眼片刻。最後一句話——她住走道盡頭——令他疑惑。他整理思緒。

「麥特？」

他眨眨眼，設法聚焦。

「妳住走道盡頭？」

「對。我看見你走進他房間，所以就跟在你後面。」

「妳住在那間旅館？」

她沒來得及回答，就有人拉開簾幕。「啊，」醫生說，帶著巴基斯坦還是印度口音。「覺得怎樣？」

「好得不得了。」麥特說。

醫師對他們微笑，名牌上寫著「裴特」。「你太太說你挨揍了。她認為，凶手可能用的是電槍。」

「我想也是。」

「不幸中的大幸。電槍不會造成永久性傷害，只會使人暫時癱瘓。」

「對啊，」麥特說：「誰叫我福星高照。」

裴特邊咯咯笑，邊查看圖表上的資料。「你有腦震盪。肋骨可能斷了，不過要照過X光才能確定。但沒關係，不論是斷了還是只有淤傷，都只要多休息就好了。我已經幫你打了止痛劑，可能還需要更多。」

「好。」

「你必須在醫院過夜。」

「不行。」他說。

裴特抬起頭。「不行？」

「我想回家，我太太可以照顧我。」

裴特看著奧麗維亞，她點點頭。醫生說：「妳知道我不建議這麼做？」

奧麗維亞說：「我們知道。」

電視上的醫生都會極力說服「想回家」的病患留下來，但裴特不然，他只是聳聳肩。「好吧。你們辦好出院手續，就可以走了。」

「謝謝。」麥特說。

裴特再度聳聳肩。「願你以後一切順利。」

「你也是。」

醫生走了。

「警察在嗎？」麥特問。

「剛走，但等一下會再回來。」

「妳跟他們說了什麼？」

「沒什麼，」她說：「他們把這當成小夫妻吵嘴之類的案子。你抓到我偷人有的沒的。」

「辛格呢？」

「警察逮捕了她。」

「什麼？」

「她拿槍指著櫃檯的服務生。」

麥特搖頭，只覺頭疼。「我們得去保她出來。」

「她說不用，她自有辦法。」

他設法坐起來，後腦杓疼痛欲裂，像有把灼熱的刀子插在他頭上。

「麥特？」

「我沒事。」

真的沒事，他被揍得更慘過，慘多了。這不算什麼，他撐得過去。他一個動作坐了起來，跟她眼神交會。奧麗維亞的表情也像在忍痛似的。

麥特說：「情況不妙，是嗎？」

奧麗維亞胸口一緊，眼淚流下。「我也不知道，」她說：「可能是吧，真的很不妙。」

「要報警嗎？」

「不要。」眼淚流下她的雙頰。「讓我先告訴你事情的原委。」

他把腳移下床。「那我們趕快離開這裡。」

羅蘭抵達急診櫃檯時，已有六個人在排隊。她直接切到最前面，六個人不約而同對她嗤之以鼻。羅蘭不管他們，把警徽往桌上一甩。

「剛剛有個病患被送來這裡。」

「別鬧了。」櫃檯的女人抬起頭，眼神越過半圓形的眼鏡打量著擠滿人的候診室。「妳是說病患嗎？」她咬著口香糖。「哇，對耶，妳答對了。剛剛真的有個病患被送來這裡。」

隊伍竊笑。羅蘭臉紅了。

「被揍傷的病人，從豪渥強生送過來的。」

「喔，他啊。應該走了喔。」

「走了？」

「幾分鐘前辦了出院手續。」

「去哪了？」

女人露出不耐的眼神。

「沒事，」羅蘭說：「算了。」

她的手機響了。她接起電話吼道：「喂！」

「呃，嗨，妳是剛剛的女警嗎？」羅蘭認出聲音。

「對，厄尼，怎麼了？」

有低沉的嗚咽聲。「我想，妳得折回旅館。」

「怎麼了，厄尼？」

「出事了，」他說：「我想……我想他死了。」

# 32

麥特和奧麗維亞已辦好出院手續，但兩人都沒有車。麥特的車還在神探社停車場，奧麗維亞的則停在豪渥強生旅館。他們叫了輛計程車，站在醫院門口等。

麥特坐在輪椅上，奧麗維亞站在他身旁，兩眼直視前方。天氣悶熱，但奧麗維亞仍然抱著雙臂。她穿著無袖上衣和卡其褲，手臂肌膚呈健康的古銅色。

計程車來了，麥特努力站起來。奧麗維亞想幫忙，但他揮揮手拒絕了。兩人都坐進後座，身體沒有碰觸，也沒有牽手。

「晚安，」司機說，眼睛看著後視鏡。「請問到哪裡？」

司機膚色黝黑，講話帶著某種黑人腔。麥特給了他歐文頓的住家地址。司機很健談，他說自己是迦納人，有六個小孩，其中兩個跟他住在這裡，其餘幾個則跟老婆待在家鄉。

麥特盡力陪笑臉。奧麗維亞看著窗外，不發一語。麥特一度伸手去握奧麗維亞的手，她雖然沒有抗拒，卻不帶感情。

「妳有去找海頓醫師嗎？」麥特問她。

「有。」

「怎麼樣？」

「都還好，寶寶應該都正常。」

前座的司機說：「寶寶？你們就要有小孩了？」

「對。」麥特說。

「第一胎嗎？」

「對。」

「真是上天的恩賜，我的朋友。」

「謝謝。」

他們現在已在歐文頓的克林頓大道上。前方的紅綠燈轉成紅色，司機緩緩煞車。

「這裡右轉，對嗎？」

麥特一直留意著窗外，準備說對，不過，某個東西突然讓他眼睛一亮。他們的家是在右邊的街道沒錯，但另有其物吸引住他目光。

街上停了輛警車。

「等等。」麥特說。

「什麼？」

麥特搖下車窗，見警車未熄火，心生疑惑。他看看街角：酒鬼勞倫斯一如往常，手抓著牛皮紙袋，腳步搖搖晃晃，嘴裡唱著四頂尖的經典老歌〈柏娜德〉。

麥特探出窗外。「嘿，勞倫斯。」

「……遍處難尋吾愛……」勞倫斯唱到一半停下。他彎著手放在眉毛上，瞇著眼睛，露出笑容，步履蹣跚朝他們走來。「麥特老兄，老兄！看看你，舒舒服服坐在計程車上。」

「是啊。」

「你出去喝酒了，對吧？我從以前就記得，你不想酒後駕車，說對了吧？」

「嗯，可以這麼說。」

「哇。」勞倫斯指著麥特頭上的繃帶。「你怎麼了？你知道你頭包成這樣像誰嗎？」

「勞倫斯——」

「有幅老畫裡穿得人模人樣行軍的傢伙，就是吹笛子的那個，還是打鼓的？我老是記不住，反正他頭包得跟你一樣。那幅畫叫什麼來著？」

麥特設法把話題拉回來。「勞倫斯，你有看到那邊的警車嗎？」

「什麼！」他靠得更近。「是他幹的？」

「不是，不是這樣子的。我沒事，真的。」

勞倫斯站的位置剛剛好替麥特擋住警車。如果警察碰巧看往這邊，可能只會覺得勞倫斯是在乞討。

「警車停在那裡多久了？」麥特問。

「不知道。大概十五、二十分鐘吧。麥特，現在光陰如梭。年紀愈大，時間過得愈快。聽我的沒錯。」

「他有下車嗎？」

「誰？」

「警察。」

「喔，有啊，還敲了你家的門。」勞倫斯笑道：「喔，我懂了。你闖禍了是吧，麥特？」

「怎麼可能？我是乖寶寶。」

勞倫斯喜孜孜說道：「喔，這我知道。好好享受今晚，麥特。」他頭稍微探進窗戶。「妳也是，麗維。」

奧麗維亞說：「謝謝你，勞倫斯。」

勞倫斯看著她的臉，之後又再看看麥特，挺直腰桿，聲音更為溫柔地說：「保重。」

「謝了，勞倫斯。」麥特坐往前，拍拍司機。「改變目的地。」

司機說：「我會不會惹禍上身？」

「怎麼會？我發生車禍。警察想問我怎麼受傷的，但我們希望明天早上再說。」

司機不信，但他一時半刻也想不出怎麼證實。燈號轉綠，計程車起步，往前直開，沒右轉。

「現在要去哪？」

麥特給他紐華克神探社的地址。他想，兩人可以先去拿車，然後找個地方談。問題是：哪裡？

麥特看看錶：半夜三點了。

司機開進神探社的停車場。「這裡可以嗎？」

「可以，謝了。」

他們下車。麥特付帳。奧麗維亞說：「我來開車。」

「我可以的。」

「對對。你剛挨了揍，止痛藥又讓你嗨得輕飄飄。」奧麗維亞伸出手，攤開手掌。「鑰匙給我。」

他照辦了。兩人坐進車，準備把車開走。

「去哪？」奧麗維亞問。

「我想打給瑪莎，問她可不可以借住一晚。」

「會吵醒小孩。」

他勉強露出一抹淺笑。「就算往他們枕頭裡丟手榴彈，也吵不醒他們。」

「那瑪莎怎麼辦？」

「她不會介意的。」

但麥特頓時猶豫了。他真的不擔心會把瑪莎吵醒，畢竟這幾年兩人常在深夜通話，但此刻他卻擔心瑪莎今晚是否有伴，他會不會打擾了什麼。同時，他現在也開始擔心（說來實在怪異）另一件事。

如果瑪莎再婚了呢？

保羅和艾森還小，他們會喊那個人爸爸嗎？麥特不確定自己是否能應付這種局面。更要緊的是，麥特叔叔在這種新生活、新家庭中，要扮演什麼角色？這些擔憂未免太庸人自擾了，現在想這個也太早了；況且，時機也不是適當，他自己的麻煩都還沒解決。只不過，這些疑慮仍在他心裡停留，甚至掙扎著要破門而出。

麥特拿出手機，按下第二組快速撥號鍵。車子開到華盛頓大道時，麥特看見兩部車朝反方向開去。他轉身，看著兩輛車停進神探社的停車場，都是艾瑟思郡檢察署的車，就跟今晚稍早羅蘭開的車一樣。

情況不妙。

電話響了兩聲後，就被接起。

瑪莎說：「你打來太好了。」她若不是還沒睡，就是掩飾得很好。

「妳一個人嗎？」

「什麼？」

「我是說……我知道孩子們在家……」

「麥特，我一個人。」

「我不是要探人隱私，只是想確定沒有打擾到妳。」

「沒有，永遠也不會。」

麥特心想，聽到這句話就應該放寬心。「妳介不介意我和奧麗維亞過去借住一晚？」

「當然不介意。」

「說來話長。總而言之，我今天晚上挨揍了——」

「你還好嗎？」

他頭上和胸腔的疼痛感又慢慢回來了。「有幾處腫塊和淤傷，不過還好。現在警察想找我釐清一些問題，但我們還沒準備好。」

「這跟那名修女的事有關嗎？」瑪莎問。

「什麼修女？」

奧麗維亞突然轉過頭看著他。

「今天有個郡警來家裡，」瑪莎說：「我早該打電話跟你說的，不過大概我希望那只是沒啥大不了的小事。你等等，我有她的名片……」

麥特此刻又累又急，他想起來了。「羅蘭．繆思。」

「對，就是她。她說，這個修女打過電話來這裡。」

「我知道。」他說。

「繆思也去找你？」

「對。」

「我想也是。本來她只是找我談談，後來不知怎麼就看到冰箱上的照片，然後便突然問我和凱拉關於你來這裡的事。」

「別擔心，我知道了。我們二十分鐘後到。」

「我會把客房準備好。」

「別麻煩了。」

「不麻煩，二十分鐘後見。」

瑪莎掛掉電話。

奧麗維亞說：「這跟修女有什麼關係？」

麥特告訴她羅蘭來訪的事，奧麗維亞的臉更加蒼白了。

就在他快說完之際，他們已抵達利文斯頓，街上人車皆空。這時不會有人出門，住家唯一透出的光線，就是用來愚弄小偷的計時樓梯燈。

奧麗維亞默默無語，把車開上瑪莎家的車道。麥特透過樓下玄關處的窗簾，看見瑪莎的剪影。車庫上頭的燈開著。凱拉醒了，麥特看見她探頭，便搖下車窗，朝她揮手。凱拉也對他揮揮手。

奧麗維亞熄火。麥特照照遮陽板上的鏡子，他看起來糟透了。勞倫斯說的沒錯，他頭包成這樣，的確很像韋納的〈七六精神〉裡吹笛子的士兵[21]。

「奧麗維亞？」

她沒回答。

「妳認識這個瑪麗．羅絲修女嗎？」

「可能。」

她下車，麥特也是。戶外的燈（之前麥特幫邦尼裝的感應燈）亮起。奧麗維亞走向他，抓起他的手，緊緊握住。

「在解釋這一切之前，」她說：「我要你知道一件事。」

麥特等著她繼續說。

「我愛你，你是我唯一真正愛過的男人。無論發生什麼事，你都賜予我之前想都不敢想的幸福與快樂。」

---

21 韋納（Archibald Willard, 1836-1918），美國畫家，參加南北戰爭期間擷取了許多戰爭景象作畫，〈七六精神〉為其代表作。

「奧麗維亞——」

她把手放在麥特的唇上。「我現在只有一個要求，希望你抱著我，緊緊抱著我，就這樣一、兩分鐘。因為聽完實情後，我不確定你是不是還願意抱我。」

# 33

辛格一到警局就打手機給老闆，神探社社長莫爾肯．西華德。西華德是聯邦調查局的退休探員，十年前成立神探社，小賺了一筆。

西華德不是很高興在半夜接到電話。「妳對那傢伙拔槍？」

「我又沒有真的要開槍。」

「真有把握啊，」西華德嘆氣。「讓我打幾通電話。妳一個小時內就可以出來了。」

「有你的，老大。」

西華德掛掉電話。

她回到羈押室裡等著。有個高大的警官打開門。「辛格．雪克。」

「這裡。」

「請跟我來。」

「樂意之至，帥哥。」

他帶辛格通過走道。這跟辛格想的沒兩樣：保釋聆訊後就快快放人。可是，情況並非如此。

「轉過去。」他說。

辛格豎起眉毛。「你應該先請我吃晚餐吧。」

「請妳轉過去。」

辛格轉過身。警官為她戴上手銬。

「你在幹嘛？」

他沒回答，繼續護送她走到外面，打開警車的後車門，把辛格推了進去。

「我們要去哪？」

「新法院大樓。」

「西市那棟？」

「沒錯，小姐。」

開車不到一哩，一下子就到了。他們搭電梯上三樓。玻璃門上印著「艾瑟思郡檢察署辦公室」。門邊有個很大的獎盃櫃，就是那種會在高中校園看到的櫃子。辛格覺得納悶，檢察署辦公室要個獎盃櫃幹嘛。這是個偵辦殺人犯、強暴犯和毒販的地方，但一進門看到的卻是一大堆壘球獎盃。真怪。

「這邊走。」

警官帶著她經過候訊室，穿過一道雙面門。停下腳步時，辛格往一個小小的密閉空間窺視。

「偵訊室？」

他默默無言，拉開了門。辛格聳聳肩，走了進去。

時間分秒流逝，其實已經過了很久。辛格的手錶及其他物品都被沒收了，所以她不曉得到底過了多久。這裡並沒有電視上常看到的單向透視鏡，只有牆角一部攝影機，對方可以從監看室拉近距離或改變監視角度。有張紙貼的角度很奇特。辛格知道那就是刑責說明，當你在上面簽署招供書時，攝影機就會拍下你簽名的畫面。

門終於打開了。有個女人（辛格想應該是便衣警官）走進房間。她身材嬌小，身高大概只有五呎一，體重不超過一百一十磅。她汗流浹背，上衣貼身，腋下都濕了，臉因汗水而閃閃發亮，彷彿剛從蒸氣室出來。她腰帶上掛著手槍，手裡拿著卷宗夾。

「我是羅蘭．繆思警官。」女人說。

哇，單刀直入。辛格記得這個名字，她就是今晚稍早找麥特問話的女警。

「我是辛格．雪克。」她說。

「我知道。我想問妳幾個問題。」

「恕我無法回答。」

羅蘭仍然氣喘吁吁。「為什麼？」

「我是個私家偵探。」

「你的委託人是？」

「我不必回答這個問題。」

「雇用私家偵探的人並沒有特權。」

「法律我懂。」

「所以呢？」

「所以，我決定暫時不回答任何問題。」

羅蘭把卷宗夾丟在桌上，檔案尚未打開。「妳拒絕與郡檢察署合作？」

「絕非如此。」

「那就請妳回答我的問題。你的委託人是誰？」

辛格靠回座位，把腿伸直，腳踝交叉。「妳是掉進水池還是怎樣？」

「喔喔，我知道了。因為我一身狼狽？算妳狠。要不要我拿隻筆給妳，好讓妳記下更多建議？」
「免了。」辛格指著攝影機。「看錄影帶就可以了。」
「沒開。」
「沒嗎？」
「如果要錄，我就會要妳簽招供書。」
「有人在監看室嗎？」
羅蘭聳聳肩，不理會她的問題。「妳難道不關心杭特先生的傷勢？」
辛格沒上當。「告訴妳，妳不問我也不問。」
「我可不這麼想。」
「聽著，繆思警官……是嗎？」
「對。」
「這有什麼大不了？只是單純的打架。旅館可能一星期就會發生三次。」
「是啊，」羅蘭說：「可是妳竟然緊張到拔槍？」
「我只不過想在事態更加嚴重前，盡快上樓。」
「妳怎麼知道的？」
「什麼？」
「五樓的鬥毆。妳在外面的車上，怎麼會知道有人打架？」
「我想就到此為止。」
「不行，還沒完。」
兩人眼神交會，辛格覺得眼前的狀況不太樂觀。羅蘭拉出椅子，坐了下來。「我剛剛才在豪渥強生旅館的樓梯間待了半小時，裡頭沒空調。老實說，熱死人了，所以我才會這副慘狀。」

「妳以為我知道妳在說什麼嗎？」

「辛格，這不是單純的打架鬧事。」

辛格看著卷宗夾。「這是什麼？」

羅蘭倒出檔案夾裡的東西，裡頭是照片。辛格嘆嘆氣，拿起其中一張，瞬間一震。

「我想，妳應該認識？」

辛格盯著兩張照片看。一張是頭部特寫，毫無疑問，裡頭的死者就是查理士．泰利，他的臉血肉模糊。另一張是全身照，泰利看起來像趴在鐵梯上。「他怎麼了？」

「臉部中了兩槍。」

「天啊。」

「現在想說了嗎，辛格？」

「我對這件事一無所知。」

「他叫做查理士．泰利，這妳知道吧？」

「天啊。」辛格又說。她試圖理清頭緒，泰利死了。他不是才剛揍了麥特嗎？

羅蘭把照片放回卷宗夾。她交叉雙臂，靠近辛格。「我知道妳的委託人就是麥特．杭特，也知道你們在抵達旅館前，先到妳的辦公室密談了一會兒。可以跟我說你們討論了什麼嗎？」

辛格搖搖頭。

「是妳殺了他嗎，雪克小姐？」

「什麼？當然不是。」

「那麼杭特先生呢？是他嗎？」

「什麼意思？」

「我都還沒跟妳說他死亡的時間。」羅蘭歪著頭。

「妳怎麼可能確定他跟泰利的死無關？」

「我不是這個意思。」

「那是什麼意思？」

辛格深呼吸，羅蘭靜待著。

「那麼，退休警探麥克斯·德洛呢？」

「誰？」其實，辛格還記得麥特提過此人，並要她調查此人的來歷。

「另一名死者。是妳殺了他嗎？還是杭特？」

「我不知道妳……」辛格停下話來，抱著胸說：「我得離開這裡。」

「想都別想。」

「妳要指控我嗎？」

「老實說，沒錯。妳拿著一把裝了子彈的槍威脅人。」

辛格雙手抱胸，努力鎮定下來。「老掉牙了。」

「喔，等著瞧，這次別想順利脫困。妳得在這裡住上一晚，明早就會對妳提出控告，我們不會手下留情的。幸運的話，妳可能只是被吊銷執照，不過我敢說，妳就等著坐牢吧。」

辛格默默無言。

「今天晚上是誰揍杭特先生？」

「妳幹嘛不去問他？」

「喔，我會的。好玩的是，我們發現泰利的屍體時，他身上帶有一把電槍和一對手指虎。手指虎上還沾有鮮血。」羅蘭又歪歪頭，再往前靠。「拿去做DNA檢驗時，妳猜血型符合誰？」

有人敲門。羅蘭．繆思盯著她看了一會兒，才去開門。是從警局護送辛格來這裡的男人。他手裡拿著手機。

「找她的，」男人說，手指著辛格。辛格看看羅蘭，見羅蘭面無表情，便接過電話，貼近耳朵。「喂？」

「請說。」

電話裡是他的老闆，莫爾肯．西華德。

「這案子很敏感。」

「我正在電腦系統上，」西華德說：「案號多少？」

「還沒編號。」

「什麼？」

「基於種種原因，老闆，我現在實在不方便當著這些長官的面跟你說話。」

她聽見西華德在嘆氣。「辛格，猜猜剛剛誰打給我。誰在半夜三點打到我家？」

「西華德先生？」

「算了，算了。我就直接說了，畢竟，嘿，現在是半夜三點，我沒力氣跟妳猜謎。是艾得．史坦堡，艾得．史坦堡本人打給我。妳知道他是哪一號人物嗎？」

「知道。」

「他是艾瑟思郡的檢察官。」

「我知道。」

「也是我二十八年的老朋友。」

「這我也知道。」

「很好，那我們對上頻率了。神探社是個營利事業，做得有聲有色，這也許是我一廂情願的想法吧。妳我的工作效率有一大部分都得仰賴跟這些人合作。所以，艾得．史坦堡在半夜三點打到我家，告訴我他正在調查一件牽涉三條人命的凶殺案時——」

「等等，」辛格說：「你說三條人命？」

「看吧，妳連事情鬧得多大都不知道。我的老朋友，艾得．史坦堡非常希望妳能配合。這表示，我——妳的老闆——也非常希望妳能配合。懂了嗎？」

「大概。」

「大概？難道我說的太含蓄了嗎，辛格？」

「我有不得已的苦衷。」

「史坦堡可不這麼想。他說，這一切都跟一個前科犯有關，是嗎？」

「他在史特吉司工作。」

「律師嗎？」

「律師助理。」

「但他曾因殺人罪入獄。」

「對，可是——」

「那就沒什麼好說的了。我們沒有特權。說出他們想知道的事。」

「不行。」

「不行？」西華德語調開始不悅。「我不想聽這個。」

「事情沒那麼簡單，西華德先生。」

「那就讓我幫妳簡化。妳有兩個選擇：據實以告，不然就捲鋪蓋走路。再見。」

他掛掉電話。辛格看著羅蘭。羅蘭對她微笑。

「還好嗎，雪克小姐？」

「好得很。」

「那好，因為我們說話的同時，技術人員正在前往神探社的辦公室，徹底搜查妳的硬碟，一一檢查妳的檔案文件。史坦堡檢察官現在正在回電給妳老闆，他會查出妳最近調出的檔案、聯絡的人、去過的地方、調查的案件。」

辛格緩緩站起，遠遠高過羅蘭一大截。羅蘭沒退後半步。「我沒別的要說的了。」

「辛格？」

「怎樣？」

「屁股給我坐下。」

「我寧願站著。」

「好。妳給我聽好，因為這場談話也差不多要結束了。妳知道我跟麥特．杭特是同學嗎？小學同學。我挺喜歡他的，他是個好孩子。如果他是無辜的，沒有人會比我更想幫他洗刷污名。可是，妳這樣三緘其口，好像真有什麼見不得人的事。泰利的手指虎在我們手上。我們知道麥特．杭特也在凶殺現場，還有他在五一五號房，也就是泰利先生的房間，跟人發生衝突。我們也知道，杭特先生今晚到過兩家酒吧喝酒。還有，DNA檢驗也一定會證明，手指虎上的血跡就是杭特的血。而且，我們當然確定，杭特先生曾犯過重罪，在鬥毆中致人於死。」

辛格嘆氣。「這點有什麼關係嗎？」

「當然了。妳要知道，我並不需要妳的幫助就能逮到他。」

辛格開始踏腳，宣洩情緒。「那妳找我幹嘛？」

「幫忙。」

「幫什麼忙？」

「告訴我實情，」羅蘭說：「僅僅如此。杭特插翅難飛了。他有前科紀錄，這會導致什麼後果，妳心裡清楚。」

她的確一清二楚。麥特會失控。如果又入獄，他一定會發瘋，因為這就表示，他最大的恐懼成真了。

羅蘭又再靠向前。「如果妳知道任何能幫助他的事，」她說：「應該現在就說出來。」

辛格試著從頭到尾想一遍，差一點就要相信這名嬌小的警察，但她也不是省油的燈。繆思的戲碼就是軟硬兼施，拜託，就連外行人都看得出她的把戲，不過辛格還是險些上當。

注意：是差一點。

然而，辛格也清楚，他們一旦搜查辦公室的電腦，她麻煩就大了。她最後一次存取的檔案，就是麥特手機上的照片，也就是遭人暗殺的死者照片；而且，裡頭還有死者和杭特太太的錄影。

一旦公諸於世，麥特跳到黃河也洗不清。

繆思說的沒錯，如今這案子可以說已經罪證確鑿，照片不啻提供了凶手犯案的動機。

同時，辛格的前途堪憂。剛開始她只接了個普通的案件，想幫幫朋友的忙，但她能袒護朋友到什麼程度？能犧牲到什麼程度？而且，如果麥特跟查理士·泰利的死無關，會不會一開始就跟警方合作，才能早日真相大白？

辛格又坐了下來。

「我想先打給我的律師，」辛格說：「再告訴妳我知道的事。」

「妳有話要說嗎？」

# 34

「我並沒有指控妳任何罪名。」羅蘭說。

辛格雙手抱胸。「咱們就別拐彎抹角了，可以嗎？我想找律師。談話結束了，到此為止。」

「隨妳。」

「那好，請給我電話。」

「妳有權打電話給律師。」

「我正要這麼做。」

羅蘭暗忖。她不希望讓辛格有機會警告杭特。「介意讓我幫妳撥號嗎？」

「請便，」辛格說：「不過我需要電話簿。」

「妳沒記下自己律師的電話？」

「抱歉，沒有。」

五分鐘過去了。羅蘭撥號後，把電話拿給辛格。反正，等一下也可以檢查通話紀錄，看她是否偷偷撥了其他號碼。她關掉麥克風，到監看室去。善於對付攝影機的辛格背對機器，以免有人會讀唇語。

羅蘭也打了幾通電話，首先聯絡給在杭特位於歐文頓住家前守候的警察。據他說，杭特夫婦還沒回家。羅蘭聞言只覺情況不妙。目前她盡量保持低調搜查，以免過度張揚。

她得弄到傳票，好調查杭特夫婦最近的信用卡交易紀錄，可以透過TRW信用調查局查到。如果他們負罪逃亡，可能會到提款機提錢，或到汽車旅館過夜等等。

羅蘭從螢幕上看到辛格已經講完電話。她對著攝影機將電話舉起，要人來按下聲音轉換鍵。羅蘭跑了過去。

「怎麼樣？」

辛格說：「我的律師要趕過來了。」

「那就耐心等吧。」

羅蘭關掉對講機，靠回座位，疲憊浮現。她靠著牆，覺得自己得閉目養神一下，不然一定會神智恍惚。辛格的律師少說也要半小時才會到。她手臂交叉，抬起腿放在桌上，閉上眼睛，希望小睡幾分鐘，等律師出現。

羅蘭的手機響了。她嚇了一跳，接起手機。

來電的是艾得．史坦堡。「嗨。」

「嗨。」她硬撐著。

「偵探鬆口了嗎？」

「還沒。她在等律師來。」

「等吧。兩個都有得等了。」

「為什麼？怎麼了？」

「聯邦調查局的人。」

「他們怎麼了？」

「要我們一小時後去見他們。」

「誰？」

「喬安·特斯頓。」

羅蘭聞言大驚，雙腳掉到地上。「聯邦檢察官本人？」

「親自上場。還有內華達某個調查局主任也大駕光臨。我們要在特斯頓的辦公室討論妳的冒牌修女。」

羅蘭看看錶。「現在是凌晨四點耶。」

「多謝提醒，這我也知道。」

「我是說，沒想到你那麼快就打給聯邦檢察官。」

「用不著，」史坦堡說：「是她打給我的。」

艾得·史坦堡一看到羅蘭便搖頭。羅蘭的頭髮因為流汗捲成一團，汗是乾了，但她還是一團糟。

「妳看起來，」史坦堡說：「像我塞在健身房櫃子裡的東西。」

「多謝美言。」

他舉起雙手對她表示：「妳難道……難道不能整理一下頭髮嗎？」

「怎麼，這裡變成單身俱樂部啦？」

「我可沒說。」

郡檢察署到聯邦檢查署只隔三個街區。他們把車開進戒備森嚴的私人地下停車場。這時候車子很少。他們搭電梯上十一樓。玻璃上印有：

聯邦檢察官
紐澤西州聯邦檢察署
喬安・特斯頓
聯邦檢察官

史坦堡指著最上行和最下行說：「不覺得有點累贅嗎？」

這辦公室的主人雖然權高位重，但等候室卻頗為陽春。地毯老舊、家具既不美觀也不實惠。桌上除了好幾期的《運動畫刊》之外，就沒別的了。牆壁髒兮兮的，看來也得重新粉刷一番，除了前幾任聯邦檢察官的照片之外，可以說是光禿一片。這些照片無異點醒人：拍攝供後人景仰的照片時，必得慎選服裝、擺好姿勢。

這時候沒有接待員當班。他們敲敲門，對講機傳來要他們往裡面走的聲音。裡頭好多了，擺設和給人的感受截然不同，好像走進斜角巷一樣[22]。

他們右轉，走向大辦公室。有個高頭大馬的男人站在走廊，頂著平頭，眉目深鎖。他立著不動，看起來像面迴力球場。史坦堡伸出手。「你好，我是郡檢察官，艾得・史坦堡。」

迴力球場先生伸出手，但臉色難看。「我是調查局的凱爾・唐林傑。他們正等著兩位。」

兩人對話到此為止，凱爾・唐林傑站在原地。他們兩人轉了個彎，看見喬安・特斯頓就在門口等候。

雖然是凌晨，但聯邦檢察官喬安・特斯頓一身天衣無縫的灰黑色上班套裝，好不亮麗。特斯頓

22 斜角巷為《哈利波特》中巫師購買魔法用具之地。

四十好幾了，但在羅蘭眼裡卻相當迷人。紅髮、寬肩、細腰的她，有兩個剛邁入青春期的兒子，丈夫則在曼哈頓的摩根史坦利工作，一家人住在奢華的修特山莊，在長灣島上還有棟度假屋。

簡而言之：喬安・特斯頓就是羅蘭長大後夢想成為的那種人。

「早安。」特斯頓說。聽來頗怪，因為窗外還是黑漆漆一片。

她堅定地與羅蘭握手，跟她四目相交，再以笑容沖淡強硬的態度。她擁抱史坦堡，並在他臉上親了一下。「容我介紹亞當・葉茲，調查局賭城分局的主任。」

亞當・葉茲穿著剛燙好的卡其褲和一件亮粉紅色的襯衫。這身打扮在棕櫚灘的精品街可能稀鬆平常，但在紐華克鬧區卻引人側目。他穿著休閒鞋，沒穿襪子，翹著二郎腿，一派悠閒。他一頭灰髮，顴骨高起，雙眼彷彿戴了隱形眼鏡一樣亮藍，身上散發一股拓荒者、舊世界的氣息。羅蘭喜歡他聞起來像新剪過的草皮味道的古龍水。

「請坐。」特斯頓說。

特斯頓的辦公室很大。一面牆上（而且還是最不起眼的一面）滿滿都是獎狀和獎牌。擺放的方式有點奇怪，好像在說：「嘿，我得把這些陳列出來，但可沒炫耀的意思喔。」剩下的空間呈現了私人的一面。其中有她丈夫和小孩的照片。令人訝異的是，他們全都帥極了，就連小狗也是。她腦杓後方的牆上掛了支有布魯斯・史普林斯汀簽名的吉他。書櫃上除了一般會看到的法律書籍之外，還有簽名的棒球和足球，當然，全都是當地的球隊，但不見特斯頓本人的照片、簡報或壓克力獎座。

羅蘭小心翼翼坐下。她以前會盤腿而坐，好讓自己看起來高一些。不過，她讀過一本教人如何闖蕩職場的書，其中提到一個原則：女人怎樣都不該盤腿而坐，這樣看起來不夠專業。通常羅蘭會看過就忘了，但喬安・特斯頓散發的某些氣質讓她又回想起來。

特斯頓繞回到自己的座位，半坐半靠在辦公桌後方。她雙手交握，專注看著羅蘭。

「告訴我妳目前掌握到的消息。」

羅蘭看了看艾得．史坦堡。他點點頭。

「至今發現三名死者。第一個，呃，我們還不知道她的真實姓名，所以大家才會聚在這裡。」

「妳指的就是瑪麗．羅絲修女吧？」特斯頓問。

「對。」

「妳怎麼發現這案子的？」

「什麼？」

「就我所知，這類案子大多被歸為自然死亡，」特斯頓說：「是什麼原因讓妳深入調查的？」

史坦堡接過問題。「凱薩琳院長親自指名繆思警官負責此案。」

「為什麼？」

「羅蘭是聖瑪格麗特的校友。」

「這我知道，可是院長……她怎麼稱呼？」

「凱薩琳院長。」羅蘭說。

「對，凱薩琳院長。她剛開始為什麼會起疑心？」

「我不確定她有沒有起疑心，」羅蘭說：「凱薩琳院長發現瑪麗．羅絲修女時，曾幫她施行心肺復甦術，這才發現她有隆乳，這點跟瑪麗．羅絲的經歷不符。」

「所以就找妳去調查？」

「可以這麼說。」

特斯頓點點頭。「那第二名死者呢？」

「麥克斯．德洛。他是個退休的賭城警官，死前居於雷諾市。」眾人都看著亞當．葉茲，他仍靜靜坐著。羅蘭心想，耍把戲是吧。如果他們乖乖聽話，也許（只是也許）調查局就會賞他們糖吃。

特斯頓問：「妳如何把麥克斯．德洛和瑪麗．羅絲兩人連結起來？」

「指紋，」羅蘭說：「我們在修女房裡發現德洛的指紋。」

「還有什麼？」

「德洛陳屍車內，近距離中了兩槍，褲子落在腳踝附近。我們認為，凶手故意把他弄得像遭妓女搶劫的模樣。」

「好，待會兒再談細節，」特斯頓說：「先告訴我們，麥克斯．德洛跟第三名死者的關係。」

「第三名死者是查理士．泰利。首先，泰利和德洛都住在雷諾。此外，兩人都下榻紐華克機場的豪渥強生旅館，而且就住彼此隔壁。」

「妳是在旅館裡找到泰利的屍體嗎？」

「不是我。有個晚班守衛在樓梯間發現他，他中了兩槍。」

「跟德洛一樣？」

「類似，對。」

「死亡時間呢？」

「還在確認，大概晚上十一點到半夜兩點之間。樓梯間沒有冷氣、窗戶及通風設備，絕對超過三十八度。」

「所以繆思警官才會這副德行，」史坦堡說，雙手比劃，彷彿在介紹某個滿面灰塵的獎座。「像從三溫暖走出來。」

羅蘭瞪了史坦堡一眼，克制自己不伸手去撫平頭髮。「高溫讓檢驗人員更難判定確切的死亡時間。」

「還有呢？」特斯頓問。

羅蘭內心猶豫。她猜想，特斯頓和葉茲可能都已知道，或至少可以很快獲知她剛剛所說的事。目前為止，大家都在爭取時間。她避而不談的唯有麥特·杭特的事，這可能也是他們唯一所不知道的。

史坦堡舉起手。「我有個建議。」

特斯頓轉向他。「請說。」

「我不希望大家在這裡爭論權責問題。」

「我們也不希望。」

「那麼大家何不交換情報？打開天窗說亮話。你告訴我你知道的，我告訴你我知道的，毫無保留。」

特斯頓看了葉茲一眼。葉茲清清喉嚨說：「沒問題。」

「你們知道瑪麗·羅絲修女的真實身分嗎？」史坦堡問。

葉茲點點頭。「知道。」

羅蘭凝神等待。葉茲不疾不徐，先放下腿，再拉拉襯衫，像在透透風。

「你們口中的瑪麗·羅絲其實不是修女，她真實的身分是愛瑪·樂眉。」葉茲說。

這個名字對羅蘭毫無意義。她看看史坦堡，他也毫無反應。

葉茲繼續道：「愛瑪·樂眉和她的同伴，一個叫做克萊德·朗戈的混帳，十年前在賭城消失無蹤。我們雖然大力搜查，但仍找不到人。一下聽說他們在某個地方，一下子砰！就又不見人影。」

史坦堡問：「你們怎麼知道我們發現樂眉的屍體？」

「浪沃公司有她的矽膠假乳編號。全國犯罪資料中心（NCIC）盡可能將所有資料都放在全國資料庫裡，指紋是一定的。另外，像DNA和圖片資料也早就有了。現在，我們正在建構一個醫療器材的資料庫，不管是人工關節、移植、肛門袋、心律調整器等等，都納入建檔，最主要是用來指認無明顯特徵的人。只要拿到編號，輸入系統就可以了。這是新系統，還在測試階段。我們打算拿少數幾個急需查出下落的案子來進行測試。」

「而這個愛瑪．樂眉，」羅蘭說：「就是你們急需知道下落的人？」

葉茲笑容迷人。「是的。」

「為什麼？」羅蘭問。

「十年前，樂眉和朗戈答應要揪出一個名列黑幫懲治條例黑名單前十名的大壞蛋，名叫湯姆．布許，又名『條碼頭』的傢伙。」

「條碼頭？」

「大家私底下都這麼叫他，這綽號跟了他好多年了。他以前的確很愛梳這種髮型，就是開始地中海禿的時候。但後來愈禿愈厲害，只好把還在的頭髮一直往上梳遮蓋禿頂，弄到最後像在頭上戴了個肉桂捲一樣。」

葉茲微笑。其他人都沒反應。

特斯頓說：「你說到樂眉和朗戈。」

「對。反正，我們以販毒之名起訴樂眉和朗戈，事情鬧得很大，他們被逼得無路可走，終於有自己人窩裡反，告訴我們朗戈和『條碼頭』是表兄弟。朗戈和樂眉於是答應跟我們合作：錄下證詞、蒐集證據。然後……」葉茲聳聳肩。

「你想發生了什麼事？」

「最大的可能就是，『條碼頭』聽到風聲就殺了他們。但我們才不信這套。」

「為什麼？」

「因為證據顯示——而且為數不少——『條碼頭』也在找樂眉和朗戈，甚至比我們更積極。有一度我們兩方就像在比賽，看誰先找到人。而他們從未露面，這就表示我們輸了。」

「這個『條碼頭』仍逍遙法外嗎？」

「對。」

「克萊德．朗戈呢？」

「我們不知道他人在哪裡。」葉茲調整姿勢。「朗戈是個有名的殺手。他替『條碼頭』管理幾間脫衣舞夜總會，不時就上演火爆場面，但他習以為常，也樂在其中。」

「有多火爆？」

葉茲兩手交疊，放在膝上。「我們猜測，有些女孩一直沒復原。」

「你說沒復原——」

「有個最後精神分裂；一個——我們猜是最後一個——死了。」

羅蘭表情扭曲。「你們跟這種人談條件？」

「怎麼？妳難道期望會有更親切和善的人？」葉茲回嘴。

「我——」

「我得跟妳解釋如何條件交換嗎，繆思警官？」

史坦堡插話：「一點都不需要。」

「我沒有影射……」羅蘭把話吞了回去。她漲紅了臉，氣自己怎麼會說出這麼外行的話。「請繼續。」

「說到哪？我們雖然不知道朗戈在哪裡，不過，他肯定還是能提供珍貴的情報，幫我們逮到『條碼頭』。」

「那麼，查理士．泰利和麥克斯．德洛警探呢？他們跟此案有何關聯？」

「查理士．泰利是個殺人不眨眼的惡棍，負責管俱樂部裡的女孩，要她們乖乖聽話、偷錢別偷得太過分；還有跟大家一起分享，呃，撈錢絕招。最近一次的消息是，他在雷諾一個叫做『浪女』的鬼地方工作。最大的可能就是，泰利受人之雇殺了愛瑪．樂眉。」

「『條碼頭』嗎？」

「對。我們猜測，『條碼頭』不知怎麼發現樂眉偽裝成瑪麗．羅絲修女，於是就派泰利去殺她。」

「那麼麥克斯．德洛呢？」羅蘭問：「他到過樂眉的房間。去做什麼呢？」

葉茲把腿放下，挺直身體。「首先，我們認為，德洛這個警察雖然還算可靠，但仍有可能讓人收買。」

他的聲音逐漸微弱。他清清喉嚨。

「再來呢？」羅蘭追問。

葉茲深呼吸。「呃，麥克斯．德洛……」他看著特斯頓。特斯頓既不點頭，也不動，但羅蘭覺得葉茲就像剛剛的自己，應該是在尋求特斯頓的首肯。「可以說，麥克斯．德洛跟此案另有其他關聯。」

大家等著葉茲把話說完，但幾秒鐘過後，羅蘭終於耐不住性子問：「什麼關聯？」

葉茲用雙手擦擦臉，瞬間露出疲憊的面容。「我之前提過，朗戈常應付火爆場面。」

羅蘭點點頭。

「還有，最後一次他說不定還殺了人。」

「嗯。」

「死者是個小牌的脫衣舞孃，可能也是個妓女，名字叫做……等等，我這裡有……」葉茲從後面的口袋拿出皮面的筆記本，舔舔指頭，翻起頁來。「叫做凱蒂絲．波特，小名棒棒糖。」他闔上筆記本。「她的屍體一被發現，樂眉和朗戈就失蹤了。」

「這跟德洛有什麼關係？」

「德洛是負責此案的凶殺組警探。」

眾人愕然。

「等一下，」史坦堡說：「也就是說，朗戈殺了脫衣舞孃；德洛負責追蹤此案。幾天後，朗戈和女友樂眉消失了。如今，十年後，我們在樂眉的陳屍現場發現德洛的指紋。」

「大概就是如此。」

大家更沉默了。羅蘭努力消化所有事件。

「重要的是，」葉茲繼續說，身體往前傾。「如果樂眉仍握有重要情報，或留下有關朗戈下落的線索，我們相信，繆思警官是找出這些線索的最佳人選。」

「我？」

葉茲轉向她。「妳認識她的同事，樂眉跟那群修女生活在一起七年，而凱薩琳院長顯然也信任妳。我們希望，妳專心調查樂眉所知的情報或留下的線索。」

史坦堡看看羅蘭，聳聳肩。特斯頓站了起來，走去打開迷你冰箱。「有人想喝點東西嗎？」她問。

沒人回答。特斯頓聳聳肩，抓了瓶飲料搖一搖。「亞當，你呢？要喝些什麼嗎？」

「水就好。」

特斯頓丟給他一瓶水。

「艾得？羅蘭？你們呢？」

兩人都搖搖頭。特斯頓扭開瓶蓋，大口暢飲後，又坐回座位。

「好，回歸正題，」特斯頓說：「羅蘭，妳還有什麼發現？」

羅蘭。這麼快就直呼其名了。她又看看史坦堡，史坦堡仍是點頭。

「我們在整個事件中發現很多關聯，其中有個名叫麥特．杭特的前受刑人。」羅蘭說。

特斯頓瞇著雙眼。「這名字怎麼有點耳熟？」

「他是利文斯頓當地人。他的案子幾年前曾上過報。大學舞會的打架事件——」

「喔，對了，我想起來了，」特斯頓插嘴道：「我認識他哥哥邦尼。好律師，可惜死得太早。我記得邦尼在他出獄後，幫他在史特吉司找了差事。」

「杭特至今還在那裡工作。」

「他涉入此案？」

「有些關聯。」

「比如說？」羅蘭說出修女打電話到瑪莎家的事，大家似乎並不特別驚訝。不過，當羅蘭解釋她如何發現杭特在泰利死亡當晚，極有可能在豪渥強生旅館與泰利發生衝突時，眾人都坐直身體。

葉茲頭一次低頭寫筆記。

她一說完，特斯頓便問：「妳怎麼看這件事，羅蘭？」

「真話嗎？仍然不明所以。」

「我們該看看杭特的服刑紀錄，」葉茲說：「就我們所知，泰利也坐過牢。說不定他們是在牢裡認識的。或者，也許杭特跟『條碼頭』的人有關係。」

「對，」特斯頓說：「杭特會不會是幫『條碼頭』收拾殘局的人。」

羅蘭沉默。

「妳不這麼認為，羅蘭？」

「我不知道。」

「問題在哪？」

「我知道這麼說可能太天真，不過我不認為杭特是殺手。他的確有案底，但那是十五年前一次聯誼會上發生的衝突事件。事發之前，他並無前科，出獄之後也沒再犯案。」

羅蘭沒提他們是小學同學，也沒說她「內心深處」就是覺得不對勁。其他警官拿出這種判斷標準時，她總覺得噁心。

「那麼，妳如何解釋杭特涉案？」特斯頓問。「不知道，可能是私人恩怨。據櫃檯人員說，她太太隻身住在同一棟旅館裡。」

「妳覺得是桃色糾紛？」

「可能。」

特斯頓一臉懷疑。「反正，大家都同意，杭特也涉入此案。」

史坦堡說：「顯然如此。」葉茲猛點頭。羅蘭沒有表示。

「現在，」特斯頓繼續說：「要逮捕或控告他都不是問題。打架、電話等等都讓他難逃嫌疑。另外，DNA檢驗可以馬上確定他跟死者有關聯。」

羅蘭躊躇，史坦堡則不然。「罪證確鑿。」

「以杭特的前科來看，我們或許可以禁止他保釋出獄，羈押他一陣子。對吧，艾得？」

「當然，沒錯。」史坦堡說。

「那就去逮他，」特斯頓說：「立刻送他進監獄。」

# 35

麥特和奧麗維亞兩人待在瑪莎家的客房內。

九年前，麥特重獲自由的第一晚，也是在這裡度過的。當時，邦尼帶他回家。瑪莎表面上對他客客氣氣，但回想起來，她當時一定很努力壓抑自己的情緒。會搬到這種房子來住的理由，就是要躲開麥特這類人。雖然明知他是無辜的，也是個好人，只不過時運不濟，但卻不希望自己跟他有什麼瓜葛。他是個病毒，會散播毒素。而家裡有小孩，你想保護孩子，想跟藍斯．班納一樣說服自己：修剪整齊的草皮能將這些毒物阻擋在外。

他想起大學老同學達夫。麥特一度以為達夫很行，如今他道高一尺，就算要把達夫逼進角落痛扁一頓，也一樣臉不紅氣不喘。他無意炫耀，也不為此感到驕傲，這不過就是個事實罷了。那些以為他們——世上的達夫一族——很行的人，根本搞不清楚狀況。

強硬如麥特，他重獲自由的第一晚，竟是在這間房裡哭泣。他也說不上來自己是怎麼了，在牢裡他從未流過一滴眼淚。有些人可能以為，他只是不想在那個可怕的地方露出懦弱的一面。也許吧，某部分可以這麼說。也許那只是一種補償作用，他要一次把四年的苦痛哭個夠。

然而，麥特不這麼想。

他覺得，可能的原因應該是恐懼和疑慮。他始終無法相信他真的自由了，真的遠離監獄了。這就像個殘酷的惡作劇：這張溫暖的床只是個幻覺，他們很快就會來抓他回去，關他一生一世。

他曾經讀過綁匪如何假裝要殺人滅口，逼對方乖乖就範。麥特覺得那的確有用，但真正有效而且保證讓人崩潰的方法剛好相反：騙對方要放他自由。先讓人穿戴整齊，告訴他們噩夢將盡，道了再見後，替他們蒙上眼罩，開車繞來繞去，停下車，把他們帶進屋內，拿掉眼罩，結果：回到原點，一切只是個可惡的玩笑。

他的感受正是如此。

麥特現在坐在同一張大床上。奧麗維亞背對著他站著，低著頭，高高的肩膀仍透著一絲驕傲。麥特很愛她的肩膀、她背部的線條、微微起伏的肌肉和柔軟的肌膚。

他心裡有點（或許是一大部分）想說：「讓我們忘了這件事，我什麼也不需要知道。妳剛說了妳愛我，說我是妳唯一愛過的男人。這就夠了。」

他們剛才抵達時，凱拉一臉擔憂跑到前庭看他們。麥特還記得她搬到車庫上的第一天，他說她就像「酷哥方茲」[23]。凱拉根本不知道他在說什麼。人恐懼時，老是會冒出一些奇奇怪怪的念頭。瑪莎也一臉擔憂，尤其又看到麥特滿頭繃帶、腳步緩慢。不過，瑪莎了解麥特，她知道現在並非發問的好時機。

奧麗維亞打破沉默。「我可以問你一件事嗎？」

「當然。」

「你說有人傳影像給你。」

「對。」

「我可以看看嗎？」

---

23 酷哥方茲（Fonz）是美國一九七〇年代的影集Happy Days中在車庫工作的黑手。

麥特拿出手機，舉高。奧麗維亞轉過身，接過手機，沒碰到他的手。麥特看見她的臉，那專注的神情、頭微傾的方式令人如此熟悉。只要有事想不通，奧麗維亞就會出現這種表情。

「我不懂。」她說。

「那是妳嗎？」他問：「戴假髮的？」

「對。但事情不是影片所見那樣。」

「那是怎樣？」

她盯著手機，按下重播鍵，又看了一次，搖著頭說：「無論你心裡怎麼想，我沒做出對不起你的事。我見的那個人，他也戴了假髮。所以我猜，他才會看起來像第一張照片裡的人。」

「這我發現了。」

「怎麼發現的？」

麥特指出窗戶、陰天及男人手上的戒指，也解釋了旱季和在辛格辦公室放大影像的事。

奧麗維亞在他身邊坐下。她看起來那麼、那麼的美。「所以你知道了。」

「知道什麼？」

「雖然看到這些影像，可是你內心深處知道，我從來沒有騙你。」

他想伸手擁她入懷。他看到她胸口抽動了一下，設法要鎮定下來。

麥特說：「在妳說之前，我得先問妳兩個問題，好嗎？」

她點頭。

「妳懷孕了嗎？」他問。

「嗯，」她說：「我可以回答你第二個問題：對，是你的。」

「那麼，其他的我不在乎了，如果妳不想說就別說，沒關係。我們可以一起逃走，我不在乎。」

她搖搖頭。「麥特，我想我沒辦法再逃了。」她的聲音如此疲憊。「你也不能這麼做。這要叫保羅和艾森怎麼辦？還有瑪莎？」

不用說，她言之有理。他不知該怎麼解釋，只是聳聳肩說：「我只是不希望事情有所改變。」

「我也是，可是我現在走投無路了。我很害怕，生平第一次這麼害怕。」

奧麗維亞轉向麥特，伸出手，托著他的後腦杓，靠向前吻他，深深地吻。他知道這種吻是個前奏。經過風風雨雨，他的身體仍有反應，仍知道回應。兩人的吻愈漸熱烈。她靠得更近，緊貼著他。麥特眼神恍惚。

兩人的身體稍稍扭轉。麥特的胸腔一拉，側身頓時劇痛不已。他整個人定住不動，暗自呼喊，驅逐痛楚。奧麗維亞放開他，抽開身，目光低垂。

「我跟你說的有關我的事，」她說：「都是謊言。」

麥特沒有反應。他不知道自己期望聽到什麼事（但絕不是剛剛聽到的），所以只能坐著聽她往下說。

「我不是在維吉尼亞州的北道鎮長大的，也沒讀維吉尼亞大學，連高中也沒有上過。我父親並非小鎮醫生，我不知道自己的生父是誰，也從來沒有叫凱西或什麼的保姆。那全是我編的。」

窗外有部車開過，車頭燈投射在牆上，光影搖曳。麥特像石頭一樣靜靜坐著。

「我的生母是個悽慘的毒蟲，我三歲時，她就把我送到託養機構，兩年後，她因吸毒過量去世。我在不同的寄養家庭間轉來轉去。你不會想聽那些慘痛遭遇。總而言之，我十六歲時逃了出來，最後流浪到賭城附近。」

「十六歲的時候？」

「對。」

奧麗維亞的語調變得異常平板。她目光清澈、直視前方，跟麥特隔著一段距離，似乎在等著麥特的反應，但麥特仍在摸索、消化剛剛聽到的事。

「那麼，約書亞．莫瑞的事……？」

「你是說年幼喪母，讓溫柔的爸爸一手帶大，還有馬的事？」她幾乎要笑了出來。「拜託，麥特。那是我八歲時從書上看來的。」

他張開口，卻說不出話。他又試了一次。「為什麼？」

「為什麼我要說謊？」

「對。」

「那些謊……」她突然收口，抬起頭。「等於是我的新生。我知道這聽起來很誇張，但成為奧麗維亞．莫瑞對我來說，不只是個嶄新的開始。我就好像拋開不堪的過往，昔日的養女從此在世上消失，由北道鎮的奧麗維亞．莫瑞代替她活下去。」

「所以全部……」他伸出手。「都是謊言？」

「我們之間不是，」她說：「我對你的感情、一舉一動都不是。我們之間絕無謊言。每個吻、每次擁抱、所有的感情都是真的。你愛上的並非一堆謊言，而是活生生的我。」

她剛剛說愛，說他愛她，但聽來卻彷彿上輩子的事。

「所以，我們在賭城認識時，妳並沒有在上大學？」

「對。」她說。

「那麼，那天晚上在夜總會？」

奧麗維亞跟他眼神交會。「我本來是去工作的。」

「我不懂。」

「你懂，你當然懂。」

麥特想起那個脫衣舞網站。

「跳舞？算吧，政治正確的說法就是跳豔舞的舞者。那裡的女孩都這麼說。不過，我是個脫衣舞孃。有時候，他們會逼我……」奧麗維亞搖搖頭，眼眶濕潤。「躲也躲不掉。」

「妳去跳舞？」

「那天晚上，」麥特說，一股憤怒竄升而起。「我看起來油水很多嗎？」

「這是個笑話嗎？」

「我不是在說笑。」

她的聲音頓時轉為冷酷。「你不知道那天晚上對我的意義，那改變了我的人生。你從來就不了解。」

「不了解什麼？」

「你的世界，」她說：「值得我賣命爭取。」

他不確定這話是什麼意思，或者，他是不是真的想知道這背後的意義。「妳說妳待在寄養家庭。」

「對。」

「然後逃了出來？」

「最後一個寄養家庭希望我去從事這種工作，你無法想像我多想離開那裡。他們告訴我去哪找差事。我養母的妹妹在經營夜總會，她幫我們弄了假證件。」

麥特搖搖頭。「我還是不懂，妳為什麼不告訴我真相？」

「你要我什麼時候告訴你？」

「什麼意思？」

「我什麼時候該告訴你？在賭城相遇的第一晚？去你辦公室找你的那一天？第二次約會的時候？訂婚那天？你說該挑什麼時候呢？」

「我不知道。」

「沒那麼簡單。」

「對妳傾訴我在牢裡的生活也不簡單。」

「我的事情還牽扯到別人，」她說：「我跟人立下約定。」

「什麼約定？」

「你必須了解。如果只是我個人的事，我也許會放手一搏。可是，我不能拖她下水。」

「誰？」

奧麗維亞的眼神從他身上移開，久久不發一語。她從後面的口袋拿出一張紙，慢慢把它攤開，拿給麥特。接著，又把臉轉開。

麥特接過那張紙，翻過來看。文章是從內華達日光新聞網上列印出來的。他讀著簡報，很快便讀完了。

**女屍命案**

【內華達州賭城】二十一歲的凱蒂絲．波特經人發現陳屍於十五路的拖車廠。死者遭人勒斃。警方不願對姦殺的可能性發表回應。死者是位於本城交界的辣妹夜總會舞者，藝名為棒棒糖。

警方表示，目前正在調查此案，並持續追蹤可能的線索。

麥特抬起頭。「我還是不懂。」奧麗維亞仍別著臉。「妳想保護的就是這個人？」
她冷冷一笑。「不是。」
「那是誰？」
「我剛剛說，自己真的沒有騙你，還有宛如新生的事。」
奧麗維亞轉向他。
「那就是我，」她說：「我曾經就是凱蒂絲．波特。」

# 36

羅蘭回到檢察署辦公室時，一名去過辛格辦公室的技術人員羅傑．寇迪正坐在她的座位，雙腳放在桌上，手枕在頭後。
「舒服吧。」羅蘭說。
他笑得燦爛。「喔，耶。」
「像不像那句俗語說的：貓吃金絲雀，心滿意足。」
他仍帶著笑容。「不確定用在這裡恰不恰當。不過，還是一樣，喔，耶。」
「什麼意思？」
寇迪手還放在頭後方，示意羅蘭看看筆記型電腦。「看一下。」
「在筆記型電腦裡？」
「喔，對。」
羅蘭動動滑鼠，螢幕亮了起來。占據整個螢幕的是查理士．泰利的快照。他舉起雙手，頭髮呈藍黑色，露出牙齒，一臉自以為是的笑。

「從辛格・雪克的電腦上抓下來的？」

「喔，對。照片來源從照相手機上下載的。」

「幹得好。」

「等一下。」

「幹嘛？」

寇迪繼續咧嘴笑道：「妳就跟巴赫透那加速齒輪唱得一樣[24]：好戲還在後頭。」

「什麼？」羅蘭說。

「點一下播放箭頭。右邊那個。」

羅蘭按下。搖搖晃晃的錄影開始播放。一名戴著白金色假髮的女人走出浴室，往床邊走去。影片播完，寇迪說：「感想？」

「只有一個。」

寇迪手心朝上。「手給我。」

羅蘭與他擊掌。「喔，耶。」

# 37

「大約是我認識你一年後發生的。」奧麗維亞說。

她站在房間另一頭，氣色好多了，慢慢挺起胸。好像對麥特坦承一切，讓她重獲力量。至於麥特，他盡量只聽，暫不評斷。

「當時我十八歲，在賭城已經待了兩年。我們當中有很多人都住在老舊的拖車裡。夜總會經理叫做克萊德．朗戈，是個大壞蛋。他在通往夜總會那條路一哩遠的地方有好幾英畝地，那裡整片都是沙漠，他用鐵鍊圍了個籬笆，放了三、四部爛得不像話的拖車進去。我們就住那裡。女孩都來來去去；不過，我當時跟兩個人住在其中一輛拖車裡。一個是新人，叫做卡珊德拉．梅朵，大概十六、七歲；另一個叫金咪．黛爾。金咪那天不在。克萊德會載我們沿途賣藝。我們會去一些小城鎮跳脫衣舞，一天三場。這種錢對他來說很好賺，我們也會拿到不少小費，不過大部分還是都進了克萊德的荷包。」

麥特必須理清思緒，但就是力不從心。「妳到那裡的時候幾歲？」他問。

「十六。」

他強逼自己睜開雙眼。「我不懂那是怎麼回事。」

「克萊德有門路。我不是很清楚詳情，但我知道他們會去愛達荷州一些寄養家庭中，尋找生活困頓的女孩。」

「妳就是從那裡逃出來的？」

她點頭。「其他州也有，像是奧克拉荷馬州。我記得卡珊德拉是堪薩斯州人。這些女孩基本上都會被送到克萊德手中。他會替她們辦假證件，安排她們去工作。這並不難。我們都知道沒人真的關心窮人，除了小孩子起碼都會有同情心，會互相扶持。但我們只是些悶悶不樂的少女，隻身在外闖蕩。」

麥特說：「我懂了，繼續說。」

---

24 巴赫透那加速齒輪（Bachman Turner Overdrive）是一九七〇年代紅極一時的加拿大搖滾樂團。

「克萊德的女朋友叫做愛瑪．樂眉。愛瑪對所有女孩來說就像個媽媽。我知道你會怎麼想，可是看看我們過去的遭遇，要把她當壞人真的很難。克萊德曾經把她打個半死。他只要一經過，就會看見愛瑪整個人縮了起來。我當時不懂，但回想起來，愛瑪的慘狀……大概會讓我們聯想到自身的遭遇吧。我跟金咪都喜歡她。大家都說有天一定要離開那裡，那是大夥兒永遠聊不完的話題。我告訴愛瑪和金咪關於你的事，還有遇見你那晚對我的意義。她們聽著，雖然心裡知道要離開根本不可能，但還是聽我傾訴。」

房外傳來聲音，細微的哭泣聲。奧麗維亞順著聲音轉過頭去。

「只是艾森的哭聲。」麥特說。

「他常這樣嗎？」

「嗯。」

他們等了一下，房子又恢復寧靜。

「某天我不舒服，」奧麗維亞說，聲音又轉成淡淡的平板語調，「通常晚上都要工作，可是我反胃得很厲害，幾乎站不起來，要是在台上吐，就別想做生意了。因為克萊德和愛瑪都不在，我就去問管門的人可不可以請假。他說沒關係。所以，我就走回畜欄——我們都這麼叫拖車區。那時大約下午三點。太陽還很大，皮膚都要被烤熟了。」

奧麗維亞苦笑。「你知道怪在哪裡嗎？我是指，這整件事莫名其妙，但是，你知道我突然想到什麼嗎？」

「什麼？」

「變化程度，我不是指當時的氣溫，而是事情一下子變化得太快。種種的『如果』都放大成為決定性的關鍵，你比誰都清楚；如果你當時直接開回包德溫；如果達夫沒灑了啤酒……」

「我了解。」

「我也一樣。如果我沒生病，如果我還是一樣上台跳舞。只不過，對我來說這種種『如果』救了我一命，其他人可能不這麼想吧。」

她站在門邊，看著門把，像要逃走的樣子。

麥特說：「妳回到畜欄後，發生了什麼事？」

「裡面一個人也沒有，」奧麗維亞說：「女孩不是在夜總會，就是到鎮上表演了。我們通常凌晨三點結束工作，然後睡到中午。畜欄裡慘不忍睹，沒人想在那兒多待一秒。所以，我回去時，裡頭靜悄悄的。我打開拖車門，第一眼就看到地上有血。」

麥特專注地看著她。奧麗維亞呼吸沉重，但臉卻平靜無波。

「我大叫。我想實在不該這麼做，應該要尖叫著跑出去。我也不知道。又是一個『如果』。然後我看看四周。拖車有兩個房間，不過因為格局跟平常相反，所以一走進去，會先看到我們三個人的臥房。我睡下鋪，金咪睡上鋪。新來的卡珊德拉則睡另一邊靠牆的床鋪。金咪很愛乾淨，老抱怨我們不收房間。她說我們的生活一團亂，但不表示就得住在垃圾堆。

「總之，拖車裡一片凌亂。抽屜全被倒出來，衣服散落一地。血跡一直拖到卡珊德拉的床邊。我看見地上有兩條腿，於是跑了過去，匆匆停下。」

奧麗維亞直視著麥特的眼睛。「卡珊德拉死了，不用摸她的脈搏就知道。她側身躺著，幾乎像個胎兒。兩眼睜開瞪著牆，臉又紫又腫，手臂上有香菸燙過的痕跡，兩隻手還被膠帶綁在背後。麥特，你要知道，我當時才十八歲。也許我外表或內心比人成熟，也許我歷盡滄桑；但是你想想，我站在那裡，看著屍體，整個人呆掉了。雖然聽見隔壁房傳來聲音，還聽到愛瑪尖叫：『克萊德，不要！』但我還是一動也不能動。」

她停頓片刻，閉上眼睛，深深吐了一口氣。

「我一轉身，就有隻拳頭往我臉上揮過來，根本來不及反應。克萊德拳頭還沒揮到底，就已經落在我鼻子上。我只覺一股暖熱，斷裂的聲音比疼痛感更清晰。我的頭往後彈，整個人往後倒，跌在卡珊德拉的身體上。沒什麼比這個更糟了。我躺在她的屍體上，感覺她的皮膚濕濕黏黏的。我想爬下去，鮮血流到我的嘴巴裡。」

奧麗維亞又停了一會兒，大口吸著空氣、調整呼吸。麥特生平第一次感到如此無能為力。他不動，也不說話，讓奧麗維亞平靜下來。

「克萊德衝過來看我。他的表情……我是說，他常常都帶著一種冷笑。我看過好幾次他對愛瑪動手。我知道你會覺得很奇怪，為什麼我們不反擊？不設法改善？可是，對於他這樣拳腳相向，我們並不陌生，早習慣了。你必須了解。這點大家都心裡有數。」

麥特點點頭，雖然覺得不恰當，但他了解奧麗維亞所說的話。監獄裡也滿是這種論調：並非你犯了錯，而是犯錯在裡頭根本天經地義。

「反正，」奧麗維亞繼續說：「那種冷笑不見了。如果你覺得響尾蛇殘酷無情，那是因為你沒見過克萊德．朗戈。可是，當時站在我面前的他，竟然一臉恐懼。他呼吸急促，襯衫上有血跡，身後站著低著頭的愛瑪。我永遠忘不了這一幕。我受傷了，鮮血直流，眼睜睜看著他握緊拳頭，身後站著另一個受他凌虐的人。應該說是真正的受害者吧。

「『帶子在哪？』克萊德問我。我不知道他在說什麼。他重重踩在我的腳上，我痛得大叫。克勞德吼道：『要我是嗎，賤人。在哪？』

「我想爬起來，但卻一頭跌進牆角。克萊德把卡珊德拉的屍體踢開，跟了過來，我無路可走。遠處傳來愛瑪小羊般虛弱的聲音：『拜託，克萊德，不要。』克萊德眼睛看著我，但手卻甩了出去，全力揮拳，手背一掃，愛瑪的臉皮開肉綻。她整個人往後一倒，飛出我的視線。但她短暫移開克萊德的注意力，讓我有機會反擊。我腿一踢，設法攻擊他膝蓋以下的地方。克萊德腿一曲。我把腳抽回，滾到床邊。我想到一個目標，金咪在房間裡藏了槍。我不喜歡槍，但是如果說我身世坎坷，金咪比我還慘，所以，她一直都備有槍械，一共有兩把槍。一把點二二迷你手槍放在皮靴裡，連上台都帶著。另一把則藏在床墊底下。」

奧麗維亞停下來，微笑看著他。

「什麼？」麥特問。

「跟你一樣。」

「什麼意思？」

「你以為我不知道槍的事？」

麥特全忘了這回事。他檢查褲子，心想醫院的人把槍拿走了。奧麗維亞從容地打開皮包。「在這裡。」她說。

她把槍拿給麥特。

「我不希望讓警察找到，拿這個找你麻煩。」

「謝了。」他傻傻地說，看著槍，把槍收起來。

「你為什麼要藏槍？」她問。

「不知道。」

「我想金咪也是。但總之有把槍在拖車裡。趁克萊德彎下身，我趕緊撲過去，時間有限。那一腳不過幫我多爭取幾秒，並沒有讓克萊德倒地不起。我把手伸進上鋪的床墊底下，聽見他喊：『賤胚，我要宰了妳。』我敢說他是認真的。看他的臉和卡珊德拉就知道了。如果他抓住我，如果我沒拿到槍，我就死定了。」

奧麗維亞眼光從他身上移開，舉起雙手，像又回到拖車裡，在摸索那把槍。「我把手伸進床墊底下，脖子幾乎可以感覺到他的呼吸，可是還是找不到槍。克萊德抓住我的頭髮。他一拉我的頭髮，我剛好就碰到槍。我使盡全力一抓；他又把我拉往後。槍已經在我手上。克萊德看到了。我沒拿好槍，拇指和食指拎著槍托，一直設法要碰到扳機。可是克萊德撲在我身上，抓住我的手腕。我拚命要甩掉他。他太壯了，可是我還是不放棄，一直緊抓著槍。他拇指指甲刺進我的皮膚。克萊德的指甲又長又尖。你看——」

奧麗維亞握拳，手心朝上，讓他看見她手腕內側一條新月型的白色疤痕。麥特以前就注意到了。好久以前，奧麗維亞跟他說那是從馬上摔下來弄的。

「克萊德．朗戈的傑作。他很用力，指甲刺得很深，都流血了。槍掉到地下。他還是抓著我的頭髮，把我摔到床上，壓在我身上，掐住我的脖子，用力勒緊，開始哀嚎。我還記得，他一面使勁掐我的脖子，一面哀嚎。不是因為怕鬧出人命，而是因為恐懼。我快窒息了，只聽到他哀求：『只要告訴我東西在哪，只要告訴我……』」

奧麗維亞輕輕將手放在喉嚨上。「我一直掙扎，亂踢亂打，可是力氣快用光了，再怎麼出手也沒用。我感覺得到他的拇指按住我的喉嚨。我快死了。接著，我就聽到槍聲。」

她的手放了下來。飯廳的古董鐘響起。那是邦尼和瑪莎的結婚賀禮。奧麗維亞等著鐘聲響完。

「槍聲不大。像球拍啪一聲斷掉那樣。我猜因為那是把點二二手槍吧。我也不清楚。一瞬間，克萊德加重力道，表情驚訝大過痛苦。他放開我。我開始乾嘔、咳嗽，然後滾到一旁，猛呼吸。愛瑪．樂眉站在他身後，拿著槍指著他。像把長久遭受凌虐、毆打的積怨一次爆發出來。她毫不退縮、也不往下看。克萊德翻到她跟前，火冒三丈。她又開了一槍，正中他的臉。」

「然後愛瑪又扣了一次扳機，克萊德．朗戈就斷氣了。」

# 38

羅蘭現在掌握了動機。如果那段錄影可供參考，那麼查理士．泰利（看來就像個無賴）不只跟麥特．杭特的妻子有染，還特地把證據寄給麥特。羅蘭敢說，影片上戴著白金色假髮的女人就是奧麗維亞．杭特。

動機。

泰利打算嘲弄、激怒麥特，甚至跟他攤牌。

線索愈來愈充足，而且完全合理。

只不過，這只是剛開始。接著想下去，事情一下子亂成一團。比方說，麥克斯．德洛讓一名妓女給搶了。此外，如果查理士．泰利的死真的只是普通的婚外情糾紛，又怎麼會牽扯到愛瑪．樂眉和內華達的調查局成員。還有，她在喬安．特斯頓的辦公室裡聽到的事又該做何解釋？

她的手機鈴響震動，無來電顯示。

「喂？」

「杭特的通緝通告是怎麼一回事？」來電的是藍斯．班納。

「你不睡覺的啊？」她問。

「夏天不睡，我喜歡冬眠，像熊一樣。怎麼回事？」

「我們在找他。」

「略過細節，羅蘭。真的，我一次消化不了太多細節。」

「說來話長，實在是漫長的一夜。」

「通緝通告主要是針對紐華克一帶。」

「所以呢？」

「所以，有人去找過杭特的大嫂了嗎？」

「應該沒有。」

「我就住那一區，」藍斯．班納說：「可以幫忙。」

# 39

麥特和奧麗維亞都靜止不動，這故事將她榨乾了。麥特看得出來，就在他差點起身向她靠近時，奧麗維亞舉起手。

「我看過愛瑪年輕時的照片，」奧麗維亞開口：「很漂亮，人也相當聰明。若有人能想得出辦法脫離這種生活，那人非愛瑪莫屬。可是你看，沒人試過。我才十八歲，就覺得這輩子完了。車裡剩我們兩人，我在乾嘔，愛瑪還拿著槍。她低頭瞪了克萊德好久，等我呼吸恢復正常。過了幾分鐘，她轉向我，目光澄淨，對我說：『我們得把他的屍體藏起來。』

「我記得當時我搖搖頭，告訴她我不想淌渾水。她沒生氣，也沒對我粗聲厲語。好奇怪。她看起來是那麼的……祥和。」

麥特說：「她殺了虐待她的人。」

「部分是，沒錯。」

「可是？」

「好像她一直期待的一刻終於來臨了，她似乎知道這天遲早會來。我說我們應該報警。愛瑪搖搖頭，平靜而理智，手裡還拿著槍，但沒指著我。我說，我們可以據實以告，說是自衛，可以讓警方看我脖子的淤傷。對！還有卡珊德拉的屍體。」

奧麗維亞看見麥特動了動身體，露出微笑。「我知道，」她說：「我沒忘記這有多諷刺。自衛。跟你的理由一樣。我想，我們都站在人生的岔路上。也許你當時別無選擇，因為身旁有那麼多人。可是，就算有，我們還是不同世界的人。你相信警察，相信真相總會還你清白。但我們看得一清二楚，愛瑪對克萊德開了三槍，一槍在背上，兩槍在臉上。沒人會相信自衛那一套說詞。就算相信，克萊德幫他黑道的表哥賺了大筆錢，他表哥不會輕易放過我們的。」

「所以妳們怎麼做？」麥特問。

「我想我大概一片茫然。可是，愛瑪一直解釋這種僵局給我聽。我們別無選擇，真的。這時候，她最具說服力的一個論點突然打動了我。」

「什麼論點？」

「愛瑪說：『如果一切都順利呢？』」

「什麼都順利？」麥特問。

「如果警察相信我們，而克萊德的表哥又放我們一馬？」

「我們會在哪？我跟愛瑪？如果一切順利，我們會在哪裡？」

「我不懂。」麥特說。

她停頓、微笑。

麥特現在懂了。「還是無法脫離當時的生活。」

「對，現在機會來了。克萊德在屋裡藏了十萬美金。愛瑪說，我們去把錢找出來，分一分，然後逃走，重新開始。愛瑪心中早有屬意的地方。她一直都在計畫出走，但總鼓不起勇氣。我也是，大家都是。」

「事到如今沒別的選擇。」

奧麗維亞點點頭。「她說，如果我們把克萊德的屍體藏起來，別人會以為他們倆一起逃跑了，警方追捕的就是一對男女朋友；或者，他們會認為這兩人可能都遭人滅口、埋在某處。但她需要我的幫助。我說：『那我怎麼辦呢？克萊德的朋友都知道我的長相，他們會來逮我的。而且，我們怎麼解釋卡珊德拉的死呢？』

「愛瑪早就計畫好了。她說：『把皮夾給我。』我手伸進口帶，拿出皮夾。她抽出我的證件，塞進卡珊德拉的皮夾。以前內華達的身分證沒有照片。她問我：『金咪什麼時候回來？』我說：『三天後。』她說：『時間綽綽有餘。』接著，她又說：『聽我說，妳和卡珊德拉都沒有家人。卡珊德拉的媽媽幾年前拋下她，母女早就不往來了。』

「我直說不懂。

「但愛瑪胸有成竹。她說：『每次他打我，每次把我掐到昏過去，之後都會跟我道歉，說他愛我，下次絕不再犯；還有警告我如果敢離開他，就一定會逮到我、把我殺了的時候，我就會暗自盤算：如果我殺了克萊德，埋了屍體，拿錢遠走高飛，躲到一個安全的地方；如果我能對妳們這些女孩做些補償，會是什麼情景。妳難道不會有這些幻想嗎，棒棒糖？幻想逃走？』」

麥特說：「而妳們真的逃了。」

奧麗維亞豎起食指。「我跟她有一處不同。我剛剛說，我這輩子差不多完了，總是藉由看書來逃避現實。我盡量開朗，想像不同的世界，因為我心裡有個寄託。你要知道，我不想把在賭城那一晚說的天花亂墜，但那晚的確讓我反覆回想。我想著你給我的感覺，想著你生活的世界。你說的事：家人、成長環境、朋友、學校，我都沒忘。但你不知道，也始終不了解的是，你口中描述的世界，是我不忍想像的地方。」

麥特不發一語。

「你走後，你絕不知道我想過多少遍要去找你。」

「為什麼不找？」

她搖搖頭。「你比誰都要知道身不由己的感覺。」

他點點頭，不敢回答。

「現在都無所謂了，」奧麗維亞說：「現在說這個也太遲了。就像你說的，就算身不由己，我們還是得有所行動。所以，我們擬出一個計畫。其實很簡單。首先，我們把克萊德的屍體包在一條毯子裡，然後把他丟進後車廂。我們把畜欄上鎖。愛瑪知道一個地方，她說，就在沙漠之中，克萊德在那裡起碼棄屍兩次。我們在荒漠裡挖了一個淺淺的墓穴埋了屍體。然後愛瑪打電話到夜總會，要所有女孩都加班，確定沒有人會先回畜欄。」

「我們到她家沖澡。我站在熱水底下心想，我也不知該怎麼說，就覺得好詭異，把血跡沖掉，有點像馬克白夫人做的事。」

一抹苦笑掠過她臉龐。

「是這樣嗎？」麥特問。

奧麗維亞緩緩搖頭。「我才在沙漠中埋了一具屍體。到了晚上，豺狼會挖出屍體，飽餐一頓，把骨頭拖走。這是愛瑪告訴我的，反正我不在乎。」

她看著麥特，像在激他回嘴。

「接下來呢？」

「你不能猜嗎？」

「告訴我。」

「我……我是說，凱蒂絲．波特是個無名小卒，甚至根本不會有人在意她年紀輕輕就離開人世。愛瑪以雇主和算是她監護人的身分報警。她告訴警察說，她手下一名女孩遭人謀殺。警察趕來，愛瑪讓他們看卡珊德拉的屍體，她皮夾裡的證件已經掉包了。愛瑪出面指認屍體，確認那就是她手下一名名叫凱蒂絲．波特，藝名棒棒糖的女孩，死者一個親友也沒有，沒人覺得奇怪。幹嘛覺得奇怪？誰會想扯這種謊？我和愛瑪分一分錢，我拿到一半以上。你絕對料想不到，夜總會的女孩每個都有假證件，所以要重新弄一張也不難。」

「所以妳就逃跑了？」

「對。」

「那卡珊德拉呢？」麥特問。

「她怎麼樣？」

「不會有人納悶她怎麼不見了嗎？」

「每天有數不清的女孩來來去去。愛瑪告訴大家，她不幹了，讓謀殺事件給嚇跑了；另外兩個女孩聽到也嚇跑了。」

麥特搖搖頭，努力要弄清楚所有事情。「我第一次見到妳的時候，妳自稱是奧麗維亞．莫瑞。」

「對。」

「不是第一次用？」

「只用過那麼一次，跟你共度的那一晚。你讀過《時間的皺紋》嗎？」

「嗯，應該是五年級的時候讀的。」

「那是我小時候最喜歡的書，裡頭的女主角叫做梅格．莫瑞，我的姓就是從那裡來的。」

「那奧麗維亞呢？」

她聳聳肩。「只是因為這名字聽起來跟凱蒂絲完全不一樣。」

「後來發生了什麼事？」

「我跟愛瑪立誓，無論如何絕不向任何人說出真相。因為只要有人洩密，就可能讓另一人喪命。我們立下誓言，我希望你能知道，我發了重誓。」

麥特不知道該說些什麼。「然後，妳就到了維吉尼亞州。」

「對。」

「為什麼？」

「因為那是奧麗維亞．莫瑞生活的地方，而且又離賭城或愛達荷州遠遠的。我捏造了一套身家背景，然後到維吉尼亞大學聽課。當然不是正式修課，不過，當時管制不像現在這麼嚴格。我只是坐在課堂上旁聽，到圖書館和餐廳去，從中認識了一些人，他們以為我是學生。幾年後，我假裝自己畢業了，於是走出社會，找了份工作。我從不回顧過往或想起棒棒糖的事，凱蒂絲．波特死了。」

「然後，我出現了。」

「可以這麼說。你想，我是從小被嚇大的小孩，如今總算逃離魔掌，建立自己的生活，真正的生活。老實說，我根本沒興趣認識男人。還記得你把案子發包給加倍能嗎？」

麥特點頭。「記得。」

「我的人生也夠坎坷了。可是，當我看到你，而且……我不知道，也許我希望能重回我們相遇的那晚，重回某個愚蠢的美夢。你不屑搬回這裡住，可是，你不知道，這個地方、這個城鎮，是我所知最美好的世界。」

「所以，妳才想搬到這裡？」

「跟你一起，」她說，露出懇求的眼神。「你還不懂嗎？我從不信有什麼心靈伴侶。你也知道我的經歷……可是也許，也許我們受過的傷讓我們緊緊相繫，也許那些苦痛讓我們彼此吸引。你知道別人視為當然的東西也要努力爭取。你愛我，你從不相信我真的有外遇，所以你才不斷找尋證據。即使我對你坦誠了這些過往，世上還是只有你真正懂我。只有你，沒錯，我想搬到這裡，跟你共創家庭。那是我全部的心願。」

麥特張開口，卻說不出話。

「沒關係，」她輕輕笑說：「一下子太多事了。」

「不是的。只不過……」他難以表達，情緒仍然攪成一團，他需要平復心情。「那麼，出了什麼事？」他問：「經過這些年，他們怎麼會找到妳？」

「他們沒找我，」她說：「是我去找他們的。」

麥特還沒來得及問下一個問題，牆上便又掠過另一輛車的燈光。燈光好一會兒才暗下來。麥特舉起手，示意奧麗維亞先別出聲。兩人聽著外面的動靜，隱隱約約有引擎空轉的聲音，雖然微弱，但還是聽得到。絕對沒錯。

兩人目光交會。麥特走近窗戶，向外窺視。

車子就停在對街，車頭燈滅了。幾秒後，車子也熄火了。麥特立刻認出車。其實，幾小時前，他才坐過那輛車。

是藍斯．班納的車。

# 40

羅蘭奔回偵訊室。

辛格正在玩指甲。「律師還沒到。」

羅蘭瞪著她看了一會兒。她心想，女人若長得像辛格．雪克，有男人巴結，將他們玩弄於鼓掌之間，會是什麼感覺。羅蘭的媽媽是有幾分能耐，不過如果有辛格．雪克的外貌，又會是什麼樣子？那樣是好是壞？妳會依賴那些本錢幫妳排難解憂嗎？羅蘭並不覺得辛格是這種人，但這點只讓她更加危險。

「猜猜我們在妳辦公的電腦上發現什麼？」羅蘭問。

辛格眨眨眼。可是，這一問就夠了，她明白了。羅蘭拿出查理士．泰利的照片，還有幾個從影片上擷取的畫面，全都一起放在辛格面前的桌上。辛格幾乎看也不看。

「我什麼也不說。」辛格說。

「那點頭呢？」

「什麼？」

「我來說。妳如果願意可以點頭就好。反正，我想現在一切都很明顯了。」羅蘭坐下，將交疊的雙手放在桌上。「技術人員說，這些照片是從照相手機上下載的。現在我們推測的情況如下：我們知道查理士．泰利神經有點問題，有暴力前科和變態行為的紀錄。總之，他跟奧麗維亞．杭特認識。我現在還不知道他們怎麼認識的。也許等妳的律師來，妳可以告訴我們。無所謂，反正，出於某種變態的動機，他寄了一張照片和一段影片給我們共同的朋友，麥特．杭特。麥特把影像拿給妳看。妳畢竟是吃這行飯的，所以就查出影像裡的傢伙是查理士‧泰利，而且，目前就住在紐華克機場附近的豪渥強生旅館。或者，妳是發現奧麗維亞．杭特住在那裡。這我就不知道了。」

辛格說：「才不是這樣。」

「可是接近。我不知道細節，也不在乎杭特為什麼或如何求助於妳，不過，他做的事一清二楚。他把照片和錄影交給妳，然後妳查到查理士．泰利的下落。你們兩人就一起到飯店跟他對質。然後泰利和杭特起了衝突，最後杭特受了傷，泰利丟了老命。」

辛格看往別處。

「要補充什麼嗎？」羅蘭問。

羅蘭的手機又響了。她拿出手機，打開螢幕說：「喂。」

「妳的好鄰居，藍斯。」

「怎麼了？」

「猜猜我在哪。」

「瑪莎家門前？」

「賓果。猜猜誰的車停在她家車道上。」

羅蘭坐直身體。「你打來找後援？」

「後援已經上路了。」

她闔上電話。辛格看著她。

「跟麥特有關？」

羅蘭點頭。「警方要去逮捕他。」

「他會抓狂的。」

羅蘭聳聳肩，靜待著。

辛格搖著指甲。「妳搞錯了。」

「何以見得？」

「妳以為照片是查理士．泰利寄的。」

「不是嗎？」

辛格慢慢地搖頭。

「那是誰？」

「好問題。」

羅蘭坐了回去。她心裡想著那張查理士．泰利的照片。照片中他手舉起，幾乎有點像是不好意思拍照。照片不是他自己拍的。

「無所謂。反正幾分鐘後我們就會羈押麥特了。」

辛格站起來，開始踱步。她雙手抱胸。「也許，」辛格開口道：「照片是個大騙局。」

「什麼？」

「得了，羅蘭。動動腦筋。妳難道不覺得這一切也太順理成章了吧？」

「多數的謀殺案都是這樣。」

「屁。」

「先是發現一具男屍，然後去查他的感情生活，就會發現有個女人死了。然後再去查她的男友或丈夫。通常就是這麼簡單。」

「只不過，查理士．泰利不是奧麗維亞．杭特的男友。」

「妳發現的？」

「不是我，是麥特。」

「妳還沒說怎麼發現的。」

「因為照片是假造的。」

羅蘭張開嘴，又再閉上，決定讓辛格先說。

「所以麥特才會晚上來我辦公室。他想放大照片，他知道照片有鬼。因為開始下雨，就讓他想到了。」

羅蘭靠回椅背，攤開雙手。「妳最好從頭解釋起。」

辛格拿起查理士．泰利的照片。「好，妳看這裡的窗戶，陽光射進窗戶……」

# 41

藍斯．班納的車就停在瑪莎家對面。

「你認識他嗎？」奧麗維亞問麥特。

「認識。以前的同學，現在是鎮上的警察。」

「他來問打架的事嗎？」

麥特並未回答。他想，的確有可能。辛格被捕，警方可能想調查清楚。或者，也有可能麥特的名字已列為受害者或嫌犯，並在警察的通訊網內流傳。可能藍斯剛好就聽到了，或只是純粹來找碴。

反正，應該沒什麼大不了。如果藍斯來敲門，麥特就去打發他走。那是他的權力，警方不能在未正式發文前就逮捕嫌犯。

「麥特？」

他轉向奧麗維亞。「妳說他們沒來找妳，是妳去找他們。」

「對。」

「我不是很了解。」

「因為這是最難啟齒的一部分。」奧麗維亞說。

他心想——不，應該說是希望——她只是隨便說說。麥特試圖保持冷靜，盡力釐清思緒、理智面對，或乾脆裝傻。

「我說了很多謊，」她說：「這是最糟的一個。」

麥特留在窗邊。

「我成了奧麗維亞．杭特。這我剛剛說了。凱蒂絲．波特對我來說，已經死了，除了……除了一件事，我永遠無法真正拋開。」

她停了下來。

「是什麼？」麥特輕聲問。

「我十五歲時懷孕了。」

他閉上雙眼。

「我當時好怕，一直隱瞞這件事，後來藏不住了。我羊水破了，養母帶我去看醫生，他們要我簽一堆文件，還付了錢給我們，我不知道總共多少，我從沒看到那些錢。醫師替我接生孩子。我醒來的時候……」

她的聲音逐漸減弱，聳聳肩算是結束此話題，然後說：「我一直不知道是男是女。」

麥特的眼睛一直看著藍斯的車。他只覺得，心中有東西四分五裂。「孩子的爸爸呢？」

「他一知道我懷孕就跑了，我心都碎了。之後幾年，他死於車禍。」

「妳一直都不知道孩子的下落？」

「從來都不知道，一點消息也沒有。其實從很多方面來看，這個結果並不令我失望。就算我想介入她的生活也沒辦法，我有我的難處。可是，那並不表示我不在乎，或不想知道她發生了什麼事。」

雙方沉默片刻。麥特轉身看著妻子。

「妳說的是『她』嗎？」

「什麼？」

「剛剛一開始，妳說妳不知道小孩是男是女，接著，又說妳不想介入『她』的生活，還有妳想知道『她』發生了什麼事。」

奧麗維亞不發一語。

「妳什麼時候知道自己有個女兒？」

「幾天前。」

「妳怎麼知道的？」

奧麗維亞拿出另一張紙。「你知道網路上有個領養協會嗎？」

「不知道。」

「他們有個布告欄可以讓領養的子女尋找他們的生父母，或讓生父母尋找他們送人領養的子女。我一直都會去看，只是出於好奇，從沒想過會在那裡發現什麼。凱蒂絲．波特早就死了。就算她的小孩在找她，也會發現生母早已去逝，很快便會放棄了。而且，反正我也不能站出來說什麼。我發過誓，找到我只會讓我的小孩受到傷害。」

「但妳還是會去看布告欄？」

「對。」

「多久一次？」

「麥特，那有關係嗎？」

「大概沒有。」

「你不懂為什麼我要這麼做？」

「懂，我懂。」他說，但心裡其實不確定自己是否真懂。「發生了什麼事？」

奧麗維亞將手中的紙拿給他。「我發現這篇告示。」

那張紙皺巴巴的，顯然已經攤開又摺回好多次了。上頭的日期是四個星期前，內容寫道：

此留言為急件，且須嚴加保密。我們在十八年前的二月十二日，於愛達荷州梅利迪恩市艾瑞克．德柯斯塔醫師的辦公室，領養了我們的女兒，其生母名為凱蒂絲．波特，已歿，生父音訊全無。

如今，我們的女兒病危，急需捐腎。我們正在尋找適合進行器官移植的血親。若您是已逝的凱蒂絲．波特的血親，請您聯絡我們……

麥特一再重讀這篇告示。

「我得有所行動。」奧麗維亞說。

他僵硬地點頭。

「我寫電子信件給這對養父母。起初我假裝是凱蒂絲．波特的老朋友，但他們不肯透露任何消息。我不知所措，所以又再寫了一次信，說我真的是血親。然後，情況莫名其妙急轉直下。」

「怎麼說？」

「我想……我不知道……那對夫婦突然謹慎了起來。所以，我們就說好要當面談，還約了時間、地點。」

「在紐華克嗎？」

「對。他們還幫我訂了房間。我得先去登記入房，等他們聯絡我。終於有個男人打電話來，要我去五〇八號房。我一到房間，那個男人就說他得檢查我的袋子。我猜，他就是趁這時候拿走我的手機。然後，他要我到浴室換衣服，穿上洋裝，戴上假髮。我不懂為什麼要這麼做，但他說我們得去一個地方，而他不希望有人認出我們。我很害怕，只好照做。他自己也戴著假髮，黑色假髮。我換好衣服出來後，他要我坐在床上。他向我走過來，就如同你看到的那樣。他走到床邊時，突然停下來，說他知道我是誰，說如果我想救女兒的命，就得把錢轉到他的帳號裡，要我把錢準備好。」

「妳把錢給他了嗎？」

「給了。」

「多少？」

「五萬美金。」

他點頭，假裝冷靜。那是他們全部的積蓄。「然後呢？」

「他說他要更多錢，再加五萬美金。我說我沒那麼多錢，我們起了爭執。最後，我說要讓我先看到女兒，才給他錢。」

麥特的眼光從她身上移開。

「怎麼了？」她問。

「妳沒開始起疑心嗎？」

「懷疑什麼？」

「這全是一場騙局。」

「當然有，」奧麗維亞說：「我讀過報導，說有些詐騙集團謊稱他們找到越戰失蹤士兵的音訊，他們會先要求家人付錢，以贊助他們繼續搜尋。家裡的人往往一心想得到消息，根本沒想到會是詐財。」

「然後呢？」

「問題是，凱蒂絲．波特死了，」她說：「怎麼會有人想從死人身上詐財？」

「也許有人發現妳還活著？」

「怎麼可能？」

「我不知道。也許愛瑪．樂眉說了什麼。」

「就算如此，又能怎樣？沒人知道小孩的事。這件事我只告訴我的朋友金咪，但就算是她，諸如生產日期、愛達荷的哪個城市、醫生的名字等等，也不知道所以然。我自己也是從告示上看到，才想起醫生的名字。唯一可能知道詳情的人，是我的女兒或她的養父母。而且，就算這是詐騙，怎麼會扯進假髮和其他事情，我得查清楚。我是說，無論如何，我女兒都牽扯其中，不是嗎？」

「嗯，」他說。麥特聽得出來，她的邏輯有問題，但現在不是討論這個的時機。「然後呢？」

「我堅持要看我女兒，所以他安排了一次會面。他要我那個時候付另外的錢。」

「什麼時候？」

「明天午夜。」

「哪裡？」

「雷諾。」

「內華達州？」

「對。」

又是內華達。「妳認識一個叫麥克斯・德洛的人嗎？」

她不說話。

「奧麗維亞？」

「他就是戴著黑色假髮的男人，跟我見面的人。我知道他也回賭城了，他以前常去夜總會混。」

麥特不確定那表示什麼。「雷諾的什麼地方？」

「地址是中巷路四八八號。我買了機票。德洛要我不能告訴任何人。如果我不去……我不知道，他們說就會傷害她。」

「妳的女兒？」

奧麗維亞點頭，眼淚在她眼眶裡打轉。「我不知道這到底是怎麼一回事，也不知道她是病了，還是被綁架了，又或者，這整件事到底跟她有沒有關係。可是她是真的、活生生的，我必須去找她。」

麥特試著理解奧麗維亞的心情，但還是沒有辦法。他的手機響了，他反射性想切掉電話，但念頭突然一轉。這時候來電的可能是辛格，她可能有麻煩，需要幫助。他查看來電顯示，私人號碼。可能是警察。

「喂。」

「麥特？」

他蹙眉。聽起來像中伯的聲音。「伊克，是你嗎？」

「麥特，我剛跟辛格通過電話。」

「什麼？」

「我正要趕去郡檢察署辦公室，」中伯說：「他們要質問她。」

「她打給你的？」

「我猜是吧，但我想應該跟你比較有關。」

「什麼意思？」

「她想警告你。」

「什麼事？」

「你等等，我記下來了。好了。第一，你不是問過她一個名叫麥克斯・德洛的男人嗎？他被謀殺了。警方發現他中槍，陳屍於紐華克。」

麥特看著奧麗維亞。她說：「怎麼了？」

中伯繼續說：「更糟的是，查理士・泰利也死了。他們在豪渥強生旅館找到他的屍體，同時也發現一對沾滿血跡的手指虎，警方正在鑑識ＤＮＡ。另外，一個小時內，他們就會找到你手機裡的相片。」

麥特默默無言。

「我說的你都懂嗎，麥特？」

他當然懂。警方很快就會做出以下結論：他，因鬥毆致人於死，已受法律制裁的前受刑人，從手機上收到不懷好意的照片。他的妻子顯然與查理士・泰利發生婚外情。他於是雇用私家偵探調查，趁夜闖進旅館抓姦。雙方打了起來。至少有一位目擊證人：櫃檯人員。也許還有保全錄影為證。另外，還有最直接的實證：屍體上可能全都是他的ＤＮＡ。

這個案件不是沒有漏洞。麥特可以為警方指出灰濛濛的窗戶，解釋乾旱給他們聽。另外，他並不知道泰利死亡的時間，但如果他福大命大，說不定泰利斷氣時，他剛好就在救護車上或醫院裡。不然，計程車司機或他老婆也可證明他不在場。

這些都可以證明他的清白。

「麥特？」

「怎麼了？」

「警察可能已經在找你了。」

他往窗外看。一輛警車停在藍斯車旁。「我想，他們找到我了。」

「要我安排自動投案嗎？」

自動投案。相信當局的破案能力，做個奉公守法的好公民。

之前不是挺順利的嗎？

要我一次，讓我蒙羞。要我第二次……

就算他真的清清白白，那又如何？警方必須查清一切，包括奧麗維亞的過去。暫且別管麥特曾經發過誓，發誓說他永不再回去吃牢飯。奧麗維亞確確實實犯了罪，再怎麼說，她都曾經幫人棄屍，更別提遭人謀殺的麥克斯．德洛還勒索她。這些又該怎麼辦？

「伊克？」

「嗯。」

「如果警方知道我們通過電話，你可能會因為幫助和煽動我而被警察盯上。」

「麥特，這我無能為力。我是你的律師，只能告訴你實情，鼓勵你投降。至於你要怎麼做……我管不了。最多就是嚇一大跳、發頓脾氣。懂嗎？」

他懂。他再度往窗外看。又一輛警車停下來了。他想著回去監獄的情景。麥特在窗戶投影上看見史蒂芬．麥格拉斯的鬼魂。史蒂芬對他使使眼色。麥特胸口一緊。

「謝了，伊克。」

「祝你好運，老弟。」

中伯掛掉電話。麥特轉向奧麗維亞。

「怎麼了？」她問。

「我們得離開這裡。」

## 42

藍斯．班納走近瑪莎家門口。

兩名穿著制服、一臉疲憊的警察跟在他旁邊，兩人下巴冒出的短鬚都介於性格和邋遢之間，那是在利文斯頓值班一夜，風平浪靜的成果。兩個都是年輕人，剛來不久。他們默默走著，藍斯聽得到他們沉重的呼吸聲。這兩個人最近都胖了。藍斯不清楚怎麼會這樣，為什麼新人上任第一年總會發胖，但要他找出例外還真是難上加難。

藍斯內心交戰，他反省自己昨天跟麥特的爭執。無論麥特過去犯了什麼罪，或未來會如何，他都不該對麥特口出惡言，說些不當的蠢話。況且，他竟像爛片裡的老土警長，要脅一個可疑的非法入侵者，簡直跟個傻蛋沒兩樣。

昨晚，麥特．杭特嘲笑他想維持治安、抵惡懲奸的想法。他表面上似乎樂觀天真得無可救藥，但麥特錯了。藍斯並不天真，他知道，蓬勃發展的市郊周圍並沒有一道防禦的牆可抵擋邪惡。重點在此，你拚命工作，建立生活，然後認識志同道合的人，組成一個很棒的社區。你捍衛這片社區，看見潛伏的問題，絕不讓它惡化，想辦法解決問題、未雨綢繆。這就是你對麥特・杭特所做的事，藍斯・班納就是會如此捍衛家園的人。這類人就是站在第一線的士兵，是少數願意守夜，好讓其他人，其中包括藍斯自己的家人，能夠安穩入睡的人。

因此，當他的警察同事說要先發制人；當曾跟杭特的妹妹同校，並把她看成「頭號大賤人」的老婆溫蒂覺得，這個案子關乎有個殺人犯就要入侵他們所在的這片社區；當某個鄉鎮代表語重心長地表示：「藍斯，你知道這對這一帶的地價會有多大影響？」時，他便付諸行動了。

此時此刻，他不確定自己是否後悔這個決定。

他想著昨天與羅蘭・繆思的對話。羅蘭問他對小麥特的看法。他曾在小麥特身上看到心理異常的端倪嗎？當然沒有。麥特小時候很溫和。藍斯記得有一次麥特因為在少棒賽上漏接球而哇哇大哭。藍斯看到麥特的爸爸在安慰他，心裡便想，這小孩還真是長不大。可是，說不定事實剛好跟羅蘭說的兒時徵兆相反：人都是會變的。才不像羅蘭說的那樣，什麼五歲決定一生，根本就不可能。影響、改變都是一輩子的事，而且往往只會愈變愈壞。

年紀輕輕就有變態思想的人，絕不會改頭換面、奮發向上。絕不。然而，不難發現有許多好人；有正確價值觀的好人；奉公守法、受人喜愛的正直之人；痛恨暴力、不願同流合污的高尚之人，到最後都作惡犯法。

誰知道原因呢。有時候，不過就是──以麥特的例子來說──運氣太背。到頭來，都成了運氣好壞的問題了嗎？教養、遺傳、經歷、地位等等，全都是偶然的總和。麥特在錯誤的時刻置身於錯誤的地方。現在都無所謂了，他眉目之間、走路的姿態、眨眼的方式、僵硬的笑容、早灰的頭髮，都在在表露無遺。

厄運跟某些人如影隨形，纏著他們不放。

一言以蔽之，你不會想要這種人出現在你的視線範圍。

藍斯敲敲瑪莎的家門。兩名身穿制服的警察站在他後方，呈V形陣式。太陽露臉了。他們聽著屋內的動靜。

無聲無息。

藍斯看見門鈴。他知道瑪莎有兩個小孩。如果不是麥特在裡面，他會不好意思按門鈴吵醒他們，但他別無選擇。藍斯按下門鈴，鈴聲響起。

仍然毫無動靜。

他不管三七二十一，直接把手伸向門把，希望門沒上鎖，但結果非他所願。

藍斯右手邊的警官開始踏步。「踢開嗎？」

「先不要。我們還不知道他人在不在裡面。」

他又按了一次鈴，手指長按在上面，直到門鈴響了三次。

另一名警察說：「長官？」

「再等一下。」他說。

玄關的燈光像套好似的一樣隨即亮起。藍斯設法透過水晶玻璃窗往屋內看，但形影模糊難辨。他把臉貼了上去，打量是否有移動的人影。

「請問哪位？」

女人語帶躊躇。這種情況難怪她會如此。

「我是利文斯頓警局的藍斯．班納警官。可以請妳開門嗎？」

「誰？」

「利文斯頓警局的藍斯．班納警官。請開門。」

「請稍待。」

他們等著。藍斯一直往水晶玻璃窗裡張望，他看見一個模糊的身影走下樓。他想應該是瑪莎．杭特，她的腳步聲如同說話聲一樣猶豫。藍斯聽見門栓拉開、鎖鍊嘎嘎響，接著門打開了。

瑪莎．杭特身上緊緊裹了件睡袍。那是件老舊的棉織睡袍，看起來像是男人穿的。藍斯腦海閃過：可能是她亡夫的睡袍。瑪莎頭髮凌亂，當然是素顏。藍斯一直覺得她頗有魅力，這麼一想，化妝也功不可沒。

她先看看藍斯，眼光又移至他身旁的兩名警官，然後又再看著藍斯問：「這時候有什麼事嗎？」

「我們在找麥特．杭特。」

她瞇起眼睛。「我認識你。」

藍斯沒說什麼。

「你是我兒子去年趣味足球隊的教練，你有個兒子跟保羅一樣大。」

「是的，太太。」

「我不是太太，」她說，口齒清晰。「我是瑪莎．杭特。」

「是的，我知道。」

「真是的，虧我們還是鄰居。」瑪莎又看了兩位身穿制服的警員，再把眼光移回藍斯身上。「你知道這個家只有我和兩個小男孩，」她說：「卻像突擊隊一樣把我們叫醒？」

「我們必須找麥特．杭特談談。」

「媽咪？」

藍斯認出下樓的小男孩。瑪莎瞪了藍斯一眼，才轉向兒子。「艾森，回去睡覺。」

「可是媽……」

「回去睡覺，我馬上上去。」她又轉過身，面對藍斯。「想不到你不知道。」

「不知道什麼？」

「麥特不住這裡，」她說：「他住歐文頓。」

「他的車在妳的車道上。」

「所以呢？」

「所以，他在裡面嗎？」

「怎麼了？」

樓梯最上階站著一個女人。

「妳是誰？」藍斯問。

「我叫奧麗維亞．杭特。」

「奧麗維亞．杭特，也就是麥特．杭特的太太。」

「什麼？」

瑪莎轉身看著妯娌。「他只是想問妳，妳的車為什麼會在車道上？」

「這時候？」奧麗維亞說：「為什麼會這麼問？」

「他們在找麥特。」

藍斯．班納說：「杭特太太，妳知道妳丈夫在哪嗎？」

奧麗維亞．杭特走下樓梯，一樣腳步猶豫。可能是作賊心虛，也可能是衣服的關係。畢竟，她此時此刻衣著整齊，而且還是平常的衣服，運動衫加牛仔褲，而非晚上穿的浴袍、睡衣之類的便服。

事有蹊蹺。

藍斯回頭去看瑪莎・杭特時，便發現瑪莎臉上的暗號。可惡，他怎麼這麼笨！開燈、下樓、拖時間慢慢走……未免也花了太多時間。

他轉向兩名員警。「檢查後面。快！」

「等一下，」奧麗維亞喊，聲音出奇響亮。「為什麼要派人查看後院？」

員警跑了起來，一個往左，一個往右。藍斯看著瑪莎；瑪莎大膽地回看他。

此時，一道女人的尖叫聲傳來。

麥特謝過中伯後，便掛上電話。

「怎麼了？」奧麗維亞問。

「是中伯，」他說：「查理士・泰利和麥克斯・德洛都死了。」

「喔，天啊。」

「還有，如果沒錯的話，」他繼續說，手指著窗外。「那些傢伙應該是為了他們的死來逮我。」

奧麗維亞閉上雙眼，逼自己面對這一切。「你想怎麼做？」

「我得離開這裡。」

「你是說，我們得離開這裡。」

「不是。」

「我跟你一塊兒走，麥特。」

「他們找的不是妳，跟妳無關。他們最多只會說妳欺騙丈夫，妳只要拒絕回答問題，他們不能拿妳如何。」

「那你就這麼逃跑？」

「我別無選擇。」

「你要去哪？」

「我會想辦法的，可是我們不能聯絡。警方會監視住家、監聽電話。」

「我們得先做好計畫。」

「這樣如何，」他說：「我們約在雷諾碰面。」

「什麼？」

「明天午夜，中巷路四八八號。」

「你還是覺得我女兒可能……」

「難說，」麥特說：「但德洛和泰利是否單獨犯案也不一定。」

奧麗維亞顯得猶豫。

「怎麼了？」

「你要怎麼在短時間內到那裡？」

「我不知道，如果不行再想別的辦法。聽著，這不是十全十美的計畫，但我們沒時間好好想了。」

奧麗維亞向前一步，他胸口又感覺到那溫柔的弦音。她此刻如此美麗、脆弱，前所未見。「還有時間聽你說你還愛我嗎？」

「當然愛，更甚以往。」

「真的？」

「真的。」他說。

「即使……」

「沒錯。」

她搖搖頭。「我不配……」

「對，因為我是個白馬王子。」

奧麗維亞又哭又笑。麥特環抱她。

「這以後再說，現在我們得先找到妳女兒。」

她剛剛說過的，說那值得她賣命爭取的東西，在他心裡產生回響、共鳴。他會賣命爭取的，為他們倆挺身而戰。

奧麗維亞點頭，擦掉眼淚。「拿去，我只有二十塊美金。」

他接過錢。兩人冒險往窗外一瞥。藍斯・班納正走向前門，兩名員警隨身在側。奧麗維亞走到他身前，像是準備替他擋子彈一樣。

「你從後面逃走，」奧麗維亞說：「我來叫醒瑪莎，把事情告訴她。我們會盡量拖延時間。」

「我愛妳。」他說。

她微微一笑。「聽到你這麼說真好。」夫妻倆迅速交換熱烈的一吻。「你一定要好好保重。」她說。

「會的。」

麥特下樓，往後門走去。奧麗維亞已在瑪莎房裡。雖然實在不應該拖瑪莎下水，但他們別無選擇。麥特從廚房看見又有另一輛警車停在前門。

有人敲門。

沒時間了。麥特心中已有盤算。這裡離東橘水源保護區不遠，那裡基本上是一片森林，麥特小時候去過無數次。只要能進去裡頭，就很難讓人找到他。他可以從那裡接上短坡路，但之後一定要有外援。

他知道要往哪裡去。

他抓住後門的門把，耳邊傳來藍斯．班納按門鈴的聲音。麥特轉動門把，開門。

有人就站在那裡，擋住後門。麥特心臟幾乎跳了出來。

「麥特？」

那是凱拉。

「麥特，這是——」

他示意她別出聲音，並要她進門。

「怎麼了？」凱拉低語。

「妳怎麼起來了？」

「我——」她聳聳肩。「我看到警車，發生什麼事了？」

「說來話長。」

「今天來家裡的警探問我你的事。」

「我知道。」

兩人都聽見瑪莎喊：「請稍待。」

凱拉睜大雙眼。「你要逃跑嗎？」

「一言難盡。」

他們眼神交會。麥特不知道凱拉會怎麼做，他不想連累她。她若尖叫，麥特也能理解，畢竟凱拉只是個孩子。她跟這件事無關，也沒有道理要凱拉相信他。

「快走。」凱拉輕聲說。

麥特沒道謝，馬上往外疾奔。凱拉跟在後頭，然後轉回她車庫上的房間。麥特看見好久以前他幫邦尼架的鞦韆。組裝那天，天氣熱得不像話，兄弟倆都脫了襯衫，瑪莎則拿著啤酒在前廊上等。邦尼想裝上其中一個扣鎖鍊，但瑪莎以危險為由反對；麥特覺得瑪莎的顧慮很對。

過往的記憶。

後院很空曠，沒有高木矮樹，也沒有石塊。邦尼原想蓋個游泳池，因此才把很多樹都砍掉。雖然只是小小的夢想，但也是另一個隨他而逝的美夢。空地上有依照棒球場排列的白色壘包和兩個小小的足球球門。麥特穿越後院。凱拉已返回車庫。

麥特聽見一陣騷動。

「等一下！」是奧麗維亞的聲音，她故意提高聲音讓他聽見。「為什麼要派人查看後院？」

沒時間猶豫了，他跑了出來。就這樣隨便亂逃亂竄嗎？沒得選了。他奔向鄰居的後院，盡量避開花圃。雖然這時候還擔心踩到左鄰右舍的花園很怪，但他終究還是惦記在心。他放膽往後一看。

有個警察跑到後院來了。

可惡。

他沒發現麥特，還沒有。麥特找地方藏身。附近鄰居有個儲藏室。麥特跳到後面躲起來，背緊貼著牆，像在電影上看的一樣，無謂之舉。他查看腰帶。

槍還在。

麥特鼓起勇氣，往外窺視。

警察正視著他。

還是，只是看起來像？麥特趕緊縮回身體。警察看見他了嗎？難說。他等著人大喊：「嘿，他在這裡，就在隔壁後院儲藏室後面！」

沒事發生。

他想再探頭看看。

不能冒險。

他靜待著。

接著，耳邊傳來另一個聲音。他猜，是另一名警察。「山姆，你有看見——」

聲音旋即消失，如廣播被切掉。

麥特屏住呼吸，豎起耳朵。腳步聲嗎？有聽見腳步聲嗎？他不確定。他掙扎著要不要再探頭偷看。如果他們正要過來逮他，看一下又如何呢？反正，他都插翅難飛了。

此刻實在太安靜了。

如果警察拚命在找他，應該會喊來喊去。如果他們都沒出聲，像現在這麼安靜，就只有一個可能。

他被盯上了。對方要神不知鬼不覺逮他落網。

麥特又再豎耳傾聽。

有東西發出金屬碰撞的聲音，像警察皮帶上的東西。

毫無疑問，那是衝著他來的。他心跳加快，感覺胸口怦怦跳著。入獄。又一次。他想像接下來會發生的事：一陣推擠、戴上手銬、坐上警車後座……監獄。

恐懼襲捲而來。警察來了，他們要抓他回去那個可怕的地方，他們才不管你說什麼，只會直接把你送進牢裡關起來。他有前科，曾因打架致人於死，不說別的，光這點就要他吃不完兜著走。

而且，如果他被抓，奧麗維亞會怎麼樣呢？

他就算想，也不能說出真相，因為這會害奧麗維亞坐牢。如果有什麼比再度入獄更令他恐懼的話……

麥特不清楚毛瑟M2手槍為何突然到了他手中。

他告訴自己要冷靜，沒有要對誰開槍。

可是，他可以拿槍嚇唬人，不是嗎？只不過這裡來了好幾個警察，少說也有四、五個，可能有更多正要趕來。他們也會拿出武器。然後呢？保羅和艾森會不會被吵醒？

他移往儲藏室後方，冒險從後方偷看一眼。

兩名員警離他不到六呎。

他洩漏形跡了。無路可逃，警員正朝他前進。

他進退兩難。

就在麥特抓起槍，準備衝刺時，瑪莎家的後院有動靜分散了他的注意力。

是凱拉。

她一定眼睜睜目睹這一幕。此刻，她就站在車庫上的門房邊，他們兩人眼神交會。麥特見她臉上似乎有抹淡淡的笑容，他差一點要對她搖頭，但還是沒有。

凱拉尖叫。

尖叫聲劃破緊繃的氣氛，傳到眾人耳中。兩名員警轉過身，面向她。凱拉再一次尖叫，員警衝向她。

「怎麼了？」其中一名警察大喊。

麥特毫不猶豫往反方向奔去，利用凱拉的聲東擊西之計，衝往森林。凱拉又再次尖叫，麥特頭回也不回拔腿狂奔，直到置身樹林之中。

# 43

羅蘭．繆思坐著，雙腿放在桌子上，她決定打電話給麥克斯．德洛的遺孀。現在內華達大概是凌晨三、四點，羅蘭老是記不清內華達的時間到底晚兩個還是三個小時。不過，她猜想，丈夫慘遭謀殺，妻子大概也難以入眠。

她撥號，電話直接轉到語音信箱。有個男人的聲音說：「麥克斯和歌蒂現在無法接聽電話，我們可能出門釣魚了。請留言。」

死而復活的聲音令她一凜。退休警員麥克斯．德洛是個活生生的人，再簡單不過的事實，但有時還是會忘了這點。你陷入一陣迷團、一堆線索，一條人命就這麼沒了。歌蒂得換掉留言，他們夫婦再也不能外出釣魚了。聽起來沒什麼大不了，但這表示，某個生命、某些努力、某個世界如今支離破碎了。

羅蘭留言，說了手機號碼後，便掛上電話。

「嘿，忙什麼啊？」

問話的是亞當．葉茲，賭城的調查局主任。跟特斯頓談完後，他們便一同開車回郡檢察署辦公室。羅蘭抬頭看他。「一些奇怪的發展。」

「比如說？」

羅蘭告訴葉茲她與辛格．雪克的對話。葉茲從旁邊的座位抓了把椅子坐下來，全程盯著她看。他是那種喜歡跟人四目交接的傢伙。

當羅蘭說完，葉茲皺眉。「我實在搞不懂杭特跟這個案子有何關聯。」

「他應該已經被羈押起來了，說不定待會兒就會知道答案。」

葉茲點點頭，眼神仍然盯著她不放。

羅蘭說：「怎樣？」

「這個案子，」葉茲說，聲音轉柔。「對我意義重大。」

「有什麼特別原因嗎？」

「妳有小孩嗎？」他問。

「沒有。」

「結婚了嗎？」

「還沒。」

「同性戀？」

「拜託。」

他舉起手。「抱歉，這麼問很蠢。」

「幹嘛問我這些？」

「妳沒有小孩，大概無法了解。」

「你說真的嗎？」

葉茲又舉起手。「別誤解我的意思，我確定妳是個好人。」

「喔，謝了。」

「只是……有了小孩就不一樣了。」

「葉茲，請你行行好。別又搬出『小孩讓我改頭換面』那一套長篇大論，我從寥寥可數的朋友口中已經聽夠那些鬼話了。」

「不是的。」他停頓。「其實，我覺得單身的人更適合當警察，可以心無旁顧。」

「說到……」她拿起一些文件，假裝很忙。

「我問妳一件事，繆思。」

她等著對方開口。

「妳起床後，」葉茲繼續說：「想到的第一個人是誰？」

「什麼？」

「好。天亮了，妳睜開雙眼，爬下床。這時候，心裡第一個想到的人是誰？」

「你何不告訴我答案？」

「嗯，我無意冒犯，不過答案應該就是妳自己吧，這沒什麼對錯。妳想到自己，這很正常，單身的人都是如此。早上起來妳想，今天要做什麼呢？當然嘍，妳也可能要照顧年邁的父母親或什麼的。可是問題來了，當你有了小孩，第一個想到的就不再是自己了，有人永遠比你自己重要，這讓你的人生觀大變。絕對會如此。你以為自己知道什麼叫除暴安良、盡忠職守，可是，一旦你有了家庭……」

「重點是？」

亞當．葉茲終於移開眼神。「我有個兒子，名叫山姆，現在十四歲了。他三歲時得了腦膜炎住進醫院，睡在一張好大好大的床上。對他而言，床實在太大了，好像會把他吞沒一樣。而我，就只能坐在他身旁，眼睜睜看著他的病情惡化。」

葉茲喘息，呼吸吃力。羅蘭不忍再催促他。

「幾小時後，我抱起山姆，放在懷中，不睡也不把孩子放下，就一直抱著他。我太太說，我就這樣抱了整整三天，我自己沒意識到。我只知道，如果我繼續抱著兒子，繼續看著他，死神就無法把他從我身邊帶走。」

葉茲似乎失了神。

羅蘭輕聲細語地說：「我還是不知道你想說什麼。」

「就是，」他說，聲音又回復正常，目光再度盯著她，瞳孔令人不自在，「他們恐嚇我的家人。」

葉茲把手放在臉上又放下，好像不確定到底想把手放哪。「我一開始偵辦這個案子，」他繼續說：「他們就拿我太太和小孩來威脅我，這妳就懂了吧。」

羅蘭張著口，但默默無言。

桌上的電話響了，她接起電話。

藍斯．班納說：「讓麥特溜了。」

「什麼？」

「跟他們住在一起的女孩，叫做凱拉什麼的，她開始尖叫，然後……總之，他太太在這裡。她說車子是她開來的，麥特沒跟她回來，也不知道他人在哪裡。」

「睜眼說瞎話。」

「我知道。」

「把她帶過來。」

「她拒絕合作。」

「什麼？」

「我們拿她沒輒。」

「她是謀殺案的人證。」

「她有律師撐腰，還說我們要不就逮捕她，要不就放了她。」

羅蘭的手機發出尖銳的聲音。她查看來電顯示，是從麥克斯．德洛的家打來的。

「我待會兒回你電話。」她掛上辦公室電話，打開手機。「我是繆思警探。」

「我是歌蒂．德洛，妳是不是留了言？」

羅蘭聽得出對方聲音裡的哽咽。「請節哀。」

「謝謝。」

「我真的不願意在這個時候打擾，但實在必須問妳幾個問題。」

「我了解。」

「謝謝。」羅蘭說，順手抓了隻筆。「德洛太太，妳知道妳丈夫前往紐華克的目的嗎？」

「不知道。」她萬分痛苦說出這三個字。「他告訴我要去佛羅里達看朋友，說是去釣魚。」

「我懂了。他退休了，對嗎？」

「對。」

「可否請妳告訴我，他是不是在調查什麼？」

「我不懂，這跟謀殺案有何關聯？」

「這只是例行——」

「拜託，繆思警探，」她插嘴道，音調提高。「別忘了，我丈夫也是個警察。妳不會在這個時候打電話問我例行問題的。」

羅蘭說：「我在設法找出動機。」

「動機？」

「對。」

「可是……」聲音漸低。「另一名警官。之前打電話來的懷恩警探。」

「嗯。我們是同事。」

「他說麥克斯人在車上，還有——」她聲音哽咽，但仍強忍淚水說：「褲子掉下來。」

羅蘭閉上眼睛。這麼說來，懷恩已經告訴她了。她知道，而且也猜到了。現今社會如此開放，連個未亡人也不得清靜。「德洛太太？」

「怎麼樣？」

「我認為那是故布疑陣，我不覺得有什麼妓女涉入其中。我想，妳丈夫遭人謀殺身亡另有原因。所以，我要問妳：他是不是在調查什麼？」

短暫的沉默。之後：「那個女孩。」

「什麼？」

「我知道。我就是知道。」

「抱歉，德洛太太。我不懂妳的意思。」

「麥克斯從不說公事，從不把工作帶回家，而且他也退休了。那女孩沒必要來我們家。」

「誰？」

「我不知道她的名字。她很年輕，大概才二十歲。」

「她想要什麼？」

「我說了，我不知道。可是她走後，麥克斯像瘋了一樣，開始翻閱舊檔案。」

「知道是跟什麼有關的檔案嗎？」

「不知道。」她接著說：「妳真的認為這跟麥克斯的死有關？」

「是的，夫人。我認為，兩件事可能直接相關。克萊德．朗戈這個名字妳有印象嗎？」

「沒有，抱歉。」

「那麼愛瑪．樂眉或查理士．泰利呢？」

「沒有。」

「凱蒂絲．波特呢？」

一陣沉默。

「德洛太太？」

「我見過這個名字。」

「在哪裡？」

「他桌子上有份檔案，那是一個月前的事了。我只看見波特這個姓。我會記得是因為那是《風雲人物》這部老片裡頭一個壞人的名字。還記得嗎？波特先生？」

「妳知道檔案在哪嗎？」

「我仔細找找櫃子。如果還在，我會找出來給妳，到時再回妳電話。」

# 44

麥特在牢裡學會偷車。至少，他以為如此。

跟他隔兩個牢房的一個傢伙名叫索爾，相當著迷開著贓車馳騁的快感。他可以說是監獄裡的乖寶寶，有些聰明才智（似乎算是牢裡破壞力較低的），但這些聰明才智卻毀了他。他十七歲時就因偷車被捕，十九歲又再被捕。第三次犯案時，他失手殺了人。因為之前已有兩次前科，所以被判了無期徒刑。

「電視上的玩意兒，」索爾告訴麥特：「都是狗屁。除非你有特定目標，不然就別去開鎖。別動用工具，別想用電線打火發動，那只對老車有用。至於警報器，你愈碰它，被反鎖在車裡的機率就愈高。」

「那要怎麼做？」麥特問。

「就光明正大拿鑰匙、開車門，發動、走人。」

麥特做了個鬼臉。「就這樣？」

「是才怪。你要這麼做：到人多車擠的停車場去。購物商場不錯，不過要注意警衛。大型的量販店更好。往不那麼引人注目的區域走，手伸進前輪或保險槓摸一摸。有些人會把鑰匙放在那裡，有些會在駕駛側邊擋泥板上黏個磁鐵，把車鑰匙吸在上面。不是每個人都會，但起碼五十個會有一個。多試幾次，總會讓你找到。就這樣。」

麥特半信半疑。這些訣竅少說也是他九年前在牢裡聽到的，而且可能早就過時了。他走了一個多小時。先是穿越森林，現在避開主幹道走。抵達利文斯頓大道轉角時，他跳上一台開往帕拉慕斯鎮的伯根社區學院的公車。約一小時的車程，麥特都在睡覺。

這所社區大學的學生全都通勤。附近車輛多得數不清，大多都是無憂無慮的男女學生代步的工具，四周幾乎沒有警衛看守。麥特開始搜尋，找了約一小時。不過，索爾說的沒錯。最後，還是讓麥特摸到一輛白色五十鈴，而且有四分之一的油量，還不賴。車鑰匙就藏在前輪的磁鐵上。麥特坐上車，往十七號公路開去。他對伯根郡一帶並不熟。選擇北上走塔潘澤橋可能較為明智，但他還是選擇較為熟悉的華盛頓橋。

他往康乃狄克州的西港鎮駛去。

車行至華盛頓橋時，麥特因為擔心收費站人員認出他，便把頭上的繃帶給扯下來，換上他在後座找到的紐約刑警隊球帽。不過，一切順利。他打開收音機聽新聞。先是聽了二十分鐘天天贏新聞電台，然後再換到哥倫比亞廣播。廣播裡往往都會插撥新聞、通緝逃犯，但現在廣播上並沒有他的報導，而且就連麥克斯・德洛、查理士・泰利或任何在逃嫌犯的新聞都沒有。

他需要錢、藥和找個地方睡覺。之前，他因為腎上腺素急升而忘了痛，如今痛楚又回來了。過去二十四小時他只睡了一個鐘頭，而前一天，他為了手機上的照片也難以入眠。

麥特算了一下，他身上有三十八塊美金，一定不夠。去提款機提錢或使用信用卡都不行，會讓警方查出他的行蹤。他想過找親友幫忙，但真正可以信賴的人實在不多。

不過，他可以去找一個人，那人絕不會讓警方起疑。

他開下西港的出口，放慢速度。他從未受邀前來，但他知道住址。麥特剛出獄時，其實曾多次開上這條路，但從來就鼓不起勇氣轉進街區。

此刻，麥特右轉再右轉，緩緩駛過靜謐、樹木夾道的街道。他的脈搏又開始怦怦跳。他查看車道，唯一停在那裡的就是她的車。麥特考慮要打手機，但不行，警察也會追蹤手機。也許可以直接去敲門。他雖然也考慮過這麼做，但終究還是決定小心點。他開回鎮上，找到公共電話，撥下號碼。

宋雅・麥格拉斯第一聲鈴響便接起電話。「喂。」

「是我，」他說：「妳一個人嗎？」

「對。」

「我需要妳的幫助。」

「你在哪？」

「離妳家大概五分鐘。」

麥特把車開上麥格拉斯家的車道。車庫附近有個生鏽的籃框，籃網很久沒換了。籃框又髒又舊，房子卻又新又亮；相形之下，很不搭調。麥特駐足片刻，盯著籃框看。史蒂芬．麥格拉斯就在那裡，架勢十足，注視著籃網前緣，準備投籃。麥特看得見球在旋轉，史蒂芬在笑。

「麥特？」

他轉過身。宋雅．麥格拉斯站在前門階梯上。她往麥特剛剛盯著的方向看去，隨後臉一沉。

「告訴我發生了什麼事。」宋雅說。

麥特對她娓娓道來，但他說話時，宋雅仍然一臉消沉。麥特不是沒看過她深受打擊的模樣，但她一般都會漸漸平復情緒，即使無法全然不受影響，也會稍有起色。然而，此刻卻不然。她的臉還是一片慘白，毫無改變。麥特看在眼裡，卻還是繼續說，一直解釋他登門造訪的原因，怎麼樣也停不下來。他一度聽見自己滔滔不絕的聲音，幾乎像要靈魂出竅。但他還是不停說著，後來腦海中甚至發出微弱的聲音要他閉嘴，但他仍然聽都不聽。他歷經波折，如今似乎歷險歸來。

他大難不死，嘴巴上好像說了「又是打架，又鬧人命」這類的話。

總算傾吐完畢時，宋雅．麥格拉斯靜靜看著他。過了幾秒，麥特只覺得自己在那對怒目注視之下枯萎、死去。

「你要我幫你？」她問。

答案來了，如此簡單明瞭。麥特聽見了，怎麼可能不自覺荒謬、過分、自慚形穢。

他無所適從。

「克拉克發現我們見面的事了。」她說。

他本來想說抱歉之類的話，但總覺得不妥，於是便繼續沉默地等待。

「克拉克以為我在尋找慰藉。也許他說的有道理，但我不認為如此。我想我需要到此結束，我需要原諒你。可是我沒有辦法。」

「我該走了。」他說。

「你該自首，麥特。如果你是無辜的，他們會——」

「會怎麼樣？」他說，聲音出乎自己意料的憤怒。「別忘了，我已經試過一次了。」

「我沒忘。」宋雅．麥格拉斯身體微傾。「但你是無辜的嗎？」

他回頭看著籃框。史蒂芬手中握球，暫停射籃，轉過身，等著麥特的答案。

「我很抱歉，」麥特說，轉身背對兩人。「我得走了。」

# 45

羅蘭．繆思的手機響了，是德洛太太的回電。

「我找到了。」她說。

「找到什麼？」

「應該是凱蒂絲．波特的驗屍報告，」歌蒂．德洛說：「我確定。上面有老法醫的簽名。我還記得他，他人很好。」

「上面說什麼？」

「很多東西，身高、體重等等。妳要我一一念給妳聽嗎？」

「死亡原因呢？」

「上面說是遭人勒斃，有嚴重毆打和腦部受創的痕跡。」

跟他們聽到的一樣。那麼，麥克斯．德洛這些年來發現了什麼？為什麼要去紐華克找偽裝成瑪麗．羅絲修女的愛瑪．樂眉？「德洛太太，妳有傳真機嗎？」

「麥克斯的工作室有一台。」

「可以請妳把檔案傳給我嗎？」

「當然可以。」

羅蘭告訴對方傳真號碼。

「繆思警探。」

「是。」

「妳結婚了嗎？」羅蘭差點發出嘆息。先是葉茲，現在輪到德洛太太。「還沒。」

「曾經結過嗎？」

「沒有。怎麼了？」

「我相信另一名警探的推論，懷恩先生是嗎？」

「沒錯。」

「他認為麥克斯跟一個……就我們剛剛說的……一個行為不檢的女人在車上。」

「對。」

「我只是希望妳知道。」

「知道什麼？」

「麥克斯一直都不是個稱職的丈夫，妳知道我的意思？」

「我知道。」羅蘭說。

「我想說的是，麥克斯以前就有過這種紀錄。跟人在車上廝混，不只一次。所以，我才立刻相信警方的話。我想應該先讓妳知道這點，以免白忙一場。」

「謝謝妳，德洛太太。」

「我現在就傳過去。」

羅蘭沒再說什麼就把電話掛了，然後站在傳真機旁等。

亞當・葉茲拿著兩杯可樂回來。他遞給羅蘭一杯，但羅蘭拒絕了。「呃，剛剛我說小孩子的事——」

「算了，」羅蘭說：「我知道你的意思了。」

「不過，我表達的方式實在很蠢。」

「嗯，是沒錯。」

「怎麼了？」

「麥克斯・德洛在研究凱蒂絲・波特的驗屍報告。」

葉茲皺眉。「這跟案情有什麼關係？」

「還不知道，但可能並非巧合。」

電話響了，傳真機開始與之合鳴，轉動起來。第一張紙緩緩送出。沒有封面，很好，羅蘭討厭浪費紙張。她抓起紙，尋找結論的部分。她其實很少讀驗屍報告的其他部分。有些人可能會對肝臟、心臟的重量感興趣，但羅蘭只關心對跟案情有關的部分。

亞當・葉茲在她身後探頭察看。似乎並無可疑之處。

「有什麼奇怪的地方嗎？」她問。

「沒看到。」

「我也是。」

「大概沒啥看頭。」

「可能。」

另一張紙傳進來。兩人一同讀著上面的紀錄。

葉茲指著右欄中的某筆紀錄。「這是什麼？」

描述屍體的中間段落打了個勾。

羅蘭大聲念出：「無卵巢、睪丸內隱，疑為ＡＩＳ。」

「ＡＩＳ？」

「就是男性女性化症，」

羅蘭說：「我有個大學朋友也這樣。」

「這有什麼關聯？」葉茲問。

「不確定。ＡＩＳ就跟正常女人沒什麼兩樣，外貌上也是，一般人就把他們看成女性。他們也可以像一般人一樣結婚、領養小孩。」她停下來思索。

「可是？」

「可是，簡而言之，凱蒂絲．波特生理上是個男性，她有睪丸，染色體是ＸＹ。」

葉茲做了個鬼臉。「妳是說她是個陰陽人？」

「不是。」

「難道是個男人？」

「生理上來說沒錯，但也許其他層面並非如此。通常一個ＡＩＳ除非到青春期才會發現自己異於常人，也不會像一般男人那樣自慰。其實這種例子不少，幾年前有個美國妙齡小姐就是個ＡＩＳ。很多人認為伊莉莎白一世、聖女貞德，還有一票超級名模和女演員都是，不過那畢竟都只是猜測。

反正，他們跟一般人的生活沒什麼兩樣。雖然聽起來怪怪的，但其實說不定這還對凱蒂絲．波特的妓女生涯有幫助呢。」

「什麼幫助？」

羅蘭抬頭看著他。「AIS不會懷孕。」

# 46

麥特開車離去；宋雅．麥格拉斯掉頭進門。兩人的關係若曾經存在過，到此也結束了。很奇怪的感覺，雖然兩人曾經毫無保留、坦率相對，但任何建立於此種慘痛遭遇的關係，注定要崩潰。這樣的關係太脆弱了，雙方都無法提供彼此渴求的東西。

麥特不知宋雅會不會報警。但報警又如何呢？

天啊，他竟會出此下策。

他痛得要命，需要休息，但時間緊迫，他必須盡快趕路。看看油表，快沒油了。他在附近一家席爾加油站停下來，用僅剩的錢加滿油。

開車時，麥特想著奧麗維亞剛剛一連串的驚人之語。折騰了一晚，如今管它聽來是怪異還是天真，麥特依舊納悶，這種種一切果真改變了什麼嗎？他仍深愛著奧麗維亞。愛她端詳鏡中自己時皺起眉頭；愛她想到好玩的事時臉上淡淡的笑容；愛她聽他講冷笑話時眼睛骨碌碌轉；愛她讀書時盤起腿；愛她發脾氣時幾乎像卡通人物一樣猛吸氣；愛她做愛時熱淚盈眶；愛她大笑時心跳加速；愛她自以為神不知鬼不覺偷看他時卻被逮個正著；愛她聽見廣播傳來她最愛的歌時輕閉雙眼；愛她隨時隨地都毫不遲疑、毫不扭捏牽他的手；愛她皮膚的觸感；愛她觸摸他的感覺；愛她在懶洋洋的早晨把腿放在他身上；愛她胸口貼著他的背睡覺；愛她一大早爬下床親親他臉頰、確定他有蓋被子。

難道這些就此不同了嗎？

真相不一定是種解脫，畢竟逝者已矣。就好比說，他之所以告訴奧麗維亞坐牢的事，並不是為了揭露「真正的他」或「讓他們的關係更進一步」，而是她總有一天還是會知道的。那並不代表什麼，如果當初麥特沒說出真相，夫妻倆的感情難道就會打折扣嗎？

還是，這一切只是他在自圓其說？他把車停在宋雅家附近的提款機旁，如今別無選擇了，他需要錢。若宋雅報警，警方就會知道他曾在這一帶出沒。不過，等他們追蹤到他、趕到現場時，他早就走人了。麥特不想在加油站使用信用卡，警方可能會由此知道他的車牌號碼。同樣的道理，如果他能拿到錢，然後趕緊離開現場，應該就不會被逮到。

帳戶裡有一千美金，他將錢提光。

之後，他盤算著要如何趕到雷諾。

羅蘭開車。亞當．葉茲坐在後座。

「請妳再解釋一次。」他說。

「我有個線民叫做連．費德曼。一年前，警方在風化街發現兩名女屍，都是年輕的黑人，手都讓人砍下，以免警方比對指紋，查出身分。不過，其中有個女孩身上有個奇怪的刺青，她大腿內側刺了一個普林斯頓大學的校徽。」

「普林斯頓？」

「對。」

葉茲搖搖頭。

「反正我們把資料登在報紙上，唯一前來指認的就是連．費德曼。他問我們，女孩右腳上是否還有個玫瑰花瓣的刺青。這項資料警方並未公布，我們對這個人因此愈發好奇。」

「懷疑他是嫌犯？」

「有何不可？不過，結果發現兩個女孩都是脫衣舞孃——依照費德曼的說法是豔舞舞者，工作地點是在紐華克一間叫做兔女郎的夜總會。費德曼是脫衣舞專家，他的興趣就是蒐集相關海報、介紹、個人資料、真名、刺青、胎記、疤痕等等，什麼都不放過，滿滿的資料庫，而且不限於當地的交易。我想你對賭城很熟？」

「當然。」

「你知道他們怎麼發送脫衣舞孃和妓女等等的廣告卡嗎？」

「嘿，別忘了我住那裡。」

羅蘭點點頭。「費德曼就是蒐集那些東西，像蒐集棒球卡一樣。他到處蒐集資料，而且會一連好幾個星期走訪這些地方，並以這些題材發展成類似學術論文的文章。他也蒐集這方面的史料，甚至還拿到傳奇脫衣舞孃羅絲．李的胸罩，還有一些百年以上歷史的東西。」

葉茲做了個鬼臉。「他一定是派對上的開心果。」

羅蘭笑道：「絕對讓你想像不到。」

「這表示？」

「待會兒你就知道了。」

葉茲說：「還是要對剛剛說的話向妳道歉。」

她揮揮手，表示無所謂。「你有幾個孩子？」

「三個。」

「男生、女生？」

「兩女一男。」

「多大了？」

「女兒一個十七，一個十六。山姆十四。」

「十六、七歲的女生，」羅蘭說：「噢！」

葉茲笑道：「絕對讓妳想像不到。」

「有照片嗎？」

「我從不帶照片。」

「喔？」

葉茲調整姿勢。羅蘭用眼角餘光瞥他。他突然挺胸坐正。「大概六年前，」他開口道：「我的皮夾讓人扒了。我知道，我是個聯邦調查局分局主任，竟然笨到給人扒了還不知道。怎樣？告我啊？反正，我氣炸了。不是因為丟了錢和信用卡，而是一直想到我小孩的照片落在某個無賴的手中這件事。我的小孩。這個人可能拿了錢就把皮夾丟進垃圾堆了，可是如果不是這樣，而是他留著這些照片。妳知道，就是拿來殺殺時間，說不定時不時就拿出來賞玩一番，甚至還用手指摸他們的臉。」

羅蘭皺眉。「說到派對的開心果。」

葉茲笑出聲，但面色仍然凝重。「總之，我後來就不帶照片了。」

他們下交流道，開上西橘鎮的北野大道。這是個日漸沒落，但仍頗具魅力的小鎮。大多新興市郊城鎮的景致都有點假假的，像不久才剛移植的頭髮。西橘鎮碧草如茵，住屋牆上爬滿長春藤，樹木高大茂密，房子並非大批整齊規則的建屋，而是依傍港灣海角的都德式建築及地中海式建築，雖然有點過時，有點老舊，卻別有風味。

車道上有輛三輪車，羅蘭把車停在後方，兩人下車。前院放了棒球撿球網，草皮上有對蜷曲的棒球手套。

葉茲說：「妳的線民住這兒？」

「我剛說了，絕對讓你想像不到。」

葉茲聳聳肩。

一個活像從蘇西主婦手冊走出來的女人前來開門。她穿著格子圍裙，臉上掛著羅蘭通常只有在宗教狂熱人士臉上才看到的笑容。「連在樓下的工作室。」她說。

「謝謝。」

「要來點咖啡嗎？」

「不用了，沒關係。」

「媽！」

一名十歲左右的男孩跑進門。「凱文，家裡有客人。」

凱文跟媽媽的笑容一個樣。「我是凱文．費德曼。」男孩伸出手，直視羅蘭，握手堅定有力。他轉向一臉驚訝的葉茲，也自我介紹，並跟他握手。

「歡迎你們來，」凱文說：「我和媽媽正在做香蕉蛋糕，你們想品嘗看看嗎？」

「可能待會兒吧，」羅蘭說：「我們，呃……」

「從那裡下樓。」蘇西主婦說。

「好，謝謝。」

他們打開地下室的門。葉茲嘀咕：「他們對那個小男孩做了什麼？我叫小孩跟我說聲嗨都有困難，更何況是陌生人。」

羅蘭忍笑。「費德曼先生？」她喊道。

他的身影映入眼簾。自從上次見面之後，費德曼的頭髮又灰了點。他穿著淺藍色排扣毛衣和卡其褲。「繆思警探，很高興又見面了。」

「我也是。」

「你的朋友？」

「亞當・葉茲先生是調查局賭城分局的主任。」

費德曼一聽見賭城兩個字，眼睛一亮。「賭城！歡迎歡迎！過來坐坐，看我能幫上什麼忙。」

他用鑰匙打開一扇門。一進門，觸目所及盡是跟脫衣舞孃相關的收藏：牆上的照片、各種文件、裱框起來的胸罩和內褲、羽毛圍巾和扇子等等。另外，舊海報中有一張麗麗・賽兒的宣傳海報和一張她跳泡泡舞的海報，還有號稱「歌舞界的瑪麗・蓮夢露」的笛西・依凡絲在紐華克的明絲艾登劇院登台演出的海報。羅蘭和葉茲有一刻就這麼瞠目結舌望著四周。

「妳知道那是什麼嗎？」費德曼指著一把置於博物館用的玻璃盒中的大型羽毛扇。

「一把扇子？」羅蘭說。

費德曼笑了。「不只。稱它扇子就像——」他斟酌片刻。「稱《獨立宣言》為一張羊皮紙。非也。這是了不起的莎麗蘭一九三二年在派拉蒙夜總會表演時用的扇子。」

費德曼等著底下發出驚呼，但兩位訪客卻不捧場。

「扇子舞的發明人就是莎麗蘭，她甚至還在一九三四年上演的《波麗露》片中獻跳。你們相信嗎？扇子是用真的鴕鳥毛做的。還有那裡的皮鞭，是貝蒂・佩姬用過的，人稱她奴后。」

「她媽這樣叫她？」羅蘭不禁問。

費德曼眉頭一皺，顯然很失望。羅蘭舉起手，一臉歉意。費德曼嘆了氣，走向電腦。

「我猜你們的來意跟賭城的豔舞舞者有關？」

「可能。」羅蘭說。

費德曼坐在電腦前打字。「有名字嗎？」

「凱蒂絲．波特。」

他停下動作。「遭人謀殺的那個？」

「對。」

「她死了好多年了。」

「我知道。」

「很多人說凶手就是克萊德．朗戈，」費德曼說：「他和女友愛瑪．樂眉慧眼獨具，一同經營專為低下階層但才華洋溢的男人服務的夜總會。水準無人能及。」

羅蘭偷看葉茲一眼。葉茲正搖著頭，是驚訝還是嫌惡實在難說。費德曼也看到了。

「嘿，這些人當中有些還比過那斯卡賽車耶。」費德曼聳聳肩說。

「是啊，真是可惜，」羅蘭說：「還有呢？」

「有些關於克萊德．朗戈和愛瑪．樂眉的流言蜚語。」

「他們虐待那些女孩？」

「這還用說。我的意思是，他們跟黑道掛勾，這在這一行並不奇怪。害得整個藝術層次都降低了，真可惜。妳知道我的意思吧？」

羅蘭說：「嗯哼。」

「所謂盜亦有道，但聽說黑道根本不理這套。」

「何以見得？」

「妳看過新的賭城廣告嗎？」費德曼問。

「好像沒有。」

「說什麼『賭城事，賭城畢』的那個？」

「喔，有，」羅蘭說：「我看過。」

「男性俱樂部將這句標語發揮極致，擺明了絕不洩露賭城裡的種種恩怨。」

「難道朗戈和樂眉洩密了嗎？」

費德曼臉一沉。「比這還糟。我——」

「夠了。」葉茲半途插話。

羅蘭轉向葉茲，聳聳肩表示「怎麼啦」。

「聽著，」葉茲看看錶，繼續說：「這些都很有意思，不過我們時間緊迫。你有什麼跟凱蒂絲·波特相關的消息嗎？」

「可以請問一個問題嗎？」費德曼問。

「請說。」

「她去世很久了。這個案子有什麼新發展嗎？」

「也許有。」羅蘭說。

費德曼雙手交疊等著對方說下去。

羅蘭趁機問：「你知道凱蒂絲·波特可能是個——」她決定用個較為普遍但有失準確的字眼。「雙性人？」

他聞言大驚。「哇。」

「是的。」

「確定？」

「我看過驗屍報告。」

「慢著！」費德曼大喊，簡直就像老片中的編輯大呼：先別印！「妳有官方的驗屍報告？」

「有。」

他舔舔嘴唇，克制衝動。「有可能拷貝一份給我嗎？」

「也許可以，」羅蘭說：「還有什麼有關她的消息？」

費德曼開始在電腦打字。「凱蒂絲．波特的資料有限，只知道她的藝名是棒棒糖。老實說，就豔舞舞者來說，這藝名還真是慘不忍睹。太過了，妳懂嗎？太可愛了。妳知道怎樣才算好藝名嗎？比如說珍娜．潔美森。妳可能聽過。珍娜還沒進入色情業前是個舞者。潔美森是她從愛爾蘭威士忌酒瓶上看來的。妳瞧，這名字典雅多了，也比較性感。妳知道我的意思？」

「也對。」羅蘭敷衍地說。

「而且，棒棒糖的獨舞也差強人意。她會打扮成護士，帶著一根大棒棒糖。懂嗎？誰叫她就是棒棒糖。總之，就是些老掉牙的把戲。」他搖搖頭，活像對得意門生大失所望的老師。「觀眾應該對她的雙人舞表演印象較為深刻。她在雙人舞用的藝名是比安娜．皮可洛。」

「比安娜．皮可洛？」

「對。她跟另一個黑人舞者金咪．黛爾搭檔演出。金咪用的藝名是吉兒．賽爾思。」

羅蘭聽出來了。葉茲也是。

「皮可洛和賽爾思？不會吧。」

「沒錯。比安娜和吉兒以《莫逆之交》為底發展一段豔舞。吉兒淚眼汪汪地說，『我愛比安娜．皮可洛』，就像電影中的比利在台上說的一樣。比安娜則是病懨懨躺在床上。她們會幫對方寬衣解帶，不是那樣的，與性無關。只不過是一段慾望的美感體驗。這很能打動那些對於跨種族有特殊偏愛的人。老實說，幾乎每個人都有。我想，這是豔舞中最出色的政治訴求之一，算是早期對於種族差異的呈現。我自己沒現場觀賞過，但就我的了解，那動人的刻畫，在社會經濟——」

「確實動人，我懂了，」羅蘭插嘴道：「還有別的嗎？」

「那還用說。妳想知道什麼？她們倆通常會為懷絲四世伯爵夫人，也就是人稱猶太貴族的戲劇表演開場舞。聽好，她們那一幕就叫做〈告訴老媽這沒犯法〉。妳大概聽過。」

香蕉蛋糕的味道撲鼻而來。雖然周圍讓人食慾大減，但味道還是很香。羅蘭設法讓費德曼別再岔題。「我是說跟凱蒂絲．波特本人有關的事，任何跟她的遭遇相關的事。」

費德曼聳聳肩。「她和金咪．黛爾不只是工作搭檔，現實生活中也是室友。事實上，花錢幫凱蒂絲．波特治喪，以免她淪落到『波特』墓園的人，就是金咪．黛爾。這裡我無意一語雙關，請見諒。棒棒糖安葬於柯代爾的聖母園。我曾到墓前致意，挺感人的。」

「我想也是。你也會追蹤豔舞舞者洗手不幹之後的事嗎？」

「當然啦，」他說，好像羅蘭問的是教宗是否參加過彌撒。「那往往是最有意思的一部分，妳無法相信她們的一生多麼精彩刺激。」

「嗯。那金咪．黛爾後來怎麼了？」

「她還在這一行，寶刀未老。不過，年華老去，事業算是跌到谷底了。抱歉，又不小心一語雙關[25]。風光不再，但她還是有一小群支持者，雖然不再年輕，但經驗老道。不過，她離開賭城了。」

「現在在哪？」

「上次聽說是在雷諾。」

「還有嗎？」

「好像沒了，」費德曼說，接著指頭一彈。「等一下，我有個東西讓妳看看，我的得意收藏。」

他們靜待著。收藏室一角有三個高高的檔案櫃。費德曼打開中間櫃子的第二層抽屜，用指頭翻找檔案。「皮可洛和賽爾思的表演。相當少見，而且是從立可拍彩色複印的，真希望還能找到更多。」他清清喉嚨繼續尋找。「繆思警探，妳想，我可以拿到驗屍報告的拷貝嗎？」

「我會看看能幫上什麼忙。」

「那對我的研究很有幫助。」

「研究。是啊。」

「找到了。」費德曼拿出一張照片，放在他們面前的桌上。葉茲看看照片，點點頭，轉向羅蘭，只見她臉色驟變。

「怎麼了？」葉茲問。

費德曼也問：「繆思警探？」

羅蘭心想不能在這裡談，半個字也不行。她盯著眼前的凱蒂絲．波特／棒棒糖／比安娜．皮可洛／謀殺案死者。

「這真的是凱蒂絲．波特？」她按捺情緒。

「對。」

「確定？」

「當然。」

葉茲疑惑地看著她，羅蘭刻意視而不見。

---

25 黛爾（Dale）亦有山谷之意。

凱蒂絲．波特。如果那真是凱蒂絲．波特，那麼，她就並非謀殺案的死者。她非但沒死，還活的好好的，跟坐過牢的丈夫，麥特，一同住在紐澤西州的歐文頓。

大家全都搞錯了，麥特．杭特跟這個案子無關。案情微露端倪。

因為，凱蒂絲．波特如今又有新化名了。

那就是奧麗維亞．杭特。

# 47

亞當．葉茲極力保持冷靜。

他們已離開地下室，踏上前庭的草皮。剛剛實在太驚險了，那個瘋瘋癲癲的費德曼一開始嘮叨什麼「絕不洩露賭城裡的種種恩怨」的時候，他一切的努力，包括事業、婚姻、甚至他的自由，很有可能就這麼毀於一旦，什麼也不剩。

他必須鎮定再鎮定。

他一直等到兩人坐上車子，才故作沉穩地問：「剛剛怎麼了？」

「凱蒂絲．波特還活著。」繆思說。

「妳說什麼？」

「她活得好好的，而且還嫁給了麥特．杭特。」葉茲聽著羅蘭的解釋，內心激動。羅蘭一說完，葉茲便跟她要驗屍報告來看。羅蘭遞過文件給他。

「沒有死者的照片？」

「這不是完整的檔案，」羅蘭說：「只是麥克斯．德洛感興趣的部分。我猜，他可能發現了真相，知道凱蒂絲．波特根本沒死。這也許跟真正的死者是個ＡＩＳ女性有關。」

「德洛為什麼會查閱這些資料？我是說，在事發十年之後？」

「不知道。可是，我們得找奧麗維亞．杭特談談。」

葉茲點點頭，努力想搞清楚狀況，但卻徒然。奧麗維亞．杭特是已故的脫衣舞孃凱蒂絲．波特，也就是棒棒糖。葉茲很確定她那一晚也在現場。

說不定奧麗維亞．杭特有那捲錄影帶，非常有可能。

這表示，他得阻止羅蘭．繆思介入此案，刻不容緩。

葉茲的目光又再掠過驗屍報告。繆思開著車。驗屍報告上的身高、體重和髮色都符合，但如今真相已經很明顯。真正的死者是卡珊德拉．梅朵，她才是喪生的人。他早該發現的，那女孩沒那麼聰明，知道要銷聲匿跡才可自保。

費德曼口中的「盜亦有道」並沒有錯。葉茲自己大概也吃這一套，只不過事後再看，實在笨得可以。幹這行的人願意守口如瓶，才不是為了什麼道義，而是利益。口風不緊，要留住顧客也難，就這麼簡單。只不過，朗戈和樂眉知道怎麼讓錢滾錢，根本不把「盜亦有道」那套屁話放在眼裡。

葉茲雖然不是累犯，但這些年他的確騙了太太貝絲。他從不覺得這有什麼大不了。這跟性愛殊途，跟一般說的「性和愛是兩碼子事」無關。這些年來，他跟貝絲的性生活美滿，但男人要的更多。翻翻歷史，出軌不過是家常便飯。歷史上，哪個偉大的男人不是左擁右抱？說簡單也簡單，說複雜也還真複雜。

事實上，這也沒什麼不對。太太知道先生偶爾看看色情片真的會難過嗎？這樣算犯法嗎？算背叛嗎？值得為此鬧離婚嗎？

答案當然是否定的。

買春也是如此，男人可能會藉由色情照片、色情電話或其他管道發洩，這也沒什麼兩樣，很多太太都能理解。葉茲說不定也能好好跟貝絲解釋一番。

如果真有這麼單純的話。

朗戈和樂眉這兩個人該上刀山下油鍋。

葉茲十年來都一直在找朗戈、樂眉和那捲該死的影帶。如今，情況出現轉折，其中至少有兩人死了；而且，莫名其妙冒出了凱蒂絲・波特。

她知道多少內情？

他清清喉嚨，看著羅蘭・繆思。第一步：趕走這女人。該怎麼下手呢？「妳說妳認識麥特・杭特？」

「對。」

「那就不該由妳去跟他老婆談。」

羅蘭皺眉。「就因為我認識他？」

「對。」

「拜託，我們是小學同學。大概十歲以後就沒聯絡了。」

「一樣，還是切斷不了關係。」

「所以呢？」

「被告可以拿這點來做文章。」

「做什麼文章？」

葉茲搖搖頭。

「怎樣？」

「繆思，妳是個優秀的警探，可是，不時就會讓人覺得妳天真得可以。」

羅蘭緊抓著方向盤，葉茲看得出來他的話傷了她。

「回辦公室去，」他說：「我和凱爾會去問她。」

「凱爾？今天早上在特斯頓辦公室的傻蛋？」

「他是個相當出色的探員。」

「我想也是。」

兩人陷入沉默。羅蘭想替自己解圍；葉茲則成竹在胸地等著她反駁。

「對了，我知道路，」羅蘭說：「我開到杭特家門口，在外面等你，以免——」

「不用了。」

「可是我想——」

「妳想？」葉茲插嘴。「繆思警探，妳以為自己在跟誰說話？」

羅蘭默默無語，悶悶不樂。

「這是個聯邦案件，事實上大部分的事件都指向內華達。總之，這案子顯然已跨越州界，當然還有更小的郡界，而妳是個郡警。懂嗎？郡再來是州，州再來是聯邦。如果需要，我可以拿圖表解釋給妳聽。可是，現在發號司令的人是我，不是妳。請妳回辦公室，如果我覺得適當，就會告知妳調查結果。聽清楚了嗎？」

羅蘭穩住聲音說：「如果不是我，你也不會知道奧麗維亞．杭特就是凱蒂絲．波特。」

「喔，我懂了，原來如此，自尊心作祟？想邀功？行，就給妳吧。要的話，我就在布告欄上妳的名字旁邊放個勳章。」

「我不是這個意思。」

「聽在我耳裡就這個意思。天真加上愛出鋒頭，真是前途看好的組合。」

「不公平。」

「不公……」葉茲笑了。「妳在說笑嗎？公平？妳幾歲了，繆思，才十二歲嗎？聯邦調查局在偵察謀殺及詐欺案，而妳區區一個郡警，竟然跟我談公平。我命令妳現在就開車回辦公室——」狠話說夠了，該給點甜頭了。「如果妳真想協助調查，現在能做的，就是去找出任何有關另一名妓女，也就是棒棒糖的黑人室友的資料。」

「金咪．黛爾。」

「對。盡妳所能查清楚她在哪裡、她的來歷種種。但除非有我的同意，不然不准妳私下找她。不滿意這種安排，就別想插手管這個案子。懂了嗎？」

她像嘴巴吃了黃蓮似的說：「懂了。」

葉茲知道她不得不從。羅蘭不想被踢出去。她雖然暫時接受安排，但還是會想辦法出頭。老實說，她是個要命的好警探。等一切落幕，葉茲會想辦法挖她過來。他會大大稱讚她，把所有功勞都給她，聰明如她，應該就會睜一隻眼、閉一隻眼吧。

至少，那是他希望的結局。

畢竟因為目前為止丟掉性命的人都活該，誰叫他們想盡辦法要傷害他，但羅蘭．繆思不同，他真的不希望她受傷害。然而，到了最後，如果非得做個了斷，當然還是得先顧自己人。千古不變的道理。

羅蘭把車停進停車場，不發一語地下車。葉茲由她去生悶氣，自己則打了電話給凱爾．唐林傑：應付這種事他唯一信得過的人。他快速解釋要他做的事。凱爾不需了解細節，知道該怎麼做了。

葉茲想起一段痛苦的回憶：兒子山姆患腦膜炎時，待在醫院的那幾天。有一部分他沒跟羅蘭說，那就是凱爾在那場夢魘裡的角色，凱爾當時也拒絕離開醫院。他的知己老友就拉了張硬梆梆的鐵椅，整整三天都守在山姆病房外面，不發一語，只是坐在那裡看守，好就近提供葉茲不時之需。

「要我一個人去嗎？」凱爾問。

「不，我在杭特家跟你會合，」葉茲說，語調溫和。「咱們去拿帶子。做個了斷。」

# 48

奧麗維亞一直等到中伯幫他解圍、脫離藍斯．班納的糾纏後，才稍微放鬆。如今回到家，總算卸下防備。她一個人默默哭泣，淚水滑落臉頰。她不知道那是喜悅、放鬆、恐懼，還是別的情緒。她只知道，坐在這裡叫自己忍住淚水，根本就在浪費時間。

她得盡快行動。

行李箱還放在豪渥強生旅館，於是她簡單打包了另一袋行李。她知道不能在這裡乾等，警方一定會再回來問她問題，尋找答案。

現在，她得趕到雷諾。

淚水不停滑落。一點也不像她，但在這種情況下，也難怪自己會這樣。奧麗維亞身心俱疲。先是她有孕在身，還有女兒的事也讓她擔憂。另外就是，經過這麼些年，她終於對麥特坦承自己的過去。

約定已然煙消雲散。從回應網路上那則告示開始，她就毀約了。不只如此，是她害愛瑪喪命，都是她的錯。愛瑪一生幹了許多壞事，害了很多人，奧麗維亞知道她一直努力彌補過去，人生最後幾年也都在悔過。她不知道愛瑪死後會上天堂還是下地獄，但若真有人能贖罪，那人非愛瑪莫屬。然而，讓奧麗維亞真正難以平復，以至於淚水氾濫的，是麥特聽見真相時臉上的表情。

一切遠遠超出她的想像。

他應該要很難過，或許也是，怎麼能不難過？打從他們兩人在賭城邂逅彼此的那一天起，奧麗維亞就愛上麥特看她的「純粹」（她找不出精確的字眼）眼神，彷彿她是稀世珍寶，世上獨一無二。奧麗維亞理所當然覺得，那眼神一定會在知道真相那一刻消失，或至少黯淡下來，那雙藍色、疲憊的雙眼一定會變得無情又冷漠。

然而，那些都沒發生。

一切都沒改變。麥特知道妻子說了謊，知道她做了會讓大部分男人反感而一走了之的事，但他卻以無條件的愛回報妻子。

這些年讓奧麗維亞得以拉開距離，看清她悲慘的成長歲月讓自己變成什麼德行。她跟其他一起工作的女孩一樣，一步步走上自毀之途。這種成長背景的男生淪落到不同的寄養家庭，若不幸遭遇悽慘的對待，通常會以暴力回擊。遭受虐待的男生就是藉由還手、暴力來洩憤。

女人就不同了，她們會用另一種更為微妙的殘酷方式來反擊，多數人會把憤怒內化，不能殘害他人，就轉而自殘。金咪就是如此。奧麗維亞，不，是棒棒糖，也是如此。

直到麥特走進她的生命。

也許因為麥特坐過牢，也許就像她說的，他們夫妻都是命運多舛。麥特是她遇過最好的男人，他不鑽牛角尖，總能切中問題，活在當下，看見確確實實重要的東西，絕不誤入陷阱，浪費時間在無謂的事物上。這也讓奧麗維亞拋開過往，至少讓她開始另一種新生活。

麥特看不見她醜陋的一面（至今仍是），所以醜陋就不存在。

可是奧麗維亞一面打包，殘酷的現實一面浮現而出。經過這些年的自欺欺人，她還是擺脫不掉自毀的傾向。不然，又該怎麼解釋她的行為呢？若非如此，她怎麼會笨到在網路上尋找過往的凱蒂絲．波特呢？

看看她闖了什麼禍，愛瑪的死，她難辭其咎。還有她對自己，最嚴重的是，她對唯一愛過的男人所造成的傷害。

她為什麼一定要去翻舊帳？

那是因為她根本無法克制自己。她可以讀遍所有熱愛生命、樂觀向上的書——這些年她已經滾瓜爛熟了，但有個基本道理仍然顛撲不破：懷孕是人生路途中最終的岔路。無論選擇為何，她還是會一直好奇未踏之途，即便當時的她如此年輕，根本不可能留下小孩，還有決定權也不在她手上，她仍然沒有一天不思索那巨大的「如果」。

身為女人，她無法就這麼算了。

耳邊傳來敲門聲。

奧麗維亞靜待著。又一聲，門上沒有窺視孔。她走往附近的窗戶，將蕾絲窗簾拉到一邊窺探。門邊站著兩個男人。一個像從休閒服飾目錄走出來，另一個高頭大馬，穿了件不合尺寸的西裝；不過話說回來，他的樣子要找到適合的西裝也很難。此人頂著軍人的平頭，沒脖子。大塊頭轉向窗戶，跟她對眼。他輕推較矮的同伴，同伴也轉向窗戶。

「聯邦調查局，」中等身材的男人說：「我們想找妳談一下。」

「我無話可說。」

休閒服男走向前。「杭特太太，妳這麼做實在不明智。」

「有問題請找我的律師伊克．凱亞。」

男人笑道：「或許我們該再重複一次。」

奧麗維亞不喜歡他說這話的方式。「我是聯邦調查局賭城分局的主任，亞當．葉茲。這位──」他指向大塊頭。「是凱爾．唐林傑探員。我們很希望跟奧麗維亞．杭特談談。或者，她比較希望我們直接逮捕凱蒂絲．波特。」

奧麗維亞聞言腿軟。大塊頭冷酷的臉上露出笑容，顯然很得意。

「由妳決定，杭特太太。」

她別無選擇。如今既已落入陷阱，她只能讓他們進門、問話。

「請讓我看看你們的證件。」大塊頭走向窗戶，奧麗維亞極力克制自己不往後退。他把手伸進口袋，拿出證件，大力將證件往窗戶一甩，嚇了她一跳。另一個叫葉茲的人也同樣照做。雖然她知道買到假證件輕而易舉，但證件似乎是真的。

「把名片塞進門縫。我要打電話到兩位的辦公室，確定身分。」

大塊頭聳聳肩，臉上仍掛著大大的笑容。他終於開口說：「沒問題，棒棒糖。」

她壓抑激動。大塊頭從皮夾裡抽出名片，送進門縫。根本不需要打電話。名片上有隆起的印信，應該不是偽造的，況且大塊頭的動作絲毫不遲疑。根據名片上的資料，凱爾．唐林傑果真是賭城分局的探員。

她打開門。亞當．葉茲先走進來，凱爾．唐林傑低頭彎腰，好似走進了印地安人的帳篷。他留在門邊，雙手抱胸。

「天氣真不錯。」葉茲說。

唐林傑關上門。

# 49

羅蘭火冒三丈。

她本想打電話給老闆抱怨一番，但最後還是決定不要。嬌滴滴的小姐無法照顧自己，還得求助上司。不行，她絕不能這麼做。

反正她還是此案的負責人之一。也罷，這就夠了，至少沾上邊了。她轉而調查金咪．黛爾的底細。輕而易舉。金咪曾幹過妓女，有資料可查。姑且不論對錯，賣淫在克拉克郡雖是非法行為，但在賭城卻是合法交易。

黛爾以前的觀護人名叫泰勒，是個很早入行的老前輩，他還對金咪．黛爾還有印象。

「要我說什麼，」泰勒開口道：「金咪．黛爾來自問題家庭，但這一行的女孩誰不是呢？妳聽過史騰的廣播節目嗎？」

「當然聽過。」

「聽過他邀請脫衣舞孃上節目嗎？他老是開玩笑地問：『妳們最早遭人虐待是幾歲？』結果呢，那些女孩一定答得出來，無一例外。她們在節目上說什麼脫光光的感覺真好，能決定自己的事真好等等。可是，亮麗的背後一定有段悲慘的故事。妳知道我的意思。」

「知道。」

「所以嘍，金咪．黛爾也是典型的案例。先是逃家，可能十四、十五歲就開始脫衣舞生涯。」

「你知道她現在在哪嗎？」

「搬去雷諾了，我有住址。要的話可以給妳。」

「麻煩你。」

泰勒把住址給她。「上次聽說她在一間名為浪女的脫衣舞廳工作。信不信由妳，不過，別把那地方想得太奢華。」

羅蘭心想，浪女不就是葉茲提過的查理士．泰利工作的地方？

泰勒說：「雷諾很不錯，不像賭城。別誤會，我愛賭城，大家都是。縱使它悽慘可怕又烏煙瘴氣，但大家還是死賴著不走。妳知道我的意思。」

「我從紐澤西的紐華克打電話給你，」她說：「怎麼會不知道你的意思。」

泰勒笑道：「總之，雷諾現在其實是個適合成立家庭的好地方。因為位處內華達山脈下方，氣候宜人。曾是美國離婚率最高的市鎮，現在百萬富翁比哪裡都多。去過嗎？」

「沒有。」

「妳長得如何？」

「還算可愛。」

「來趟賭城吧，我帶妳到處看看。」

「下班飛機我就到了。」

「等一下，妳不是那種痛恨男人的女性主義納粹吧？」

「只有睡眠不足才會。」

「這次是什麼案子？」

羅蘭的手機響起。「我待會兒再打給你好嗎？謝了，泰勒。」

「咱們去住曼德拉灣旅館，我認識裡頭的一個人，妳會愛死這裡的。」

「好，等我一下，拜。」

她掛上電話，按下接聽鍵。

「喂。」

凱薩琳院長單刀直入地問：「她是遭人謀殺的嗎？」

羅蘭原本想草草帶過，但凱薩琳院長的語氣告訴她，這麼做只是浪費時間。「對。」

「那我得見妳。」

「為什麼？」

「之前我什麼也不能說，瑪麗・羅絲修女相當特殊。」

「哪一點特殊？」

「羅蘭，請妳盡快趕來我的辦公室，我得讓妳看一樣東西。」

「葉茲探員，我能幫什麼忙？」奧麗維亞問。

凱爾・唐林傑站在門邊，眼光掃掠四周。亞當・葉茲坐下來，手肘靠在大腿上。「府上書很多。」葉茲說。

「觀察入微。」

「妳還是妳先生的？」

奧麗維亞手叉腰。「我知道你為什麼這麼問。讓我解決你的疑惑，大部分的書都是我的。可以了嗎？」

葉茲微笑。「妳很有意思，」他說：「你說是嗎，凱爾？」

凱爾點點頭。「大部分的脫衣舞孃和妓女都尖酸又刻薄，她不會。她很陽光。」

「真的很陽光。」葉茲又補了一句。

奧麗維亞覺得情況不妙。「你要幹嘛？」

「妳捏造自己的死亡證明，」葉茲說：「這是犯法的。」

奧麗維亞無言。

「真正死去的女孩，」他繼續道：「名字叫？」

「我聽不懂你在說什麼。」

「叫卡珊德拉，對吧？」葉茲傾向前。「是妳殺了她嗎？」

奧麗維亞站穩腳。「你想要什麼？」

「妳清楚得很。」

葉茲先是握拳，又再鬆開。奧麗維亞瞥向門邊。凱爾還是一樣沉著，宛若雕像。

「抱歉，」她說：「我不清楚。」

葉茲勉強微笑。「帶子在哪？」

奧麗維亞一怔，腦中掠過拖車的景象。她和金咪剛開始搬進拖車時，就覺得裡頭有股怪味，像有小動物死在裡頭發出屍臭。金咪買了些香味濃郁的乾燥花（太香了），設法蓋過那股難以掩去的味道。如今，那味道又回來了。她看見卡珊德拉傷痕累累的屍體，並回想起克萊德一臉恐懼地問她：「帶子在哪？」

她努力穩住聲音：「我不知道你在說什麼。」

「妳為什麼要逃走，改名易姓？」

「我需要重新開始。」

「就只是這樣？」

「不對，」奧麗維亞說：「不像你說得那麼容易。」她站起來。「我不想再回答任何問題，除非有我的律師在場。」

葉茲看著她。「坐下。」

「請兩位離開。」

「我說坐下。」

她目光又移向凱爾·唐林傑。他還是一樣沉穩平靜，眼神漠然。奧麗維亞照葉茲所說，坐了下來。

「我本來想說，妳過得很好，一定不希望我來破壞這一切，」葉茲開口道：「但我不確定這麼說有沒有意義。妳家旁邊是污水池，房子破破爛爛；丈夫坐過牢，因捲入三屍命案正被通緝中。」他對她微笑。「棒棒糖，我以為妳真的展開新生活，努力往上爬了，沒想到正好相反。」

葉茲故意要激怒她，但奧麗維亞不會上當的。「請兩位離開。」

「妳不想知道，是誰發現妳的秘密嗎？」

「請離開。」

「我大可逮捕妳。」

奧麗維亞決定放手一搏。她伸出手，準備讓對方替她戴上手銬。葉茲動也不動。沒錯，他當然可以逮捕她。她不知道確切的法律或權限，但她涉入謀殺案的事實再明顯不過。光是她和死者交換身分的事實，警方就絕對可以名正言順逮捕她。

但這並非葉茲所願。

克萊德的乞求聲：帶子在哪裡？

葉茲想要的東西另有其他。那就是讓卡珊德拉喪命、讓克萊德殺人滅口的原因。奧麗維亞正視他的雙眼，他眼神堅定，手指不斷緊握、鬆開。

她兩隻手腕仍擺在一起，過了一會兒，才將雙手放下。「我完全不知道什麼帶子的事。」她說。

現在該葉茲端詳她了。他慢慢打量著。「我相信妳。」他說。

基於某種原因，他說話的方式令奧麗維亞膽顫心驚。

「跟我們走。」葉茲說。

「去哪？」

「我要拘押妳。」

「以什麼罪名？」

「要我一一說明嗎？」

「我要打電話給我的律師。」

「可以到了再打。」

她不知該做何反應。凱爾．唐林傑走向她。奧麗維亞往後退時，大塊頭說：「要戴上手銬，押妳出門嗎？」

奧麗維亞停步。「用不著。」

他們走出門，葉茲在前，唐林傑在她身旁。奧麗維亞查看街道，看見巨大的褐色啤酒瓶懸掛在空中，便因某種原因而感到安心。葉茲往前走，開車門，坐上車，發動。他轉身看看奧麗維亞，她頓時一驚。

她認得這個人。

名字稍縱即逝，但臉孔卻永遠難忘。她跳舞時，認臉成了她自我麻痺的方式。她會打量台下觀眾，記住他們的表情，以無聊或沉醉的程度將之分類，並努力記住這些臉孔光臨的次數。這是一種腦力活動，可讓她分散注意力。

亞當．葉茲去過克萊德的夜總會。

她可能遲疑了一下，不然就是凱爾．唐林傑萬分機警。她正想拔腿就跑，甚至連腳都跨了出去，沒想到唐林傑隨即伸手拖住她的手臂，穩穩壓住她手肘以上的地方，力道剛好捉住她的注意力。她想掙脫，但手卻像困在水泥牆裡。

動彈不得。

快接近車子了。凱爾加快腳步。奧麗維亞眼光掠過街道，停在勞倫斯身上。他站在街角，跟另一個她不認識的人左搖右晃，兩人手裡都拿著牛皮紙袋。勞倫斯看到她，舉起手要跟她打招呼。

奧麗維亞無聲說著：救救我。

勞倫斯的表情仍然不變，絲毫沒有反應。另一個男人說了個笑話，勞倫斯開懷大笑，猛拍大腿。

他沒有看著她。

愈來愈逼近車子了。奧麗維亞腦筋急轉，她不想跟他們進車，故意放慢腳步，但唐林傑隨即用力捏她手臂。

「繼續走。」大塊頭說。

他們走到後座車門。唐林傑打開車門。奧麗維亞試圖立定，但實在抵不過對方強大的臂力，便被推進後座。

「呦，有一塊錢嗎？」

大塊頭迅速一瞥，問話的人是勞倫斯。唐林傑轉頭，對乞丐視而不見，但勞倫斯抓住他肩膀。

「呦，老兄，我餓了。有一塊錢嗎？」

「走開。」

勞倫斯把手放在大塊頭的胸膛上。「我只要一塊錢，老兄。」

「手放開。」

「就一塊。難道這樣——」

就在此時，唐林傑把手從她手臂上拿開。

奧麗維亞只躊躇片刻，一見唐林傑雙手抓住勞倫斯的襯衫前襟，便蓄勢待發，一躍而起，拔腿就跑。

「麗維，快跑！」

勞倫斯不需要再重複第二次。

奧麗維亞趁機衝刺。唐林傑放下勞倫斯，迅速轉身。勞倫斯跳到大塊頭背上，唐林傑聳聳肩，如頭皮屑般把他甩掉。勞倫斯接著做了件實在愚蠢的事，他抓起牛皮紙袋打唐林傑。奧麗維亞聽見大啤酒瓶裡發出悶悶的敲擊聲。唐林傑轉身，往勞倫斯胸口一擊。勞倫斯重重倒地。

唐林傑大喊：「站住！FBI！」

大塊頭，誰理你。

奧麗維亞聽見車子起步。葉茲加速，輪胎發出尖銳擦地聲。她往後一瞥。

唐林傑追上來了，而且手中握槍。

她領先約五十呎，賣力狂奔。這是她家附近，對她有利，不是嗎？她切過一條後巷。此刻這裡一片空蕩，四下無人。唐林傑緊跟在後。她冒險往後一看，唐林傑愈來愈近，而且臉不紅氣不喘。

她繼續往前狂奔，擺動雙手，加快速度。

一顆子彈飛掠而過。接著再一顆。

天啊！他開槍了！

她得離開這條巷子，到有人的地方去。他不會當著眾人面前對她開槍。會嗎？

她馬上轉向，回到街上，看到車子了。葉茲的車疾駛而來。她翻過一輛停在街上的車，踏上人行道。現在所到之處是老舊的藍帶啤酒廠。再過去是平凡不起眼的購物中心。此時此刻，破破爛爛的廢棄工廠也許能讓她暫時避難。

等等！那間老酒館呢？

她左轉，隱約記得酒館是在第二條巷子裡。奧麗維亞不敢往後看，但聽得見後方的腳步聲。他緊追在後。「站住！」

「想都別想。」她在心裡回答。酒館。酒館。到底跑哪去了？

她右轉。

賓果，找到了！

門在右邊，離她不遠。她奮力往前衝，抓住門把。此時唐林傑正右轉。她拉開門，跌了進去。

「救命！」

裡頭有個人正在吧檯後洗杯子。他抬起頭，一臉驚愕。奧麗維亞站了起來，立刻拴上門。

「嘿，」酒保喊：「怎麼了？」

「有人要殺我。」

門晃動。「FBI，開門！」

奧麗維亞搖頭。酒保先是遲疑，接著點頭示意她往後面的房間走。她跑了進去。酒保拿出獵槍，唐林傑踢開門。

酒保看見眼前的龐然大物嚇了一跳。「我的天啊！」

「FBI！把槍放下！」

「老兄，別急別急……」唐林傑拿槍指著酒保，開了兩槍。

酒保應聲倒地，身後的牆上一片血跡。

天啊！天啊！天啊！

奧麗維亞想放聲大叫。

不要。快跑！

快！她想到肚子裡的寶寶頓生力量。她衝進酒保指示的後房。

身後那道牆響起一陣掃射。奧麗維亞跌在地上。

她爬向後房。這個房間以厚鐵為牆，鎖上有把鑰匙。她一個動作把門推開，扭動鑰匙，力量之大，竟把鑰匙折斷，卡在門把上。她滾進門後，沐浴在陽光底下。門關上，自動上鎖。

她聽見門把轉動的聲音。見門鎖住，他便開始猛打房門。這次門不會輕易打開了。奧麗維亞狂奔，避開主幹道，四下搜尋著開車的葉茲和走路的唐林傑。

兩個都不見人影。趁機快點離開這裡。

奧麗維亞邊走邊跑了兩哩。看見公車經過，她不管三七二十一馬上跳上車。在伊利沙白市區下車後，她看見成排計程車停在站前。

「到哪？」司機問她。

她努力平復呼吸。「請到紐華克機場。」

# 50

麥特一邊開著五十鈴越過賓州邊界，一邊訝異自己怎麼會如此不屑一顧從牢裡學來的知識。當然，監獄並不像多數人想的一樣，會教人所有傷天害理的招數。別忘了，裡頭的人畢竟都落網了，因此不管再怎麼神乎其技，總是無法理直氣壯。

況且，他一直都沒認真去聽那些犯罪手法。作奸犯科，他沒興趣。九年以來，只要跟為非作歹沾上一點點邊，他都避而遠之。

現在不同了。

索爾的偷車術見效了。現在，麥特又想起在牢裡學到的其他犯案技巧。他把車停進八十號公路下大西行鐵路的停車場。沒有警衛，意料之中，他並不想再偷另一部車，只要偷車牌就好了。他希望找個P開頭的車牌[26]。好運降臨，員工停車場裡有輛車就是P開頭。他心想，是員工的車牌更好。現在是早上十一點，很多公司這時候都剛好在交班，這部車的車主起碼得在裡頭待上好幾個小時。

他到家居用品店買了一捲用來修理電話線的細絕緣膠帶。趁著四下無人，撕下一段膠帶，貼在字母P上，變成B。若不細看，絕無法察覺，但這就足以讓他來去自如。

賓州首府哈里斯堡。

他沒得選了，一定得趕到雷諾，這表示一定得搭飛機。他知道這會冒很大的險，他從監獄裡得

---

26 賓州的字首母是P。

知的障眼法即便風行一時，但也都是九一一發生前的事了。在這之後，警方戒備更為森嚴，但還是有法子。只要動動腦，動作快，還有足夠的運氣。

首先，得來點老套的聲東擊西之計。他利用紐澤西邊境的公用電話，訂了張從紐華克機場飛多倫多的機票。警方也許會加以追蹤，最後發現他只是有樣學樣，也許不會。他掛掉電話，換另一台公用電話，再訂另一張票。他記下訂位代號，掛上電話，搖搖頭。

有得他忙了。

麥特把車停進哈里斯堡機場的停車場，手槍還在他口袋裡，他絕不能把槍帶在身上。他把槍塞進旁邊前座底下，如果事情進展不順，他可能還會回來。五十鈴幫了他大忙，他想寫個紙條給車主，解釋事情的緣由。但願有朝一日有機會解釋一切。

現在，要先看他的計畫是否能成功……

不過在這之前，他得先補眠。他到紀念品店買了一頂棒球帽。接著在接機區找了個空位，雙手抱胸，閉上雙眼，將帽緣壓低，蓋住臉。他知道隨時都會有人在機場補眠，不會有人來干涉他的。

一小時後他醒來，只覺疼痛難耐。他下樓到候機室，買了Tylenol和Motrin兩種止痛加強錠，各服了三顆。之後便到廁所盥洗。

售票櫃檯大排長龍。如果時間配合得剛好，人多反而對他有利，工作人員最好能手忙腳亂。輪到他時，櫃檯後的女人投來焦躁的笑容。

「到芝加哥，班機一八八。」他說。

「飛機再二十分鐘就要起飛了。」她說。

「我知道。路上車多——」

「請給我附有照片的證件。」

麥特拿出駕照。她輸入「杭特．M」。關鍵時刻來臨了，他立定不動。小姐皺眉，又輸入一些字。還是沒有。「杭特先生，這裡沒有您的資料。」

「奇怪了。」

「你有定位代號嗎？」

「當然。」

他遞給對方剛剛電話訂位時記下的代號。小姐輸入：YTIQZ2。麥特屏住呼吸。

小姐嘆氣。「我知道問題出在哪了。」

「喔？」

她搖搖頭。「你的姓名拼錯了。這裡登記的是邁克，不是麥特；姓氏是杭特曼，而非杭特。」

「忙中有錯。」麥特說。

「你絕對想不到這有多常發生。」

「見怪不怪。」他說。

他們交換了個「糊塗蟲滿天下」的笑容。小姐印出機票，收錢。麥特微笑，跟她道謝，前去搭機。

哈里斯堡到雷諾沒有直飛航班，但這點說不定還對他有利。他不知道電腦航空系統跟聯邦政府如何配合，但將一次長途飛行切成兩次短程飛行應該更為保險。電腦系統會立刻辨識出他嗎？他很懷疑。不過，這也許是因為人習慣往好的一面想。照道理整個程序：蒐集資料、釐清資料、鎖定目標，應該要一些時間。至少也得要幾個小時。

他會先抵達芝加哥。

理論上似乎行得通。

當他安全抵達芝加哥的歐海爾機場時，他又重新振作精神。麥特下飛機，故作輕鬆，但暗自盤算著若在出口看見一排警察時，要如何脫逃。可是下飛機時，沒人上前抓拿他，他大大鬆了一口氣。這麼說來，警方還沒找到他——現在還沒。困難的部分來了，從芝加哥到雷諾的航程較長。若警方查出他第一次玩的把戲，就會有充足的時間來逮他。

表示這次他得試點別的方法。

購票櫃檯又是大排長龍。麥特可能需要以此做為掩護。他伺機繞過一條條絨繩，觀察、尋找哪一個售票員看起來最疲憊或最和善。找到了，最右邊的。她一臉厭倦、欲振乏力，雖然手上在檢查證件，眼睛卻隱隱閃著淚光，不斷嘆息，一直左顧右盼，明顯心不再焉。麥特心想，大概有什麼心事，也許跟丈夫、青春期的女兒或哪個人吵架。

或者，麥特心想，她只不過面露疲憊，但其實精明得很。

可是，眼前還有什麼選擇呢？輪到他時，小姐剛好在忙，麥特假裝找東西，禮讓排在他後頭的一家人先報到。他又讓了一次，才聽見小姐說：「下一位。」

他若無其事地走向前。「我叫做麥特修．杭特勒[27]。」麥特遞給小姐一張寫有定位代號的紙條。她接過紙，開始打字。

「芝加哥到雷諾／太浩湖？」

「對。」

「麻煩證件。」

這是最難的一環。杭特勒是他們飛行常客俱樂部的其中一員，他幾個小時前才簽過名。電腦不會耍詐，但人類有時候會。

他給小姐皮夾。小姐剛開始看都不看，繼續打字。說不定他會走運，說不定她甚至連證件都不會檢查。

「有行李要托運嗎？」

「沒有，今天沒有。」

她點頭，仍繼續打字，接著轉去看他的證件。麥特腸胃翻攪。他記得邦尼幾年前曾寄給他一封電子郵件。上面說：

此為趣味測驗。請讀出下列英文句子：Finished Files are the result of years of scientific study combined with the experience of years.

數數句子裡有幾個F。

他數的結果是四個，答案是六個。人通常不會逐字閱讀，從小到大都如此。麥特此刻仰賴的就是這點。杭特、杭特勒，會有人察覺出不同嗎？

小姐對他說：「靠窗還是靠走道？」

「走道。」

成功了，安全檢查更是容易，畢竟他已經通過櫃檯的身分檢驗了。警衛對照他的照片和本人，卻沒發現身分證上的名字是杭特，而登機證上的卻是杭特勒。拼錯字這種事常常有，而且一天之內過目的登機證有千千萬萬張，根本不會注意到這種小細節。

麥特又在機門關上前一刻登上飛機。他坐進靠走道的座位，閉上眼睛，直到機長宣布將於雷諾

---

27 Matthew Hunter與Matt Hunter音近。

降落時，他才醒來。

凱薩琳院長辦公室的門是關著的。

這次羅蘭沒時間回憶過往，她用力敲門，握住門把。一聽見凱薩琳院長說「請進」，便一把推開。

凱薩琳院長背對門，羅蘭進門時，也沒轉過身，只問了一句：「妳確定瑪麗・羅絲修女是遭人謀殺的嗎？」

「對。」

「知道凶手是誰嗎？」

「還不知道。」

凱薩琳院長緩緩點頭。「查出她的真實身分了嗎？」

「查到了，」羅蘭說：「不過，如果妳直接告訴我，就省事多了。」

她期待凱薩琳院長反駁，但她卻說：「我不能說。」

「為什麼？」

「很不幸，我的身分不允許我這麼做。」

「是她告訴妳的？」

「不算是。可是我知道的夠多了。」

「妳怎麼發現的？」

老修女聳聳肩。「她過去的一些資料，」她說：「不合情理。」

「妳當面揭穿她？」

「沒有，從來沒有。她也從未告訴我她真正的身分，她說這攸關他人的生死，但我知道一定不是光彩的過去。瑪麗．羅絲修女想拋開過往，彌補過錯。她的確辦到了，她對學校、學生貢獻良多。」

「工作上還是財務上？」

「都有。」

「她給妳錢？」

「給教區，」凱薩琳院長糾正道：「沒錯，不少錢。」

「聽起來像是黑心錢。」

凱薩琳院長笑道：「有其他種錢嗎？」

「所以，心肺復甦術的事……」

「隆乳的事我早就知道了，是她告訴我的。她還說，如果讓人發現她的真實身分，她就沒命了。」

「但妳不覺得是他殺。」

「看起來像自然死亡，我想最好置身事外。」

「那又為什麼改變心意？」

「閒言閒語。」她說。

「什麼意思？」

「有個修女偷偷告訴我，她曾看過男人進去瑪麗．羅絲修女的房間。我當然起了疑心，但我無法證明什麼。另外，我也得維護學校的名聲。所以，我希望能默默調查，不要辜負瑪麗．羅絲修女對我的信任。」

「所此才找我。」

「對。」

「現在妳知道她是遭人謀殺的？」

「她留了封信。」

「給誰的？」

凱薩琳院長給她看信封。「一個叫做奧麗維亞·杭特的女人。」

亞當·葉茲極力穩住陣腳。

他把車停在離老酒館有好一段距離的地方，等凱爾迅速打點完畢：湮滅證據，不讓警方找到凱爾的凶器。他們換上難以查出紀錄的車牌。可能會有某個瘋子看見一個彪形大漢追著一個女人跑，但絕無法將酒保的死聯想到他們身上。

也許。

不，沒有也許。他碰過更大的麻煩。酒保拿著來福槍對著凱爾，槍上有他的指紋，而那把難以追查的凶器則會不翼而飛。哥倆好大概再過幾個小時就會離開紐澤西州。

一切都會平安無事的。

凱爾坐進乘客座時，亞當說：「你搞砸了。」

凱爾點頭。「沒錯。」

「你不該對她開槍。」

他又點頭。「失算，」他說：「但不能讓她跑了，如果她的背景曝光——」

「反正是遲早的事。羅蘭·繆思也知道了。」

「對，但沒有奧麗維亞．杭特就無法繼續往下挖。如果她被抓，就會想辦法脫身，這表示這些年的事也瞞不住了。」

葉茲只覺心裡千刀萬剮。「我不希望任何人受傷。」

「亞當？」

他看著大塊頭。

「太遲了，」唐林傑說：「別忘了，非友即敵。」

他緩緩點頭。

「我們得找到奧麗維亞，」唐林傑說：「我是說『我們』。如果讓其他警探逮到她……」

葉茲替他結尾：「她可能就會洩密。」

「沒錯。」

「所以，我們要以證人的身分追緝她，」葉茲說：「要警方注意附近的機場和火車站，但除非先通知我們，不然不可打草驚蛇。」

凱爾點點頭。「都安排好了。」

葉茲思量眼前的選擇。「我們先回郡辦公室。說不定羅蘭已經找到一些金咪．黛爾的有用消息。」

車行約五分鐘，電話響了。凱爾接起電話，喝道：「唐林傑探員。」

凱爾豎耳傾聽。「讓她下飛機，叫泰得跟蹤她。千萬注意，不要接近她，我搭下班飛機過去。」

他掛掉電話。

「怎麼了？」

「奧麗維亞．杭特，」他說：「搭上往雷諾的班機了。」

「又是雷諾。」葉茲說。「兩名死者，查理士．泰利和麥克斯．德洛的家。」

「說不定帶子也在那裡。」葉茲在前方的路口右轉。「所有線索都在西岸。我們最好也趕去雷諾。」

# 51

計程車司機隸屬於一家名叫雷諾行的公司。他把煞車踩到底，切換到停車擋，回頭上下打量著奧麗維亞。「妳確定是這裡嗎，女士？」

奧麗維亞只是瞪大雙眼。

「女士？」

車子的後視鏡掛著一個華麗的十字架，置物箱上貼滿祝禱卡。

「這裡是中巷路四八八號？」她問。

「是的。」

「那就是了。」奧麗維亞把手伸進皮包，付錢給司機。司機給她一本小書。

「不強迫。」他說。

那是本傳教書，封面是約翰福音第三章第十六節。她勉強一笑。

「耶穌愛你。」司機說。

「謝謝。」

「看還要去哪，我可以載妳，不收錢。」

「不用了。」奧麗維亞說。

她下車。司機面露失望。她揮手道別，目送車子開走。奧麗維亞舉手遮陽時看見老舊的霓虹燈上寫著「浪女脫衣舞」。

她全身打顫，應該是過去慣有的反應。雖然初來乍到，但她知道這種地方。她知道停車場停得亂糟糟的髒貨車、恍恍惚惚拖著沉重步伐的男人、昏暗的燈光、鋼管黏膩的觸感。她走向門，心裡已知道會出現什麼景象。

麥特害怕監獄，害怕重回牢房。而她，此刻映入眼簾的，就是她的監牢。

棒棒糖已是過眼雲煙。

奧麗維亞曾努力將這個女孩驅逐。如今這女孩又回來了，而且還掀起一場軒然大波，全然忘了專家說的「你絕對可以揮別過去」。奧麗維亞知道，她可以把棒棒糖藏進密室，鎖上門，銷毀鑰匙。她幾乎要成功了——本來可以成功的，但無論她再怎麼用力猛推，還是無法讓那扇門完全闔上。

她背脊一涼，心想，天啊，她的女兒在這裡工作嗎？

她的小孩。

拜託不要。

現在是下午四點，離午夜之約還很久。她可以先去別的地方，找間星巴克或汽車旅館睡個覺。她在飛機上小睡了一會兒，再多睡一下也可以。

她一下飛機，就打電話到聯邦調查局總部找亞當．葉茲。當電話轉到主任室時，她立即掛上電話。

這麼說來，葉茲真的是ＦＢＩ的人。唐林傑也是。

這表示有兩名調查局的人想殺她。

不會有逮捕或入獄這回事，她太清楚了。

克萊德最後跟她說的話躍入腦海：只要告訴我帶子在哪裡……她慢慢理出頭緒了。一直有傳言說，克萊德在製作勒索錄影帶。他可能挑錯人了，若非惹到葉茲本人，就是跟他往來甚密的人。可憐的卡珊德拉被牽扯其中。帶子在她手上嗎？她也是同夥嗎？

奧麗維亞站在原地，看著四．九九元浪女簡餐的牌子邊頻頻點頭。就是這樣，一定沒錯。她開始往前門走去。

她應該再等等，往回走。

不要進去。

她好奇地往門裡打量。女人不會單獨來這種地方。男人偶爾會帶女友來，這種女人不是想證明自己思想開放，就是有同性戀的傾向。無論如何，女人絕不會單獨來這種地方。

她一進門，就有些許眼光朝她襲來，不過沒想像的多。在這種地方，大家反應都變慢了。空氣中一股黏稠、懶散的氣息，燈光微弱，嘴巴微張。大部分的客人可能以為她是下班的舞女或等著愛人交班的女同志。

喇叭傳來人類聯盟合唱團的歌曲〈你不要我嗎〉。奧麗維亞以前跳舞時，這首歌就已經是經典老歌了。懷舊吧，她想，不過她一直很喜歡這首歌。這種地方播放這首歌，歌詞應該是要煽動慾火的，但如果你細細聆聽主唱菲爾．歐凱的唱腔，便會覺得心碎般痛心、驚駭。一再重複的歌名並非出於慾望，而是磨人的不信任感。

奧麗維亞選了後面的位置坐下。現在已經有三名舞者上台表演了。其中兩人眼神渙散，一個正在招呼客人，假裝熱情，鼓舞客人把錢塞進她的小褲褲。男人依言照做。她看看觀眾，發現這十年來一切都沒改變。光顧的男人一樣形形色色：有些面無表情，有些傻傻笑著，有些目光高傲、表情自大、一臉不屑；其他人則狂飲啤酒，面目猙獰盯著台上的女孩，好像在問著永久不變的老問題：「就這樣嗎？」

看得出來台上的年輕女孩都嗑藥。她以前的室友金咪有兩個兄弟都死於嗑藥過量。金咪受不了人嗑藥，所以奧麗維亞——不，是棒棒糖——就酗酒。當她開始在台上跌跌撞撞時，克萊德便要她戒酒。竟然是克萊德自己擔任她的戒癮輔導員。怪雖怪，但事實就是如此。

可怕的中餐餐點油煙飄到空中，不只形成一股味道，甚至還貼著皮膚。她納悶誰會吃這些東西：不知何年何月的辣雞翅；浸在水裡直到，呃，消失不見的熱狗；油到幾乎難分難離的炸薯條。幾個胖子圍著菜餚，保麗龍盤子堆得老高。奧麗維亞甚至在昏黃的燈光下，就能看見他們的動脈在硬化。

有些夜總會自稱是紳士俱樂部，生意人會穿著西裝，人模人樣地走進去。浪女可不來這一套。這是個刺青比牙齒還多的地方，打架鬧事見怪不怪。夜總會保鏢的膽量要比肌肉更大，因為肌肉只是表面嚇唬人，而俱樂部裡的男人可是會打得你滿地找牙。

奧麗維亞並不害怕，也不會因而喪膽，但她不知道自己來這裡幹嘛。台上的女孩開始旋轉輪換。第一順位的舞者下台，另一名年輕活潑的女孩站上第三順位。她絕對未成年，一雙腿迷人奪目，踩著高跟鞋像匹小馬一樣，臉上的笑容很燦爛。奧麗維亞於是想，她的生命活力還沒被榨乾。

「要點些什麼嗎？」

女服務生目光謹慎，看著這名古怪的客人。

「可口可樂。」

女服務生走了。她盯著年輕活潑的女孩不放，女孩的某些部分讓奧麗維亞想起可憐的卡珊德拉。她猜想兩人年紀一般，卡珊德拉美多了。當她看著台上的三名女孩時，腦中閃過理所當然的疑問：其中有個會是她的女兒嗎？

她尋找著女孩臉上任何的神似之處，卻一無所獲。她知道這當然不代表什麼。女服務生送來可樂。奧麗維亞碰都不碰，她不可能拿起這裡的杯子喝東西。

十分鐘後，女孩又旋轉輪換。又上來一個新女孩。可能是五人一班，三上二下，定時輪流上場；但也可能是六人一班。奧麗維亞牽掛著麥特，不知他要怎麼趕來此地。他似乎很有把握能順利趕到，但會不會是為了她而逞英雄？

第二順位的女孩正對一個戴著慘不忍睹假髮的男人猛灌迷湯，大概是用半工半讀這套最受人青睞的老掉牙說詞哄弄他。奧麗維亞實在不懂，男人為何老是對女學生招架不住，難道非得要個清純少女來掩蓋他們自身的齷齪嗎？

奧麗維亞進門時跳第一順位的女孩，此刻從後面走了出來。她靠近一名嘴裡含根雞翅的男人。男人放下雞翅，手往牛仔褲擦拭。女孩牽起男人的手，躲到牆角。奧麗維亞想跟上去，抓住全部的女孩，把她們拖到陽光底下。

夠了。

她示意女服務生結帳。女服務生自一群放聲大笑的本地人中走出來。「三元五十分。」她說。

奧麗維亞站了起來，手伸進皮包，拿出五塊錢。當正要拿給服務生，正要離開這個陰暗、糟糕的地方之際，舞者開始輪替。後台跑出另一名新的女孩。

奧麗維亞僵立。接著，微弱的呻吟，一股瘖啞的劇痛，自雙唇之間竄出。

女服務生說：「小姐，妳還好嗎？」

站上台，接上第三順位的，是金咪。

「小姐？」

奧麗維亞幾乎倒了下去。她坐回位置。「再給我一杯可樂。」

第一杯可樂她動都沒動，但女服務生很會察言觀色，並沒有多問。奧麗維亞盯著舞台，有幾秒鐘的時間，她百感交集，哀傷難免。事隔多年還看到金咪在台上表演，讓她悲痛莫名。那麼一走了之，也讓奧麗維亞覺得愧疚；但見到老友，她同樣掩不住欣喜。近來幾個星期，她上了好多網站調查金咪是否還在跳舞。由於一無所獲，奧麗維亞便暗自希望這表示金咪洗手不幹了。如今事實擺在眼前：金咪早成了過氣舞者，連上版面都有困難。

奧麗維亞動彈不得。

無論他人怎麼想，在那種圈子交到朋友並不難。大部分的女孩都真心喜歡彼此，她們就像軍中同袍，相互扶持之外，也要努力求生。但金咪·黛爾與眾不同，金咪是她最好的朋友，她唯一一直想著、念著、希望傾訴心事的人。金咪討她歡心，金咪讓她遠離毒品，金咪在拖車裡藏了槍，讓奧麗維亞得以存活至今。

奧麗維亞在黑暗中微笑著。金咪·黛爾，這個有潔癖的怪胎，她的舞伴，她的知己。

愧疚和哀傷又再襲來。

生不逢時。對金咪來說，一直等不到苦盡甘來的一天。她的皮膚鬆弛，嘴巴、眼睛周圍都已出現皺紋，大腿上有些小淤青。濃妝豔抹的她，成了她們以前害怕變成的「寄生蟲」。她們一直很怕成為不知見好就收的「寄生蟲」。

金咪的舞蹈也沒什麼變。一樣的舞步，只不過比較緩慢、無力。她還是穿著自己偏愛的黑色高筒靴。金咪一度以迷人笑容領先群倫，如今氣勢不再。奧麗維亞壓低身體。

金咪以為我死了。

她不知道金咪看到她……她的鬼魂會做何反應？她不知該如何是好。是該表明身分，還是坐在陰影裡，等個三十分鐘確定金咪看不到她時，再偷偷溜走？

她坐在那裡，看著好友，盤算著下一步的行動。事實擺在眼前，如今一切都慢慢曝光了，跟愛瑪的約定不再。葉茲和唐林傑知道她的身分，沒有必要再隱瞞實情。她不需要保護任何人，而且也許，只是也許，還能救一個人。

快輪到金咪下台時，奧麗維亞招女服務生過來。

「右邊的舞者。」奧麗維亞說。

「那個黑人？」

「對。」

「她叫魔幻。」

「好。我想私下跟她聊聊。」

女服務生豎起眉毛。「妳是說在後台？」

「對。私人包廂。」

「要多收五十元。」

「沒問題。」奧麗維亞說。她已在伊莉莎白市區提了錢。她因為心虛，另外塞給女服務生十元小費。

女服務生把錢塞進乳溝，聳聳肩。「後面右轉。第二扇門，上面有個B。我會叫魔幻五分鐘後過去。」

不只等了五分鐘。房間裡有張沙發和床，奧麗維亞站著等。她在發抖，聽見門外來來往往的腳步聲。耳邊傳來驚懼之淚樂團的歌曲，唱著每個人都想統治世界。別傻了。

有人敲門。

「你在裡面嗎？」

那聲音是金咪沒錯。奧麗維亞揉揉眼睛。

「請進。」

門打開。金咪走進門。「好，我來告訴你價錢——」

她停住。

兩個人站在原地，淚流滿面了好幾秒鐘。金咪不敢置信地搖頭。

「不可能……」

棒棒糖——而非奧麗維亞——終於點點頭。「是我。」

「可是……」

金咪掩嘴啜泣，棒棒糖張開雙臂。金咪幾乎要倒了下去，棒棒糖抓住她扶穩。

「沒事了。」她輕輕地說。

「不可能……」

「都沒事了，」奧麗維亞又說，撫摸著朋友的髮絲。「我在這裡，我回來了。」

## 52

羅蘭搭機經休士頓飛往雷諾。

她自掏腰包買了機票。這個賭注之大，很可能會讓她丟了工作，並被迫遷居新墨西哥州或亞歷桑那州之類的地方，但她不能視而不顧眼前的事實。史坦堡必須按部就班、奉命行事，這點她不但理解，也多多少少同意。

但情況演變至此，她知道這是如今唯一的選擇。

葉茲這個權高位重的調查局人員一定在搞什麼鬼。葉茲離開費德曼家時，突然說翻臉就翻臉，這讓羅蘭起了疑心。他轉瞬就彷彿失去理智，這在調查局高官身上雖然並非少見，但怎麼看就是不對勁。羅蘭看來，他根本在裝模作樣。葉茲一副掌控全局的樣子，但她卻覺得其中帶著慌張，幾乎嗅得到他身上慌亂的氣息。

葉茲顯然不希望她跟奧麗維亞．杭特見面或交談。

為什麼？

羅蘭心想，一開始是什麼讓葉茲慌了手腳？她還記得在費德曼家地下室所發生的事，似乎都是些瑣碎、無關緊要的小事。葉茲及時插話，不讓費德曼解釋朗戈和樂眉做了什麼比浼密「更糟」的事。當時，她只是不悅葉茲打斷話，但把這點跟將她踢出此案聯想在一起，就得出……

好吧，還是沒得出什麼結果。

跟凱薩琳院長道別後，羅蘭打了手機給葉茲，無人接聽。她也打到奧麗維亞．杭特的住家，也是無人接聽。接著，收音機傳來消息，說離杭特家不遠的一間歐文頓鎮內的酒館發生謀殺案。消息雖有限，但聽說有個高頭大馬的男人在街上追著一個女人跑。

高頭大馬。與葉茲一同去找奧麗維亞．杭特談的凱爾．唐林傑就是個大塊頭。

這同樣不具太大意義。

但還是有助於她的理解。

她打電話給史坦堡問：「你知道葉茲在哪嗎？」

「不知道。」

「我知道，」她說：「我問過航站線民。」再怎麼說，紐華克機場都在艾瑟思郡內，檢察署在那裡有很多聯絡人。「他跟大巨人正在一班飛往雷諾／太浩湖的飛機上。」
「而我該注意是因為——」
「我想跟蹤他們。」她說。
「又來了？」
「葉茲在搞鬼。」
她對史坦堡從頭道來，幾乎能夠想像他邊聽邊皺眉的樣子。
「我把話講明，」她老闆說：「妳認為葉茲與此案有涉。亞當．葉茲，一名曾經授勳的調查局探員，等等，不對，我糾正，是一名盡忠職守的調查局主任，內華達分局局長。妳的理由是：一、他情緒反覆不定；二、有人可能曾在歐文頓謀殺現場附近看到某個大人物的蹤影；三、他現在正要飛回家鄉。這麼說差不多吧？」
「老大，你應該聽聽他軟硬兼施的樣子。」
「嗯哼。」
「他要我別管這案子，不准靠近奧麗維亞．杭特。我告訴你，葉茲絕非善類。老大，我確定。」
「你知道我接下來要說什麼吧？」
羅蘭當然知道。「蒐集證據。」
「沒錯。」
「幫我個忙，老大。」
「什麼忙？」
「調查一下，朗戈和樂眉是否真如葉茲所說，臨陣脫逃沒去作證。」
「那又怎麼了？」

例，對方不會想透露消息的。」

「怎樣，妳認為是他編的？」

「查就是了。」

他遲疑了。「我不覺得這麼做有什麼好處。我是郡檢察官，朗戈和樂眉扯上的是黑幫懲治條例，對方不會想透露消息的。」

「那就去問特斯頓。」

「她會覺得我瘋了。」

「她不早就這麼想了嗎？」

「喔，是啊，說得對，」他說，清清喉嚨。「還有一點。」

「是，老大。」

「妳真想做蠢事？」

「誰，我嗎？」

「妳知道，我這個上司不會授權妳採取任何行動，但如果妳是自願加班，而我又不知情……」

「我知道了。」

羅蘭掛掉電話，她知道答案遠在雷諾。查理士．泰利在雷諾的浪女夜總會工作，金咪．黛爾也是。現在，葉茲和唐林傑也在趕往雷諾的途中。羅蘭確定她要自願加班了，她訂了機票趕到機場；登機前，她又打了通電話。費德曼還在地下工作室。

「嘿，」費德曼說：「是跟給我棒棒糖的驗屍報告有關嗎？」

「只要回答我幾個問題就給你。你說過『賭城事，賭城畢』這句話對吧？」

「對。」

「當我問你朗戈和樂眉是否洩密時，你說比這『更糟』。」

費德曼一陣沉默。

「這話是什麼意思？」

「只是我聽到的傳言。」他說。

「什麼傳言？」

「聽說朗戈策畫了一些圈套。」

「類似敲詐勒索的圈套。」

「差不多。」

他又沉默。

「差不多什麼？」她問。

「他偷拍。」

「偷拍什麼？」

「妳想得到的東西。」

「客人和小姐做愛的影片。」

又是短暫的沉默。

「費德曼先生？」

「對，」他說：「可是……」

「可是什麼？」

「可是，」他聲音轉弱：「我不確定可以叫他們小姐。」

她皺眉。「難道是男的？」

「不是，不是這樣的，」費德曼說：「我也不知道傳言是真是假，謠言滿天飛。」
「而你認為應該沒錯？」
「不知道，我真的不知道。」
「但你聽到傳言？」
「對。」
「什麼傳言？」羅蘭問：「偷拍的內容是什麼？」

# 53

麥特下了飛機，匆匆走出機場，沒人阻止他。他精神一振，成功了。他已趕到雷諾，而且還提早好幾個小時。
他跳上計程車。「中巷路四八八號。」
車內一路無語。車子抵達目的地時，麥特探出窗外盯著浪女夜總會。他付了錢，下車，往裡面走去。
他心想：「很合理。」
雖然沒想到中巷路四八八號會是個脫衣舞廳，但他也不是太驚訝。奧麗維亞忽略了某些事情，這他可以理解，甚至也知道原因。她一心想找到女兒，當局者迷。她看不見麥特看得清清楚楚的一點：整件事絕不只有綁架甚或詐財而已。
全都要回到他手機裡收到的影像。
若家中有女兒臥病在床，你才沒心情搞七捻三，惹對方老公吃味。若你為求三餐溫飽鋌而走險，就不會花心思破壞別人婚姻。

但這件事不僅止於此。雖然不確定到底是什麼，但麥特知道絕非好事。幕後的主使者想把他們拖回這種地方。

他走進門，選了角落的桌子。他四下打量，希望能看到奧麗維亞，但不見她人影。台上的三名女孩緩緩舞動。他想像美麗的妻子跟她們一樣，讓有幸看到她表演的人如得恩寵。奇怪的是，這並不難想像。奧麗維亞一席令人震驚的自白，不僅沒讓他陷入混亂，反而使他豁然開朗。這就是為什麼她對一般認為稀鬆平常的事如此熱衷；為什麼這麼想要建立家庭、買房子、住郊區。她渴望那些平常人視為理所當然，但也有如美夢成真的東西。如今他明白了，也更加清楚其中的道理。

生活。他們想齊心協力打造的生活。她說的對：那值得賣命爭取。

女服務生過來時，他點了杯咖啡，他需要咖啡因醒醒腦。咖啡來了，出奇地好喝。他邊喝咖啡，邊看著女孩跳舞，設法釐清種種線索，但卻想不出所以然。

他站起來，詢問哪裡有公共電話。臉上坑坑疤疤、身材臃腫的保鏢用拇指指示他方向。麥特總是隨身帶著一張電話卡，大概是在牢裡學到的另一個伎倆，他一直沒忘。其實警方也能追蹤電話卡，電話卡的售出地點和購買者皆可調查，只是時間早晚的問題。九五年奧克拉荷馬的爆炸案就是最好的例子，當時負責該案的檢察官就追蹤到一通用電話卡打的電話，但那需要花時間。他可能因此洩漏行蹤，但麥特不在乎了。

他沒開手機。手機若打開，就會讓人找到你。現在，甚至連一通電話都不用打，就可以追蹤到手機。他按下區域號碼八〇〇，再按下密碼，電話接至中伯的私人專線。

「伊克．凱亞。」

「是我。」

「什麼都別說，隔牆有耳。」

「那由你負責說話。」

「奧麗維亞沒事。」

「她被抓了嗎？」

「沒有。她……不見了。」

好消息。「還有？」

「等等。」中伯把話筒傳出去。

「嗨，麥特。」

是辛格。

「我跟你的警探朋友招了，希望你別介意，他們逼得我進退兩難。」

「沒關係。」

「不過，反正我說的話不會對你不利。」

「別擔心這個。」他說。

麥特眼光飄向夜總會入口。辛格正在說些有關德洛和泰利的事，但他耳朵突然熱了起來。

麥特看見走進門的人，話筒差點掉了下去。

羅蘭．繆思剛走進浪女夜總會。

羅蘭．繆思對門邊的胖子亮出徽章。

「我在找你們裡頭的一個舞者，名叫金咪．黛爾。」

胖子只是盯著她看。

「聽到了沒？」

「聽到。」

「所以呢？」

「妳的證件上顯示是紐澤西州。」

「但我仍是執法員警。」

胖子搖搖頭。「這不是妳的轄區。」

「你是什麼人，律師嗎？」

胖子指著她說：「說得好。再見。」

「我說，我在找金咪．黛爾。」

「我說，這不是妳的轄區。」

「你要我叫本地警察來？」

他聳聳肩。「妳高興就好，寶貝，隨妳。」

「我會讓你好看。」

「看我。」胖子微笑指著自己的臉。「我怕怕。」

羅蘭的手機響了，她往右一站。音樂喧鬧，她將手機貼著右耳，一隻手指插進左耳，瞇起眼睛，彷彿這麼做會讓通話清晰些。

「喂。」

「我想跟妳談條件。」

對方是麥特．杭特。

「你說。」

「我向妳坦承，但就妳一個。我們先約在其他地方，等到半夜一點再行動。」

「為什麼是一點？」

「妳認為是我殺了德洛或泰利嗎？」

「你一定得接受偵訊。」

「我不是問妳這個。我問妳自己是不是認為我是凶手？」

她皺眉。「不，我不覺得你跟整件事有關，但你太太卻脫不了關係。我知道她的真實姓名，還有逃亡、藏匿多年的事。我想，麥克斯．德洛發現她還活著。對方在找她，而你不知怎麼被捲入其中。」

「奧麗維亞是無辜的。」

「這點，」羅蘭說：「我不確定。」

「我還是願意談條件。我對妳坦承，我們到別的地方把話說清楚，等到一點再行動。」

「別的地方？你還不知道我在哪裡。」

「知道，」麥特說：「當然知道。」

「怎麼知道的？」

她聽見電話喀嗒掛上。可惡，他掛斷了。她正想打電話要人快速追蹤時，便有人拍了拍她的肩膀。羅蘭一轉身，就見他站在那裡，憑空冒了出來。

「那麼，」麥特說：「相信妳是明智之舉嗎？」

# 54

飛機一著陸，便改由唐林傑發號司令，葉茲對這點早已習以為常。一般人都以為，葉茲勞心，唐林傑勞力。事實上，兩人的關係類似政治共同體，葉茲在幕前賣弄形象，唐林傑在幕後擺平各種狀況。

「可以了，」唐林傑說：「打電話吧。」

葉茲打電話給奉命跟蹤奧麗維亞．杭特的探員泰得。

「嘿，泰得，人還在嗎？」葉茲問。

「還在。」

「在哪？」

「你絕對想不到。杭特太太一下飛機，就趕到一間叫做浪女的脫衣舞廳。」

「現在還在那裡？」

「走了，跟一個黑人脫衣舞孃一道走的，我跟蹤她們到西區某個地點。」泰得說出地址。葉茲重複一遍讓唐林傑聽見。

「現在，她人還在脫衣舞孃的拖車內嗎？」葉茲問。

「對。」

「有其他人嗎？」

「沒有，就她們兩個。」

葉茲看著唐林傑。兩人早已討論過如何甩開泰得，並也已安排好下一步棋。「泰得，好了，多謝。你可以走了。十分鐘後在雷諾分局碰面。」

「會有人來逮她們兩個？」泰得問。

「不需要。」葉茲說。

「發生了什麼事？」

「奧麗維亞・杭特以前在『條碼頭』的夜總會工作過。她昨天跟我們招了。」

「她知道很多嗎？」

「夠多了。」葉茲說。

「那她來找黑妞幹嘛？」

「她答應我們，要說服一名浪女夜總會的脫衣舞孃也招供。據杭特說，這名叫金咪・黛爾的黑妞知道的可多了。所以我們給她機會，看她是不是守信。」

「看來是。」

「對。」

「這表示我們不會有事。」

葉茲瞥向唐林傑。「只要沒讓『條碼頭』發現就不會有事，十分鐘後在分局見，到時候再詳談。」

葉茲按下結束鍵。兩人已走到大廳，往出口前進。兩人肩並肩走著，打從小學以來就是如此。他們都住賭城外的韓德森市，而且兩家就在同一個街區上。兩人的太太是大學室友，至今還是形影不離。唐林傑的大兒子跟葉茲的女兒安妮很要好，每天早上都開車送她上學。

「一定有別的辦法。」葉茲說。

「沒有。」

「我們越界了。」

「以前也越過界。」

「不一樣。」

「對，不一樣，」唐林傑表示同意：「現在家有妻小。」

「我知道。」

「你算算看。一邊是個洗手不幹的脫衣舞孃凱蒂絲．波特，可能還是個跟朗戈和樂眉勾結的老毒蟲。公式一邊是她，對吧？」

葉茲點頭，心裡知道唐林傑接下來要說的話。

「另一邊是兩個家庭：兩對夫妻、你的三個和我的兩個兒女。我們倆也許有錯，但他們卻是無辜的。所以，我們得除掉一個做過妓的女人，如果無法支開金咪．黛爾，也許要再加她一個。不這麼做，就得斷送另外七個人，有價值的生命。」

葉茲低下頭。

「非友即敵，」唐林傑說：「這次甚至連想都不用想。」

「我應該跟你一起去。」

「不行。你得回辦公室跟泰得會合。到時候得弄成像是謀殺案，杭特的屍體一被發現，自然而然就會像黑道殺人滅口。」

他們出了機場。天色漸暗。

「抱歉。」葉茲說。

「你也救了我很多次。」

「一定有其他辦法，」葉茲又說：「告訴我還有其他辦法。」

「回辦公室，」唐林傑說：「事情辦妥我就打給你。」

# 55

金咪的拖車瀰漫著乾燥花的味道。

十年來，奧麗維亞只要聞到乾燥花的味道，就會想起賭城外的拖車。金咪的新家也有相同的味道，奧麗維亞只覺恍若時光倒流。

若附近有火車經過，這一帶則剛好落在不利的一邊。拖車四壁不大抵擋得住陽光，夾板蓋住空空的窗戶，金咪的老爺車像隻流浪狗縮在一旁，泥土車道布滿油漬。不過，一走進門，除了剛剛提到的味道之外，可說相當乾淨，是雜誌上會稱為極具品味的擺設。雖然不是走奢華風，但隨處可見巧思，抱枕、小人像都選得很好。

簡言之，就像一個家。

金咪拿出兩個杯子和一瓶紅酒。兩人坐在沙發上，金咪倒酒，奧麗維亞一飲而盡。冷氣轟轟響。金咪放下酒杯，伸出手輕輕捧住奧麗維亞的雙頰。

「我不敢相信，妳竟然在這裡。」金咪輕聲說。

奧麗維亞對金咪道出原委。

說來話長。奧麗維亞從因病請假、提早回拖車、撞見卡珊德拉的屍體、遭克萊德襲擊那天說起。金咪專注聆聽，不發一語，時而落淚。她渾身顫抖，但沒有插話。

當奧麗維亞提到上網看見女兒的消息時，她看見金咪臉一僵。

「怎麼了？」

「我見過她。」金咪說。

奧麗維亞頓時天旋地轉。「我女兒？」

「她來這裡，」金咪說：「我家。」

「什麼時候？」

「兩個月前。」

「我不懂。她來這裡？為什麼？」

「她說要尋找生母，妳知道孩子都會好奇。我盡可能婉轉地告訴她，妳已經死了，但她早知道了。還說什麼要去找克萊德，替妳報仇。」

「她怎麼會知道克萊德的事？」

「她說……我想一下……說她先去找了負責調查此案的警察。」

「麥克斯．德洛。」

「對，應該就是他。她去找德洛，結果對方告訴她，克萊德殺了妳，但克萊德下落不明。」金咪搖搖頭。「那個雜種原來早就死了？」

「對。」奧麗維亞說。

「就像死了個大魔王，妳懂吧？」

她懂。「她叫什麼名字？」

「她沒說。」

「看起來像生病嗎？」

「生病？喔，對了，因為網路上的告示對吧。她看起來挺健康的。」金咪笑道：「漂漂亮亮，但不俗豔。跟妳一樣，膽子很大。我給了她一張照片，就是賽爾思—皮可洛的例行演出那張。記得嗎？」

「記得，記得。」

金咪只是搖頭。「我實在不敢相信妳人在這裡，像在作夢似的。真怕妳會慢慢消失，醒來發現妳不見了，剩我自己一個人在這鬼地方。」

「我在。」奧麗維亞說。

「而且還結婚、懷孕了。」她又搖搖頭，露出不敢置信的微笑。「真不敢相信。」

「金咪，妳認識一個叫查理士．泰利的人嗎？」

「妳說查理？瘋狂殺手。他就在夜總會工作。」

「妳上次看到他，是什麼時候？」

「不知道，起碼一個星期前吧。」她皺眉。「怎麼了？那混帳跟這件事有什麼關係？」

奧麗維亞陷入沉默。

「怎麼了？」

「他們死了。」

「誰？」

「查理士．泰利和麥克斯．德洛，他們也莫名其妙牽扯進去。我女兒的出現，似乎讓他們慌了手腳。說不定，那告示就是他們寫的，目的是要引我出現。」奧麗維亞皺眉。這部分讓她受盡煎熬，但現在總算迷霧漸散。「德洛跟我要錢，我給了他五萬美金。查理士．泰利也捲入其中。」

「聽起來沒道理啊。」

「我今天晚上跟人約了碰面，」奧麗維亞說：「對方說要讓我見我女兒。可是，現在德洛和查理都死了，有個人還一直問我要帶子。」

金咪的臉又沉了下來。「帶子？」

「克萊德對我拳打腳踢時，一直問我帶子在哪。今天又——」

「等一下。」金咪舉起一隻手。「克萊德跟妳要帶子？」

「對。」

「他為此殺了卡珊德拉？為了找出錄影帶？」

「我想是吧。他發了瘋似的一直找。」

金咪咬起指甲。

「金咪？」

她的老友只是站了起來，走向角落的櫥櫃。

「怎麼了？」奧麗維亞問。

「我知道克萊德為什麼想要帶子，」金咪說，聲音霎時恢復平靜。她打開櫥櫃。「我知道帶子在哪裡。」

## 56

麥特帶羅蘭前往夜總會後頭陰暗的包廂。兩人坐下時，耳邊剛好響起英國樂團ＡＢＣ的〈愛的容顏〉。房間一片漆黑，脫衣舞孃一下子離得好遠。

「妳身上有槍嗎？」麥特問。

「沒時間申請武裝許可。」

「也是單槍匹馬前來。」

「那又怎樣？」

麥特聳聳肩。「我如果翻臉，還是可以把妳打昏，一走了之。」

「我比外表看起來還難惹。」

「這我知道，妳小時候就這樣。」

「你就不是。」

他點點頭。「妳對我太太的事知道多少？」

「你為什麼不先說？」

「因為目前為止，都是我在釋出善意，」他回答：「妳還沒有。」

「有理。」

「所以呢？」

羅蘭想了一下，沒理由不相信他。她相信麥特是無辜的，而且如果她錯了，證據也不會騙人，到時他絕對無法脫身，前科犯可沒那麼好過關。

「我知道你太太的真名是凱蒂絲．波特。」

羅蘭從頭說起，麥特也是。他偶爾打斷羅蘭，發問或加以補充。當羅蘭提到凱蒂絲．波特的驗屍報告和ＡＩＳ女性時，麥特睜大雙眼，坐直身體。

「再說一次。」

「麥克斯．德洛在死者為ＡＩＳ那部分做了記號。」

「妳說那就像雙性人？」

「大概可以這麼說。」

他點頭。「德洛就是這樣發現的。」

「發現什麼？」

「凱蒂絲．波特還活著。我太太十五歲時就懷了女兒，孩子送人領養了。」

羅蘭點點頭。「所以，德洛才會發現真相。」

「沒錯。」

「他想起驗屍報告說的ＡＩＳ，如果凱蒂絲．波特曾懷過孕——」

「遭人謀殺的就不可能是凱蒂絲．波特。」麥特接下去說。

「你太太今晚要跟人見面？」

「對，午夜。」

羅蘭點頭。「所以你才跟我談條件，約一點。這樣你太太才能如期赴約，見到女兒。」

「對。」麥特說。

「真體貼，犧牲自己。」

「對，我是白馬王子，除了……」麥特停頓。「天啊。從剛剛的話想下來，這一定是場騙局。」

「我聽不懂。」

「好，假設妳是麥克斯．德洛，妳發現凱蒂絲．波特還活著，逃亡在外。過了這麼多年，妳要怎麼找到她？」

「不知道。」

「設法引她出來，對吧？」

「可能吧。」

「為了要引她出來，妳可能會貼出她長久失聯的女兒病危的消息。如果妳是警察，應該可以查出醫院、醫師、住家等等細節。說不定，還能直接從她女兒身上問出真相。」

「不大對。」羅蘭說。

「怎麼說？」

「他怎麼知道她會去調查以前的事？」

麥特思索其中道理。「我不確定。當然，他不會把賭注全放在這裡，應該也會追蹤所有以前遺留下來的線索，一步步重新調查。但如果她還活著，也剛好跟這個自由國度的一般人一樣，擁有一台電腦，說不定就會好奇地用以前的名字上網查詢看看。只是時間早晚的問題。」

羅蘭皺眉，麥特也是。同樣的事情一直困擾著他。

「我手機上的影像……」他說。

「怎麼樣？」

他正思索著如何說明，女服務生突然進門。「要再點些飲料嗎？」

麥特拿出皮夾，抽出二十元，對著女服務生問：「妳認識金咪．黛爾嗎？」

她遲疑不前。

「只要說認識或不認識就可以了，」麥特說：「二十元。」

「認識。」他把錢拿給服務生，又抽出二十元。

「她在嗎？」

「說在或不在就可以了？」

「不在。」

他又再給錢，並又抽出三張二十元紙幣。「只要告訴我她在哪就給妳。」

女服務生考慮片刻。麥特把錢拿在她面前。

「雖然有點奇怪，不過金咪可能在家。我的意思是，她本來排班到十一點，但一小時前她跟一位小姐出去了。」

羅蘭轉頭看他；麥特眼睛眨都不眨，不動聲色又拿出二十元及一張奧麗維亞的照片。「跟金咪一道離開的是她嗎？」

女服務生突然一臉恐懼，閉口不答，但答案很明顯了。羅蘭站起來，往門外走去。麥特拋下錢，跟了上去。

「怎麼了？」麥特說。

「快來，」羅蘭往後喊：「我知道金咪．黛爾的住址。」

金咪將錄影帶放進放影機。「我早該猜到的。」她說。

奧麗維亞坐在椅墊上等著。

「還記得廚房的櫃子嗎？」金咪問。

「記得。」

「事發後約三、四個月，有天我買了一大桶蔬菜油，爬上活梯想把油放到櫃子上，結果在後面的縫隙看到這個。」她下巴指指電視螢幕。「用膠帶黏在那裡。」

「妳看過了嗎？」

「嗯，」她低聲說：「我不知道自己怎麼了。我早該丟掉，或交給警方之類的。」

「為什麼沒有？」

金咪只是聳聳肩。

「帶子裡頭是什麼？」

她似乎正想解釋，但接著又指著螢幕。「妳看。」

奧麗維亞正襟危坐，又倒了些酒。金咪捏著手走來走去，不看螢幕。前幾秒鐘畫面一片空白，之後便出現再熟悉不過的畫面。

一間臥室。

畫面是黑白的。螢幕一角有日期及時間。有個男人坐在床緣，奧麗維亞不認得這個人。

畫面外有個男人輕聲說：「這是亞歷山大先生。」

亞歷山大先生——若這是他的真名的話——開始脫衣服。螢幕右邊出現一名女人，動手幫他寬衣。

「卡珊德拉。」奧麗維亞說。

金咪點頭。

奧麗維亞皺眉。「克萊德偷拍客人？」

「對，」金咪說：「還有。」

「還有什麼？」

螢幕上的兩個人都一絲不掛。卡珊德拉在上，弓起背，張開嘴。她們聽得出她故意叫床，假裝高潮；就算是卡通配音也沒那麼假。

「我看夠了。」奧麗維亞說。

「等一下，」金咪說：「再看下去。」

金咪按下快轉鍵。螢幕畫面加快：姿勢換位、快速移動。不久後，男人辦完事快快著裝。他一走出房間，金咪便放掉快轉鍵。帶子又恢復正常速度。

卡珊德拉走近攝影機，對鏡頭微笑。奧麗維亞只覺呼吸沉重。「金咪，看看她多麼年輕。」

金咪不再踱步。她把手指放在唇上，接著又指著螢幕。

出現男人的聲音。「給亞歷山大先生的紀念品。」

奧麗維亞臉一擠，那聽起來像是朗戈故意在裝聲音。

「好玩嗎，卡珊德拉？」

「很好玩，」卡珊德拉的語調平得不能再平。「亞歷山大先生好棒。」

短暫的停頓。卡珊德拉舔舔嘴唇，對螢幕外的某個人瞥了一眼，似乎在等著給她的暗號。對方即刻給她回應。

「卡珊德拉，妳幾歲？」

「十五。」

「確定嗎？」

卡珊德拉點頭。鏡頭外的人拿給她一張紙。「我下星期就滿十五了，這是我的出生證明。」她將文件貼近鏡頭。螢幕一度模糊，但後來有人重新聚焦。卡珊德拉就這麼停了約三十秒。她出生於愛達荷州嫩巴市的慈善醫療中心，父母是瑪麗和席維斯特。出生日期清楚可見。

「亞歷山大說，他想找十四歲的，」卡珊德拉說，似乎是第一次說這些台詞。「後來又說我就可以。」

鏡頭又一片空白。奧麗維亞靜靜坐著，金咪也是。好一會兒，終於搞懂朗戈的把戲時，便大驚失色。

「天啊。」她說。

金咪點點頭。

「克萊德不只偷拍詐財，」奧麗維亞說：「還設計圈套，故意安排未成年少女。他準備了出生證明，還謊稱是客人點名要求的，但不論如何，就算客人以為女孩已年滿十八，也一樣犯了重罪。這個叫做亞歷山大的人不只可能顏面盡失或讓人爆料，他還或許就這麼毀了，在牢裡蹲上一輩子。」

金咪點點頭。

螢幕出現另一名男子。

「這位是道格拉斯先生。」微弱的男聲說。

奧麗維亞整個人麻痺。「天啊。」

「怎麼了？」

她移近螢幕。那名男子，在床上的男子無疑就是亞當．葉茲。奧麗維亞錯愕地看著。卡珊德拉又走了進來，幫男人脫衣服。原來如此，這就是克萊德這麼著急的原因：他拍到一名調查局的重要人士。他剛開始可能並不知情——克萊德可沒笨到這種地步，直到跟對方敲詐勒索後，才知道鑄成大錯。

「妳認識他？」金咪說。

「嗯，」奧麗維亞說：「剛剛才見過。」

前門突然被撞開。奧麗維亞和金咪都轉向聲音來源。

金咪喊：「這是……？」

唐林傑關上門，拔槍，瞄準。

## 57

羅蘭租了部車。

麥特說：「妳覺得是怎麼一回事？是德洛搞的鬼嗎？」

「很有可能，」她同意道：「德洛不知如何發現妳太太有個女兒。他想起驗屍報告，於是開始挖出內幕。他知道這其中牽扯到金錢交易，所以就雇用殺手來解決這件事，以免醜聞走漏。」

「查理士．泰利？」

「對，泰利。」

「妳認為，他看到奧麗維亞回應那封網路告示，就發現她的蹤跡？」

「對，可是……」羅蘭停頓。

「可是什麼？」

「他們先找到的是愛瑪．樂眉。」

「瑪麗．羅絲修女？」

「對。」

「怎麼找到的？」

「不知道，也許因為她想贖罪。我是說，我從院長那裡聽到她全部的事。瑪麗．羅絲修女改變身分後，就過著虔誠向善的生活。我不知道。也許，也許她也看到告示了。」

「然後想伸出援手？」

「對。這也許可以解釋從聖瑪格麗特打到你大嫂家的六分鐘電話。」

「她要警告奧麗維亞？」

「或許吧，我不知道。對方可能先找到愛瑪．樂眉，法醫說她遭人虐待。也許是對方要錢，或逼她說出妳太太的真實姓名。總之，樂眉死了。而且，我設法調查她真正的身分時，一直有人從中作梗。」

「調查局的人，葉茲。聽過嗎？」

「聽過，說不定他老早就認識樂眉了。又說不定他只是以此為掩護，藉此從中阻撓，我不確定。」

「妳認為，葉茲設法在隱瞞某件事？」

「有個線民告訴我，朗戈利用未成年少女敲詐斂財的事。他無法確定是否真有此事。但如果是的話，我想他一定脫離不了關係。我想，葉茲就是怕我追得太緊才想支開我，他現在人也在雷諾。」

麥特轉頭看著前方。「還有多遠？」

「再過一個街區。」

車子才剛轉彎，羅蘭便看見唐林傑守在一輛拖車旁，壓低身體，往窗戶內窺探。她急踩煞車。

「可惡。」

「怎麼了？」

「我們需要武器。」

「為什麼？發生了什麼事？」

「葉茲的手下守在窗邊。」

唐林傑站了起來。他們看見他手伸進口袋，拿出一把槍，碩大的身軀往前一躍，把門撞開，衝進車內。

麥特毫不遲疑。

「等等，你要去哪裡？」

他沒回頭，也沒止步，全力往拖車奔去，透過窗他看得見拖車內。

奧麗維亞在裡頭。

她猛然起立，高舉雙手。另一個女人——他想應該就是金咪．黛爾——也在裡面，她張口尖叫。唐林傑拿槍指著她們。

唐林傑開槍。

不要……

金咪倒地。奧麗維亞倒向一旁，落出視線。麥特絲毫沒減速，唐林傑離窗戶不遠。麥特知道已錯失良機，他使盡全力，跳向窗戶，拳頭就緒。

窗戶碎裂，出奇順利。

麥特腳先著地，仍然片刻都不猶豫。唐林傑手裡還拿著槍，驚訝得嘴巴大張。麥特趁機往他身上撲去。

對方像一道水泥牆，不痛不癢。

「快跑！」麥特大喊。

唐林傑開始反擊。他拿槍指著麥特；麥特雙手抓住唐林傑的手腕，猛力拉扯。唐林傑也是。雖然麥特以雙手抵單手，但還是力有不逮。唐林傑用另一隻手往麥特的胸腔來一記上鉤拳。麥特頓時只覺得肝腸迸裂、呼吸困難。他想倒在地上翻滾，但是不行。

奧麗維亞有生命危險。

他用僅剩的力氣抓住唐林傑的手腕。

又一拳朝他下胸腔揮來。麥特眼眶濕潤，眼冒金星，慢慢失去意識，流失力量。

一道吼叫聲：「站住！警察！放下武器！」

是羅蘭・繆思。

唐林傑鬆手，麥特瞬間倒地。他仰頭看著唐林傑。唐林傑正環視屋內，表情怪異。

到處不見羅蘭・繆思的人影。

麥特知道接下來會如何發展：唐林傑必會納悶羅蘭為何不現身，接著想到她一定是剛從紐華克飛來，而她畢竟只是個小小的郡警，上級不可能給她武裝許可。最後他就會發現，羅蘭身上根本沒槍，她不過是在虛張聲勢。

奧麗維亞爬向金咪．黛爾。麥特看了她一眼，兩人眼神交會。「快走。」他做嘴形，接著又回頭仰望唐林傑。

唐林傑想通了。

他把目標轉回奧麗維亞。

「不要！」麥特嘶吼。

他腿一曲，往外疾推，一雙腿彷彿一對活塞。雖然他對活生生血淋淋的打鬥略有所知，也知道小不點絕對贏不過大塊頭，但他不在乎輸贏，一心只想救奧麗維亞，只要能讓妻子脫困即可。

不只如此。

麥特也知道，即便是再怎麼孔武有力的人，還是一樣有死穴。

麥特握拳，一躍而起，往對方的鼠蹊中央揮拳。大塊頭慘叫了一聲，彎下身時抓住麥特。麥特想掙脫，但敵不過唐林傑的蠻力。

死穴。他心想，打他的死穴。

麥特頭部使力，打直身體，往唐林傑的鼻子一撞。唐林傑哀嚎著站起身。麥特往妻子的方向看去。

這是……？

奧麗維亞還在原地，他不敢相信。她守在金咪身旁，發了狂地照料她朋友的腿。他猜，應該是在止血之類的。

「快走！」他呼喊。

唐林傑恢復力氣了，槍正對著麥特。

羅蘭從拖車另一邊發出尖叫，撲上唐林傑的背，伸手去抓他的臉。大塊頭往後退，鼻子和嘴巴沾滿血跡，像隻頑強野馬甩掉羅蘭。羅蘭狠狠撞牆，麥特跳了起來。

他想打唐林傑的眼睛，但打偏了。手往下滑，落在大塊頭的喉嚨上。

打他的死……

就像之前。

就像好幾年前，在麻州大學校園，和一個名叫史蒂芬．麥格拉斯的打鬥。

麥特豁出去了。

他用力一擰，大拇指放在喉嚨凹陷處，又再用力。

唐林傑雙眼突出，但拿槍的那隻手現在擺脫牽制，舉槍對著麥特的腦袋。麥特一隻手從喉嚨放開，想撥開唐林傑的槍，但子彈還是發射了。麥特的臀部上方一陣滾燙。

他腿一軟，手從唐林傑的脖子上鬆開。

唐林傑此刻握好槍，看著麥特的眼睛，扣扳機。

槍響。

唐林傑的眼睛又更加突出，子彈打中他的太陽穴，大塊頭彎身倒地。麥特轉過頭，看著妻子。她手中握著一把小手槍，麥特奔向她。夫妻倆低頭看著金咪。金咪並非腿部中彈，而是肘關節以上的地方。

「妳還記得。」金咪說。

奧麗維亞微笑。

麥特說：「記得什麼？」

「我跟你說過，」奧麗維亞說：「金咪靴子裡一直藏著一把槍，我好不容易才把槍抽出來。」

58

羅蘭坐在調查局洛杉磯分局主任哈里斯．格林斯的對面。格林斯是這一帶位階最高的聯邦官員之一，他相當不悅。

「妳知道亞當．葉茲是我的朋友。」格林斯說。

「你說了三次了。」羅蘭說。

他們所在之處是雷諾的華修醫療中心三樓。格林斯瞇著眼睛，咬著下唇。「妳想抗命嗎？」

「我已經說了三次了。」

「那就再說一次，馬上。」

她又照辦說了一次，要交代的事情很多，總共花了好幾個小時。這案子還沒完，至今還留有許多疑點。葉茲失蹤了，沒人知道他的下落。唐林傑死了。羅蘭後來得知，兩人在同事間人緣都極佳。

格林斯站了起來，摸摸下巴。房間裡另外三名探員全都帶著筆記本，低頭疾書，驚爆內幕。雖然大家都不願相信，但葉茲和卡珊德拉的錄影帶讓人啞口無言。再怎麼不願，再怎麼反感，他們還是得接受羅蘭的說法。

「有想過葉茲會去哪嗎？」格林斯問羅蘭。

「沒有。」

「最後一次看到他，是在克茲克巷的雷諾分局辦公室。就在拖車事件發生前十五分鐘左右。他過去跟一個名叫泰得．史帝文生的探員碰頭，就是奉命在奧麗維亞．杭特下飛機後跟蹤她的探員。」

「對。你說過了，我可以走了嗎？」

格林斯轉過身，揮揮手。「滾出去吧。」

她站起來，走下樓，前往一樓的急診室。奧麗維亞．杭特坐在急診室櫃檯旁。

「嗨。」羅蘭說。

「嗨。」奧麗維亞勉強一笑。「我過來看看金咪。」

奧麗維亞並沒有受傷。金咪．黛爾正在走道另一頭包紮，她手臂吊了起來。子彈雖沒射中骨頭，但肌肉和神經組織傷勢頗重，不但疼痛難耐，還需好久才能復原。唉！但在這個醫院恨不得你盡早出院的時代（柯林頓動完心臟手術不過才六天，就在自家後院看起書來了），他們問完話，就准許金咪回家休養，但要她「不能出城」。

「麥特呢？」羅蘭問。

「剛動完手術。」奧麗維亞說。

「還好嗎？」

「醫生說不會有事。」

子彈擦過麥特股關節以下的大腿骨上緣，醫生得用骨釘矯正骨位。他們說，只是小手術，兩天後麥特就能起床外出了。

「妳該休息一下。」奧麗維亞說。

「沒辦法，」羅蘭說：「情緒太激動了。」

「我也是，要不要去陪陪麥特，他隨時都會醒過來。我幫金咪打點好就上去。」

羅蘭搭手扶梯到三樓。她坐在麥特床邊，想著案子，想著亞當．葉茲、他的下落、可能採取的行動。

幾分鐘後，麥特眨了眨眼，睜開眼睛看著羅蘭。

「嘿，大英雄。」羅蘭說。

麥特勉強微笑，頭轉向右邊。

「奧麗維亞呢？」

「在樓下陪金咪。」

「金咪……」

「沒事。奧麗維亞會幫她安頓好。」

他閉上眼睛。「我需要你做一件事。」

「不先休息一下？」

麥特搖搖頭，虛弱地說：「幫我查一下通話紀錄。」

「現在？」

「照相手機，」他說：「照片和錄影。還是說不通，葉茲和唐林傑為什麼要拍那些東西？」

「不是他們，是德洛拍的。」

「為什麼……」他又閉上眼睛。「為什麼這麼做？」

羅蘭暗忖。麥特突然睜開雙眼。「幾點了？」

羅蘭看錶。「十一點半。」

「晚上？」

「當然啦。」

羅蘭瞬間想起在浪女夜總會的午夜之約。她匆匆抓起手機，撥到樓下的急診室櫃檯。

「我是繆思警探，幾分鐘前才跟一個名叫奧麗維亞．杭特的女人在樓下，她正在等一名叫做金咪．黛爾的病患。」

「我知道，」櫃檯人員說：「我有看到。」

「她們還在嗎？」

「誰？黛爾和杭特小姐嗎？」

「對。」

「走了。妳走後，她們就匆匆離開了。」

「匆匆離開？」

「搭計程車。」

羅蘭掛上電話。「她們走了。」

「電話給我。」麥特躺在床上說。羅蘭將電話貼近他的耳朵。麥特告訴羅蘭奧麗維亞的手機號碼。電話響了三聲後，奧麗維亞接起電話。

「是我。」他說。

「你還好嗎？」奧麗維亞問。

「妳在哪？」

「你知道。」

「妳還是認為……」

「她打了電話過來。」

「什麼？」

「打到金咪的手機，也許不是她。她說約定照常，但不能有警察、丈夫在場，誰都不行，我們要趕過去了。」

「奧麗維亞，那一定是騙局。妳明明知道。」

「我不會有事的。」

「羅蘭要過去了。」

「不要，麥特。拜託，我知道自己在做什麼。求求你。」奧麗維亞掛上電話。

# 59

晚上十一點五十分

內華達州雷諾市

浪女夜總會

奧麗維亞和金咪抵達時，門口的胖子指著金咪說：「妳早退，得補班。」

金咪讓他看吊起來的手臂。「我受傷了。」

「那又怎樣，這樣就不能脫光光嗎？」

「你是認真的嗎？」

「看我，」他指著自己的臉。「我很認真。有些男人一看到這個就興奮。」

「上了石膏的手？」

「沒錯。譬如喜歡斷手斷腳的男人。」

「我還認識一個迷戀髒腳指的男人，髒腳指耶。」

「嘿，男人喜歡重口味嘛，妳知道我的意思。」胖子摩擦雙手。「我還認識一個迷戀髒腳指的男人，髒腳指耶。」

「很好。」

「妳朋友是誰？」

「不重要。」

他聳聳肩。「有個紐澤西警察在問妳的事。」

「我知道，事情解決了。」

「我希望妳能上台，吊著繃帶。」

金咪看著奧麗維亞。「我在台上可能比較方便注意狀況。妳知道，這樣就不會讓人起疑。」

奧麗維亞點點頭。「妳自己決定。」她說。

金咪隱入後台。奧麗維亞挑了個位子坐下。她不看、不注意人群，也不在台上尋找疑似女兒的臉孔。她心亂如麻，濃重的哀傷重壓著她。

她心想，何不到此結束，轉身就走。

她有孕在身，丈夫又負傷住院。那邊才是她目前的生活，這邊是過去的事了，她應該就此放手。

但她並沒有這麼做。

奧麗維亞又想起慘遭虐待的小孩如何走上自毀之途。他們無論後果，無論多危險，就是無法自制。或者，這些小孩也跟她一樣逆向操作：無論命運多麼坎坷，就是不放棄希望。

今晚她不是還有一線希望，能跟好幾年前就給人領養的孩子團圓嗎？

女服務生走近這一桌。「妳是凱蒂絲．波特嗎？」

她毫不遲疑地說：「我就是。」

「有人留言給妳。」

她拿給奧麗維亞一張紙條後便走開。紙條上簡短寫著：馬上到後包廂B室，稍待十分鐘。

她跌跌撞撞，左顧右盼，腸胃翻攪，一不小心撞上一個男人，連忙致歉。男人說：「嘿，寶貝，我的榮幸。」身旁的同伴捧腹大笑。奧麗維亞繼續往前走到後包廂區，找到一扇印有B字母的門，正是她幾個小時前才到過的房間。

她打開門，走進去。手機響了，她接起電話說喂。

「別掛掉。」

麥特的聲音。

「妳在夜總會嗎？」

「對。」

「馬上離開。我知道是怎麼回事——」

「噓。」

「怎麼了？」

「奧麗維亞，不管妳怎麼想，拜託妳先——」

奧麗維亞哭了。「我愛你，麥特。」

「我愛你勝過世上一切。」

「聽我說。趕快離——」

她闔上手機，關機，面向門。五分鐘過了，她立在原地，絲紋不動，不左右搖擺也不四下張望。有人敲門。

「請進。」她說。

門打開。

## 60

麥特拚命使力，還是無法下床。

「快去！」他對羅蘭說。

羅蘭呼叫雷諾警局，奔向車子。車行至離浪女夜總會不到兩哩處時，她的手機響了。

她接起電話，大吼：「繆思。」

「妳還在雷諾嗎？」

來電的是葉茲。他聲音模糊。

「對。」

「妳現在備受讚譽吧？」

「剛好相反。」

葉茲輕笑。「哎呀！我還真受人愛戴。」

他一定喝了酒。「亞當，告訴我你在哪。」

「我沒騙妳，妳知道對不對？」

「當然知道。」

「我指的是他們威脅我的家人。我從沒說是暴力威脅，但我可能就此失去太太、孩子、工作。

那捲帶子就像大槍指著我們，妳知道我的意思嗎？」

「知道。」羅蘭說。

「當時我假扮成有錢的房屋仲介去臥底，朗戈以為肥魚上鉤了。我根本不知道那女孩未成年，妳一定要相信我。」

「你在哪裡？」

他不顧問題。「有人打電話要我付錢贖回帶子。所以，我和凱爾就去找朗戈，逼他交出帶子。啊，我騙誰啊，負責耍狠的是凱爾。他是個好人，但下手很狠，有次還打死一名嫌犯，我出面替他解圍，我們常幫對方擦屁股，朋友就是這樣。他死了，是嗎？」

「嗯。」

「可惡。」他放聲哭泣。「凱爾傷了愛瑪．樂眉，狠狠打她的腎臟，警告她。我們走進去時，我以為只是去談判，沒想到他狂搖樂眉，當她是個笨重的大袋子一樣，猛打她的背。朗戈根本不在意，他自己就常海扁那女人，朗戈比那女人還沒種。」

羅蘭快到停車場了。

「朗戈嚇得屁滾尿流，我一點都沒誇張。他怕死了，趕緊跑去櫃子拿帶子，但帶子卻不翼而飛。他說，一定是錄影帶上的女孩卡珊德拉偷走了。他說，他會去把帶子找出來。我和凱爾覺得他嘗到苦頭，不敢不從。沒想到，後來朗戈、樂眉、卡珊德拉全都消失無蹤。幾年過去了，我還是耿耿於懷，沒有一天不想這件事。然後，有天來了一通全國犯罪資料中心的電話，說找到樂眉的屍體。整件事又回來了。我知道這是遲早的事。」

「亞當，還不算太遲。」

「不，太遲了。」

她停進停車場。「你還有朋友。」

「我知道，我跟他們通了電話。所以我才會打給妳。」

「什麼事？」

「格林斯打算毀掉帶子。」

「你在說什麼？」

「帶子如果公開，就會毀了我的家庭，還有帶子裡其他的人。妳知道，他們只是些無名小卒。」

「不能這麼做。」

「沒人需要那捲帶子了。格林斯和他的手下會為我安排妥當，他們只希望妳能配合。」

羅蘭恍然了解他接下來打算做的事，驚駭莫名。

「等等，亞當，你聽我說。」

「我和凱爾會葬身火場。」

「不要，請聽我說。」

「格林斯會安排妥當。」

「想想你的小孩——」

「我想了，我們兩家都會得到全額的撫卹金。」

「我的父親，」羅蘭流下眼淚。「就是自殺死的。求求你。你不知道那會——」

他怎麼樣也聽不下去。「妳只要保守秘密，好嗎？妳是個優秀的警探。好的沒話說。求求妳，看在我小孩的份上。」

「該死。亞當！聽我說！」

「再見，羅蘭。」

他掛上電話。

車進停車場後，羅蘭下車，哭著對天空尖叫。遠處傳來轟隆隆的槍聲。

# 61

B包廂的門打開，奧麗維亞靜待著。

當金咪走進門時，兩個女人眼中帶淚直視著彼此，就跟幾個小時前一樣。

但這次卻不同。

「妳早就知道。」金咪說。

奧麗維亞搖頭。「我想過。」

「怎麼想到的？」

「妳裝作一副不記得麥克斯．德洛的樣子，但他是妳以前的客人。最重要的是，每個人都以為告示是德洛貼的。可是，他並不知道那會引我出現。只有一個好友，我最好的朋友，才知道我會一直調查孩子的下落。」

金咪走進包廂。「妳一走了之。」

「我知道。」

「我們應該要一起走的，我們互相傾吐夢想、幫對方解圍，還記得嗎？」

奧麗維亞點頭。

「妳答應過我。」

「我知道。」

金咪搖頭。「這些年，我以為妳死了。妳知道我下葬屍體、付錢辦喪禮、傷心痛哭了好幾個月。無條件配合麥克斯——無論他要求什麼，只求他找出凶手。」

「妳必須了解。我不能說。我和愛瑪——」

「妳們怎樣？」金咪大喊。聲音在靜默中迴盪。「答應要守約嗎？」

奧麗維亞不發一語。

「妳死，我也死了。妳知道嗎？夢想、脫離這種生活的希望，都隨妳而逝。我失去一切，這麼些年一無所有。」

「妳怎麼……」

「怎麼發現妳還活著？」

奧麗維亞點頭。

「那女孩來找我後過了兩天，麥克斯上門了。他說，人是他安排的，她不是妳的女兒，是他派來試探我的。」

奧麗維亞試著理清頭緒。「試探妳？」

「對。他知道我們很要好，覺得我應該知道妳的下落，所以就設計圈套，叫人假扮成妳失散多年的女兒，看我會不會打電話給妳或有所行動。沒想到，我只是跑去妳的墓前哭。」

「對不起。」

「你想像當時的狀況。麥克斯跑來我家，拿妳的驗屍報告給我看，說死者身體狀況特殊，不可能懷孕。他說妳根本沒死，妳知道我的反應嗎？我只是搖頭，不相信他的話。要我怎麼相信他？我告訴他，妳絕不會這樣對我，絕不會這樣丟下我。但麥克斯給我看死去女孩的照片，那是卡珊德拉。我漸漸明白了，開始把一切拼湊起來。」

「然後妳想報復。」奧麗維亞說。

「對。我……對。」金咪搖搖頭。「但後來事情愈鬧愈大。」

「是妳幫忙德洛找到我的。妳想到可以在領養網站上貼告示，因為我一定會上鉤。」

「對。」

「在汽車旅館會面也是妳安排的。」

「不只有我。如果只是我……」金咪停頓，目光凝定。「我深受打擊。」

奧麗維亞點點頭，無語。

「對，沒錯，我想要報復，也想要好好補償自己。該我展開新生活，該我翻身了。但麥克斯和查理一飛到紐澤西——」金咪閉上雙眼，搖著頭像要驅趕什麼東西。「情況就失控了。」

「妳想傷害我。」奧麗維亞說。

金咪點頭。

「所以，妳就先往我的婚姻下手，打給我丈夫。」

「那其實是麥克斯的意思，他本來要用自己的照相手機，但後來覺得用妳的更好。如果出了什麼事，目標也會是手機上的查理。麥克斯負責統籌全局，但剛開始需要查理的幫忙。」

「除掉愛瑪．樂眉。」

「對，查理就只會耍狠。他和麥克斯飛去逼愛瑪說出真相，但無論他們怎麼逼她，她都不肯說。他們變本加厲，一發不可收拾。」

奧麗維亞閉上眼睛。「所以現在——」她指著房間。「今晚的約定，是要做個了結，對嗎？拿走我的錢，告訴我沒有女兒、沒有小孩這回事，讓我傷心欲絕。然後呢？」

金咪沉默數秒。「我不知道。」

「所以妳才殺了他？」

「對。」她笑道：「你知道那狗雜種在車裡搞了我幾次嗎？」

「因為妳殺了他？」

「德洛，」金咪輕聲說：「已經無話可說了。」

「德洛和查理不會讓我活命的。」奧麗維亞說。

她搖搖頭，但卻只是無意義的動作。

「才怪，妳知道。」

「不對。」

「那是為了什麼？」

「我得阻止這一切，」金咪說：「先發制人。」

「妳怕他殺了妳？」

「麥克斯．德洛為了拿到錢，連自己媽媽都可以殺了。沒錯，我發現真相時，深受打擊。不，應該說……我錯愕極了。但我以為麥克斯是跟我一夥的，沒想到，他也開始照著自己的遊戲規則走，不能再這樣繼續下去。」

「什麼意思？」

「就是……」她整個人露出疲態。「算了，」金咪說：「總之，麥克斯不喜歡留有人證，我是個不可信賴的婊子。妳想，他肯冒這個險嗎？」

「那查理士．泰利呢？」

「妳丈夫追蹤到他。兩人打了起來，之後他就逃走了。他打給我，我就住在妳樓下的房間。他慌了手腳，擔心警察找上門。他正在假釋期間，若再觸法，就得一輩子蹲苦窯了。無論如何，他一定要避免這種結果，所以，我就叫他在樓梯間等。」

「妳把場面弄得像是麥特殺了他。」

「那是麥克斯一直以來的計畫，設計查理和妳丈夫。」她聳聳肩。「我當時想，或許可以照著計畫走。」

奧麗維亞看著老友，移向前。「我心裡有妳，」她說：「妳知道。」

「我知道，」金咪說：「但那不夠。」

「我很害怕。愛瑪說，如果消息走漏，我們都會沒命。對方會再來跟我們要帶子，發現帶子不在我們手上，就會要我們好看。」

「看著我。」金咪說。

「我一直都看著妳。」

她拿出槍。「看看我變成什麼樣子。」

「金咪？」

「什麼？」

「我沒想到會這樣，」奧麗維亞說：「我以為我死定了。」

「我現在知道了。」

「而且我懷孕了。」

金咪點頭。「這我也知道。」手裡的槍在顫抖。

奧麗維亞又往前一步。「妳不會殺了孩子的。」

金咪臉一沉，聲音微弱得幾乎聽不見。「都是那捲帶子。」

「帶子怎麼了？」然後，奧麗維亞明白了。「喔，喔，不是……」

「那捲可惡的帶子，」金咪說，淚水潰堤。「害卡珊德拉喪命。一切都是因它開始的。」

「天啊。」奧麗維亞喃喃：「帶子不是卡珊德拉偷的，是妳。」

「為了我們，難道妳不懂嗎？」她辯駁：「那捲帶子能讓我們遠走高飛，讓我們得到一大筆錢。我們可以遠走高飛，妳和我，就跟我們討論的一樣。那是一個翻身的機會。妳懂嗎？結果，我一回來知道妳遭人謀殺——」

「這些年，妳一直……」奧麗維亞再度心碎。「妳一直為我的死自責。」

金咪勉強點頭。

「對不起，金咪。」

「我知道妳還活著的時候，深受打擊。妳明白嗎？我這麼愛妳。」

奧麗維亞明白。妳之所以傷心欲絕，不只為了死去的生命，也為了自己，為了自己錯失的一切。妳以為最好的朋友，妳一起作夢的朋友……妳以為她因妳而死，妳自責了十年，結果有一天妳發現，那全是謊言……

「事情可以解決的。」奧麗維亞說。

金咪抬頭挺胸。「看著我。」

「我想幫忙。」

重重的敲門聲。「開門！警察！」

「我殺了兩個人。」金咪對她說，接著露出微笑：那將奧麗維亞帶回從前的幸福微笑。「看看我這輩子。該我翻身了，記得嗎？該我逃跑了。」

「求求妳，金咪……」

金咪拿槍指著地板，射擊。一陣慌亂後，門迸開。金咪轉向門，拿槍瞄準。奧麗維亞尖叫：

「不要！」

連續槍響，金咪像個人偶，又一轉身，接著倒地。奧麗維亞跪在地上，扶著好友的頭。她低下頭，貼近金咪耳畔。

「不要離開我。」奧麗維亞乞求。

然而，此時此刻，終於該金咪翻身了。

# 62

兩天後，羅蘭人在花園公寓的住家，正在做火腿起士三明治。她抓了兩片麵包，放在盤子上。她媽媽坐在隔壁房間的沙發上觀賞《今夜娛樂》，耳邊傳來熟悉的主題曲。羅蘭挖了一匙美乃滋塗在麵包上時，便哭了起來。

羅蘭默默啜泣，等到哭完，能再說話時才喊：「媽。」

「我在看電視。」

羅蘭走到母親身後。卡門正拿著一大袋話匣子，大口咀嚼。腫脹的腳用枕頭支撐，靠在咖啡桌上。羅蘭聞到菸味，聽見母親刺耳的呼吸聲。

亞當．葉茲自殺了，格林斯藏不住真相。葉茲的女兒艾拉和安妮，和他抱在懷裡驅趕死神的兒子山姆，遲早會知道實情。這跟帶子無關，雖然葉茲內心恐懼，但夜裡糾纏他兒女的，不會是帶子裡的畫面。

「我一直怪妳。」羅蘭說。

沒有答案，只聽見電視的聲音。

「媽？」

「聽到了。」

「我不久前才認識的一個人自殺了，留下三個兒女。」

卡門終於轉過頭。

「我怪妳，不是因為——」她停下來調整呼吸。

「我知道。」卡門輕聲說。

「為什麼？」羅蘭說，聲音危危顫顫，眼淚淌下，滿面哀傷：「為什麼爸爸不會因為愛我而想活下來？」

「喔，寶貝。」

「妳是他老婆，他可以離開妳，可是我是她女兒。」

「他很愛妳。」

「但不足以讓他想活下來。」

「不是這樣的，」卡門說：「他太痛苦了，沒人幫得了他。你是他生命的至寶。」

「而妳，」羅蘭用袖子擦臉。「是妳讓我把錯怪在妳身上。」

卡門無語。

「妳一直在保護我。」

「妳需要有責怪的對象。」媽媽說。

「這些年……妳都承擔下來。」她想起亞當．葉茲，想起葉茲對子女的愛，還有那份愛也不足以挽留他留在世間的事實。她擦擦眼淚。

「我得打電話給他們。」羅蘭說。

「誰？」

「他的小孩。」

卡門點頭，伸出雙臂。「明天好嗎？現在過來沙發這裡，坐在我旁邊。」

羅蘭坐在沙發上。卡門移向一旁。

「沒關係。」卡門說。

她丟了件毛毯給羅蘭。現在是廣告時間。羅蘭靠在母親肩上，雖然還是聞得到那股霉濕菸味，但現在卻成了一種安慰。卡門摸著女兒的頭髮，羅蘭閉上雙眼。幾秒後，母親開始轉遙控器。

「沒什麼好看的。」卡門說。

羅蘭閉著眼睛，露出微笑，身體挨得更近。

麥特和奧麗維亞也在同一天飛回家。麥特拄著柺杖，一跛一跛的，但用不了多久就會復原。夫妻倆一下飛機，麥特就說：「我想，我應該一個人去。」

「不行，」奧麗維亞說：「我們一起去。」

他並沒有反駁。

他們一樣開下西港出口，轉進同一條街。今天早上車道上停著兩輛車。麥特看著籃球框，不見史蒂芬．麥格拉斯的蹤影。今天沒有。

他們一同走向門，奧麗維亞牽著他的手。麥特按下電鈴，一分鐘後，克拉克．麥格拉斯前來開門。

「你來這裡幹什麼？」

他身後的宋雅說：「克拉克，是誰？」

宋雅一看見人便突然停住。「麥特？」

「是我抓得太用力了。」麥特說。

前庭靜悄悄，沒有行人，也沒有車經過，連一點風也沒有。只有四個人，或許再加上一個鬼魂。

「我本來可以放手的，但是我太害怕了，而且以為史蒂芬跟他們是一夥的。可是一跌倒，我就什麼都不知道了。我應該盡快收手，我抓得太久了。現在我知道了，任何言語都無法道盡我的歉意。」

克拉克．麥格拉斯壓抑情緒，滿臉通紅。「你以為這樣就沒事了嗎？」

「沒有，」麥特說：「我知道不可能。我太太懷孕了，所以我更能深刻了解這不可能，但這一切必須在這裡立刻做個結束。」

宋雅說：「你在說些什麼？」

他拿出一張紙。

「這是什麼？」宋雅問。

「通話紀錄。」

麥特在醫院醒來的第一件事，就是要羅蘭幫他拿到這份紀錄。他只隱隱約約覺得不對勁，並沒有再深入挖掘，但金咪的報復計畫……實在不像是她自己一手策畫的。從頭到尾，一直遭到鎖定且亟欲毀掉的對象，不只是奧麗維亞……

還有麥特。

「這是個名叫麥克斯．德洛的人的通話紀錄，他住在內華達州的雷諾市，」麥特說：「過去一個星期，他曾打過八次電話給你先生。」

「我不懂，」宋雅說。她轉向丈夫：「克拉克？」

克拉克閉上眼睛。

「麥克斯．德洛是個警官，」麥特說：「一旦他得知奧麗維亞的身分，就可以對她進行調查，並會發現她丈夫是個惡名昭彰的前受刑人。他聯絡上你，我不知道你給了他多少錢，麥格拉斯先生，但一切如此合理，一石二鳥。就如德洛的同夥所告訴我太太的，他照著自己的遊戲規則玩，也就是你們兩人聯手。」

宋雅說：「克拉克？」

「他應該去坐牢，」克拉克對她吼：「而不是跟妳吃午餐。」

「你做了什麼，克拉克？」

麥特向前一步。「是該做個了結了。道格拉斯先生，我要再一次為發生的不幸致上歉意，我知道也了解你不會接受。史蒂芬的事我很抱歉，但我想你要了解……」

麥特又往前一步，兩個男人幾乎要碰到鼻子。

「如果你再接近我的家人，」麥特說：「我會殺了你。」

麥特掉頭離去。奧麗維亞又駐足片刻，先是看看克拉克．麥格拉斯，又再看看宋雅，像在確定這兩人果真聽進剛剛的話。接著她轉身，拉起丈夫的手，不再回頭。

# 63

麥特駛離麥格拉斯家，有好一會兒兩人都陷入沉默。車上的廣播正播著戴米恩．萊斯的專輯《O》。奧麗維亞傾身關掉音樂。

「好怪的感覺。」她說。

「我知道。」

「我們就假裝什麼都沒發生過嗎？」

麥特搖搖頭。「我不這麼想。」

「重新開始？」

麥特搖搖頭。「我不這麼想。」

「因為已經真相大白了。」

他笑道：「妳知道嗎？」

「什麼？」

「我們不會有事的。」

「只是沒事可不能讓我定下來。」

「我也不會。」

「我們，」奧麗維亞說：「會很幸福的。」

車子開至瑪莎家。瑪莎跑出來迎接，張開雙臂抱住他們。保羅和艾森也跟在後頭。凱拉站在門邊，雙手抱胸。

「我的天啊，」瑪莎說：「你們到底發生了什麼事？」

「說來話長。」

「你的腿……」

麥特揮揮手，表示並無大礙。「不會有事的。」

「麥特叔叔，枴杖真酷。」保羅說。

「對啊，酷斃了。」艾森附和。

他們走向凱拉站立的門邊。麥特想起凱拉幫助他從後院脫逃。「嘿，多謝那聲尖叫。」

凱拉臉紅。「不客氣。」

凱拉帶小朋友到後院玩。麥特和奧麗維亞從頭道來，瑪莎豎耳傾聽。夫妻倆毫無保留說出事情的來龍去脈。瑪莎似乎很感激兩人對她的坦承，話一說完，瑪莎便說：「我來幫你們準備午餐。」

「不用麻──」

「坐下。」

恭敬不如從命。奧麗維亞眼神游移，麥特看得出來她心中仍有深深的遺憾。

「我打給辛格了。」他說。

「謝謝。」

「我們會找到妳的孩子。」

奧麗維亞點點頭，但她已經不抱希望。「我想去給愛瑪上墳，獻上敬意。」

「我明白。」

「我沒想到她離我們這麼近。」

「什麼意思？」

「那是我們約定的一部分。我們當然知道彼此的新身分，但卻從不互相聯絡。我以為，她一直待在奧勒岡州的教區。」

麥特只覺背脊刺痛，不由得將背打直。

奧麗維亞說：「怎麼了？」

「妳不知道她人在聖瑪格麗特？」

「不知道。」

「但她打過電話給妳。」

「什麼？」

「以瑪麗‧羅絲修女的身分打給妳，還有通話紀錄。」

奧麗維亞聳聳肩。「她也許查出我的下落，」她說：「她知道我的名字，也許是想打來警告我。」

麥特搖搖頭。「六分鐘。」

「什麼？」

「電話講了六分鐘。而且，她沒打到我們家，打到這裡。」

「這就奇怪了。」

另一個聲音說：「她找的是我。」

夫妻倆不約而同轉過頭。凱拉走進房間，身後站著瑪莎。

凱拉說：「我一直在想，要怎麼告訴你們。」

麥特和奧麗維亞一動也不動。「奧麗維亞，妳並沒有違背約定，」凱拉說：「違反的是瑪麗‧羅絲修女。」

「我不懂。」奧麗維亞說。

「我一直都知道自己是被領養的。」凱拉說。

奧麗維亞掩住嘴巴。「我的天啊……」

「我開始調查自己的身世後不久，就發現我的生母已遭人謀殺身亡。」

奧麗維亞驚呼一聲，麥特目瞪口呆。

他暗想，奧麗維亞是愛達荷州人，而凱拉……也是中西部愛字開頭某個州的人……

「但我想知道更多，所以就去找調查此案的警察。」

「麥克斯．德洛。」麥特說。

凱拉點頭。

「我告訴他我是誰，他似乎真心想幫忙，還記下我所有的資料：出生地、接生醫師等等。他給了我金咪．黛爾的住址，要我去找她。」

「等等，」麥特說：「可是金咪說——」

凱拉看著他，但麥特不再往下說。答案一清二楚，德洛故意隱瞞事實，從中攪局，何必讓金咪知道有女兒的事。金咪已經如此感情用事，若再讓她知道找上門的女孩是棒棒糖的親骨肉，她可能就不會乖乖合作。

「抱歉，」麥特說：「繼續說。」

凱拉緩緩轉向奧麗維亞。「於是我就去找金咪，她人很好，跟她談過之後，我更想知道妳的事。我想……我知道自己很蠢，但我想找到凶手。所以，我一直窮追不捨、到處問人，然後，有一天就接到瑪麗．羅絲修女的電話。」

「怎麼……」

「我猜，她是想幫助她以前旗下的一些女孩，大概是贖罪吧。她發現我在找妳，就打了電話給我。」

「她告訴妳我還活著？」

「對。我完全沒有想到，本來以為妳已經死了。瑪麗．羅絲修女說，如果我照著她的方法去做，也許就能找到妳，但她說，我們得相當小心謹慎。我不想害妳遭受危險或發生什麼事，只是想要……想要找機會認識妳。」

麥特看著瑪莎。「妳都知道？」

「昨天才知道，凱拉告訴我的。」

「妳怎麼會剛好住在這裡？」

「一部分是幸運，」凱拉說：「我想找機會接近妳。瑪麗．羅絲修女本來要把我弄進加倍能工作，但剛好那時候瑪莎在找寄宿保姆。瑪麗．羅絲修女於是打電話向聖費洛米那教會的人推薦我。」

麥特回想起瑪莎如何透過教會找到凱拉。一名修女的確知道這種門路，誰會懷疑這樣的推薦？

「我一直想告訴妳，」凱拉說，眼光停在奧麗維亞身上。「只是在尋找適當的時機。沒想到就像你們說的，瑪麗．羅絲修女打來了。就在三個星期前，她說時機未到，除非她再聯絡我，不然不可輕舉妄動。我好怕，但我相信她。所以，我就聽她的話，守口如瓶，連她死了我都不知道。有一天晚上，你們很晚來這裡。我想把事情告訴你們，所以才從車庫進門，沒想到正好遇到麥特要逃走……」

奧麗維亞站了起來，欲言又止。「所以妳……妳是我的……？」

「妳的女兒。」

奧麗維亞試探地走向凱拉，伸出一隻手，但又改變主意，把手放下。

「妳還好嗎，凱拉？」奧麗維亞問。

凱拉微笑。那笑容跟她母親如此神似，令人心碎。麥特不知自己為何從未發覺。「我沒事。」她說。

「妳快樂嗎？」

「快樂。」

奧麗維亞默默不語，凱拉向前一步。

「我真的沒事。」

奧麗維亞開始哭泣。

麥特移開目光。這是她們母女倆的時刻。他聽見啜泣聲和兩人彼此互相安慰的細碎聲音，心裡想著距離、痛苦、監獄、虐待、時光，還有奧麗維亞曾經說過的簡單生活，那值得賣命爭取的生活。

# 後記

你名叫麥特・杭特。

一年過去了。

藍斯・班納向你賠了不是。雖然有好幾個月他都緊張兮兮的，但有一天鄰居辦烤肉會時，他問你要不要當他的棒球教練助理。藍斯拍著你的背，提醒你姪子保羅也是球隊的一員。除了說好，你又能如何？

最後，你還是買了利文斯頓的房子。現在每天都得到市區上班，到史特吉司擔任法律顧問。到目前為止，你最大的客戶就是伊克・凱亞，伊克待你不薄。

對辛格・雪克的所有告訴都撤銷了，她現在開了自己的偵探社，名字就叫辛格兒徵信社。伊克・凱亞和史特吉司的老闆都肥水不落外人田，盡量把案子丟給她，她現在手下已有三名偵探。

你大嫂瑪莎正跟一個名叫艾得・艾瑟的男人認真交往中。艾得服務於製造業，你其實也搞不清楚他到底是做什麼的。他們兩人計畫不久結婚，這個名叫艾得的傢伙人似乎不錯。你想培養對他的好感，但就是沒辦法。不過，他愛瑪莎，也會好好照顧她，甚至會是保羅和艾森唯一記得的父親。

小朋友那麼小，根本不可能記得邦尼。也許事實就是這樣，但這個事實令你椎心。雖然你會一直努力參與他們的生活，但最後你不過就是某個叔叔，以後保羅和艾森會先奔向他的懷抱，而不是你。

上次你去瑪莎家時，找了一下冰箱上邦尼的照片。照片還在，卻湮沒在一堆近期的照片、成績單和圖畫之中。

你從未再接到宋雅或克拉克・麥格拉斯的消息。

他們的兒子史蒂芬有時還是會來找你，但次數比以前少了。有時候見到他，你甚至覺得開心。

交屋後的某一天，羅蘭．繆思來訪。你們拿著可樂娜啤酒坐在後院。

「終於回到利文斯頓了。」她說。

「是啊。」

「開心嗎？」

「妳不喜歡小鎮生活。」

羅蘭點點頭。

你心裡還是放不下一件事。「奧麗維亞會怎麼樣？」你問。

羅蘭將手伸進口袋，拿出一個信封。

「不會怎樣。」

「什麼東西？」

「瑪麗．羅絲修女——本名愛瑪．樂眉——寫的信，凱薩琳院長給我的。」

你坐直身體。羅蘭把信交給你，你開始讀信。

「愛瑪．樂眉扛下所有罪行，」羅蘭告訴你：「說是她一個人殺了克萊德．朗戈、埋了屍體，也是她一個人向警方謊報死者的身分。她申明凱蒂絲．波特對這整件事一無所知。她還提到其他事情，不過大意就是這樣。」

「妳想，這能讓奧麗維亞自由嗎？」

羅蘭聳聳肩。「不然還有誰會說呢？」

「謝謝妳。」你說。

羅蘭點點頭，放下啤酒，坐直身體。「現在，可以告訴我通話紀錄的事了嗎？」

「不行。」

「你以為我不知道，德洛在康乃狄克州的西港鎮跟誰通過話嗎？」

「無所謂，反正妳無法證明什麼。」

「那可不一定，麥格拉斯說不定給了他一筆錢，可能找得到證據。」

「報仇可不是正當防衛。」

「算了，羅蘭。」

「算了。」

她又拿起啤酒。「我不用經過你的同意。」

「的確。」

羅蘭將目光從他身上移開。「如果凱拉一開始就對奧麗維亞坦承——」

「她們可能早就沒命了。」

「為什麼這麼說？」

「愛瑪．樂眉在那通電話中，要凱拉不能說。我想，她一定有很充分的理由。」

「什麼理由？」

「我想，樂眉——或者瑪麗．羅絲修女——知道對方找上門了。」

「你的意思是說，樂眉為了救她們，犧牲自己的生命？」

你聳聳肩。你想不通對方如何找到樂眉，又為什麼只對她一個人下手，還有樂眉如果起疑，又為什麼不盡快逃走。你想不通她怎麼能忍受對方的凌辱，死都不肯洩漏奧麗維亞的行蹤。也許樂眉認為，只要再死一個人，一切就會結束了。她根本不知道網路尋親的告示，可能還以為她是唯一的關係人，一旦失去這個唯一的聯繫（而且還是以暴力的方式終結），對方就絕對無法找到奧麗維亞。

然而，你永遠再也無法知道真相。

羅蘭又看往別處。「終於回到利文斯頓了。」她說。

你們倆不約而同搖搖頭、啜飲啤酒。

這一年間，羅蘭偶爾就會過來看看。天氣好的時候，你們會到外面坐坐。

一年後的這天，太陽高照，你和羅蘭四肢大張坐在戶外躺椅上，喝著太陽啤酒。羅蘭跟你說，那比可樂娜啤酒還好喝。

你喝了一口，表示同意。

羅蘭還是一樣環顧四周，搖搖頭，重複那句老詞：「終於回到利文斯頓了。」

你在自家後院裡。太太奧麗維亞也在，正忙著整理花圃。你的兒子班哲明在她身旁一張墊子上。班三個月大了，此刻正開心地發出咕咕聲，整個院子裡都聽得到他的聲音。凱拉也在花園裡幫忙母親，她已經在這裡住了一年，並打算繼續住到畢業。

你——麥特．杭特——看著他們三個人。奧麗維亞感覺到你的目光，她抬起頭，微笑。凱拉也是，你的兒子又發出咕咕聲。

你感受到內心的雀躍。

「對啊，」你露出牙齒呆呆地笑，對羅蘭說：「終於回到利文斯頓了。」